KATE LYNN MASON

ACE

ROCKFORD LEGENDS

New Adult Romance

ROMANCE EDITION

ROCKFORD LEGENDS: ACE

Kate Lynn Mason

8712 Niklasdorf, Austria

1. Auflage

Covergestaltung: © Sturmmöwen
Titelabbildung: © Ninestock.com
Lektorat: Romance Edition
Korrektorat: Stephanie Bösel

Printed in Germany

ISBN-Taschenbuch: 978-3-903130-84-5
ISBN-EPUB: 978-3-903130-85-2

www.romance-edition.com

1. KAPITEL

Ace

»Sie werden in Coach Baras Büro erwartet, Tremaine«, bemerkt Channing Chesterfield am frühen Sonntagmorgen, nachdem wir den Gebäudekomplex der *Rockford Ice Arena* betreten haben. »Unverzüglich.«

Unser Vereinsanwalt hat mich vor wenigen Minuten vom örtlichen Polizeirevier eingesammelt und mich so vor einem Aufenthalt hinter Gittern bewahrt.

Ich straffe die Schultern und sehe ihm direkt in die Augen. »Nachdem ich geduscht habe.« Meine Klamotten stinken nach Rauch, ich bin verschwitzt und mein Hintern schmerzt vom stundenlangen Sitzen auf der Holzbank im Vernehmungsraum des diensthabenden Officers. Wenn ich schon meine verdiente Abreibung erhalte, dann mit Sicherheit nicht ungewaschen und müffelnd.

Ich warte nicht auf Chesterfields Reaktion, sondern lasse ihn stehen und steuere die Duschräume an.

Unter der Brause hebe ich mein Gesicht dem heiß herabprasselnden Wasser entgegen und vergesse für ein paar Sekunden den ganzen Scheiß der letzten Stunden. Wenn man alle Dinge so einfach abwaschen könnte wie Schweiß und Dreck. Das Leben wäre so viel simpler.

Mein Puls hämmert wie bescheuert gegen meine Rippen, als ich kurze Zeit später mit noch feuchtem Haar vor Coach Baras Tür stehe. Ich atme tief ein und klopfe an.

Wie ich bereits angenommen habe, sind der Coach und mein Agent nicht die Einzigen, die mich erwarten. Dieses Treffen wirkt verflucht offiziell und lässt sämtliche Alarmglocken in mir schrillen. Bara thront mit verschränkten Armen hinter seinem Schreibtisch. Auf den Besucherstühlen haben sich mein Agent Drew Cooper sowie die Pressesprecherin der *Legends* Marie Dunn eingefunden. Finn Casey, unser Manager, hat es vorgezogen, stehenzubleiben. Breitbeinig, als sei er gerade von einem Pferd abgestiegen, hält er die Hände in den Gesäßtaschen seiner Jeans vergraben.

Ich murmle einen knappen Gruß und lenke meinen Blick für eine Sekunde auf die beiden gekreuzten Hockeyschläger, die zusammen mit einem blau-weißen *Legends*-Trikot die Wand hinter Bara schmücken. Die Zeiger der danebenhängenden Uhr rücken auf Viertel vor sieben.

»Du bist stolz darauf, in der National Hockey League spielen zu dürfen, Tremaine, richtig?«, durchschneidet Baras Bassstimme die angespannte Stille. Seine Augen verengen sich und werden zu Schlitzen in seinem ebenholzfarbigen Gesicht.

Verdammt, ja. Seit ich ein kleiner Junge war und an der Seite meines Dads zum ersten Mal ein Spiel der *Providence Bruins* von der Tribüne aus verfolgte, ist es mein Traum, bei den Profis mitzumischen. Bis zu einer fatalen Handverletzung hatte mein Dad für sein College im Tor gestanden und mit seiner Leidenschaft das Feuer für diesen Sport in mir entzündet.

»Ja, Sir, das bin ich«, gebe ich respektvoll zurück und räuspere mich, weil meine Stimme plötzlich belegt ist. In der NHL zu spielen, will ich mehr als alles andere.

Vier Augenpaare sind auf mich gerichtet, und die ungemütliche Atmosphäre im Raum jagt mir kalte Schauder über den Rücken.

»Nun«, meldet sich Casey zu Wort und setzt seinen berüchtigten *Ich bin dabei, dir gleich den Arsch aufzureißen*-Blick auf. »Dann erkläre uns bitte das hier.«

An meiner Schläfe zuckt ein Nerv, als er vor mir eine aufgeschlagene Zeitung auf den Tisch knallt.

Die Rockford Daily Gazette.

Mein Blick fällt auf einen bebilderten Artikel, der eine gesamte Seite einnimmt. Die Paparazzi haben ganze Arbeit geleistet. Auf einem Foto bin ich zu sehen, wie ich in einer Bar einer halbnackten Frau den Slip nach unten ziehe. Mit den Zähnen wohlgemerkt.

Das zweite Bild – eine Großaufnahme – zeigt mich in Begleitung der Cops, die mich aus einem Nachtclub führen. Meine Hände in verdammten Handschellen. Im Hintergrund ist die Stripperin zu sehen. Sie trägt lediglich ihr Höschen und hält ein zerknittertes Shirt gegen ihre nackten Brüste gepresst. Ich weiß nicht, welches der beiden Fotos mir peinlicher ist. Beide sind ein Desaster, wenn man bedenkt, dass sie vermutlich in sämtlichen Boulevardblättern unseres Landes auftauchen. Die Reporter haben sich wie Geier auf die Story gestürzt.

Obwohl ich es hätte besser wissen müssen, war ich gestern mit einigen Jungs aus dem Team reichlich angetrunken um die Häuser gezogen und hatte es so richtig krachen lassen. Wir hatten in einer Nachtbar mit zweifelhaftem Ruf die sprichwörtliche Sau rausgelassen. Was vielleicht keine große Sache gewesen wäre, hätte ich mich danach nicht noch überreden lassen, mit ein paar Kerlen für ein dubioses Pokerspiel ins Hinterzimmer zu verschwinden.

Remy, mein WG-Mitbewohner und Captain der *Legends*, hatte halbherzig versucht, mich davon abzuhalten, doch ich war so betrunken gewesen, dass ich seine Warnung in den Wind schlug. In meiner anscheinend grenzenlosen Naivität hatte ich angenommen, beim Zocken mit etwas Glück ein paar schnelle Dollar zu machen, um mein finanzielles Polster für Moms Medikamente und Carlys Therapie aufzufrischen. Bevor ich jedoch auch nur ansatzweise zum Zug gekommen wäre, waren die Cops aufgetaucht und hatten die Runde gesprengt. Illegales Glücksspiel war leider kein Kavaliersdelikt.

»Üble Publicity, Tremaine«, fährt Casey fort. »Sowohl für Sie persönlich als auch für das Team. Artikel wie dieser sind heute Morgen in sämtlichen Zeitungen zu finden.«

»Wir sollten so schnell wie möglich ein Statement an die Presse abgeben«, klinkt sich Miss Dunn ein. Die Spitze ihres Kugelschreibers tippt im Stakkato auf den Deckel der Mappe, die auf ihrem Schoß liegt. Im Gegensatz zu den üblichen Treffen mit ihr wirft sie mir diesmal kein geheimnisvolles Zwinkern zu und lässt ihren Blick nicht offen über meine tätowierten Arme gleiten, als würde sie sich sonst was ausmalen. Heute wirkt sie distanziert und kein bisschen in Flirtlaune. Was angesichts der Lage auch verständlich ist. »Schließlich muss ...«

»Augenblick, Miss Dunn«, stoppt er sie mit einer entschiedenen Handbewegung.

Ich reibe mir mit der flachen Hand über den Nacken und blicke Hilfe suchend zu meinem Agenten, doch Drew lässt sich nicht in die Karten schauen. Er verzieht keine Miene, sondern wartet darauf, dass Casey weiterspricht.

»NHL-Rookie und vielversprechender Stürmer der *Rockford Legends* Ace Tremaine wird bei einer Glücksspiel-Razzia hochgenommen«, zitiert dieser die Schlagzeile der auf dem Tisch liegenden Zeitung. »Das ist ein verfluchter Skandal.« Seine Kiefermuskeln arbeiten, während mich sein eisblauer Blick in die Mangel nimmt.

»Du bist ein verdammt guter Flügelstürmer. Möglicherweise das beste Talent deines Jahrgangs«, meldet sich Bara erneut zu Wort. »Aufgrund deiner hervorragenden Leistungen an der Universität hast du deinen Profi-Vertrag von uns bekommen.«

Ich schlucke hart, um den bitteren Geschmack in meinem Mund loszuwerden. »Ich weiß Ihr Lob zu schätzen, Coach.«

»Leistung und Talent allein reichen aber nicht aus, um in der Profiliga zu spielen. Es gibt viele talentierte, ambitionierte Spieler, die dasselbe Ziel verfolgen.«

Ich halte den Atem an, weil ich ahne, dass dieses Gespräch in eine Richtung geht, die mir nicht gefallen wird.

Bara schüttelt langsam den Kopf. »Ich habe angenommen, dass du weißt, wie sich ein Profisportler zu verhalten hat und wo seine Prioritäten liegen sollten.«

Verdammte Scheiße. Marie Dunn entknotet ihre Beine und schlägt sie erneut übereinander. Sie wirkt ungeduldig. Vermutlich formuliert sie im Geist bereits eine Pressemitteilung. Und die hat vermutlich nichts damit zu tun, dass sie mich heiß findet. Auf der Beliebtheitsskala habe ich offenbar gerade ein paar Punkte verloren.

»Warten Sie.« Casey nickt Bara zu, bevor er den Blick zurück auf mich richtet.

»Der Coach und ich hatten vorhin ein ausführliches Gespräch. Die *Legends* sind nicht daran interessiert, jemanden im Team zu behalten, der sich an illegalen Glücksspielen beteiligt oder junge Frauen in der Öffentlichkeit bloßstellt.«

Fuck. Fuck. Fuck!

Während sich mein Magen zusammenkrampft, als hätte mir jemand einen Schlag mit dem Hockeyschläger verpasst, spricht er davon, dass meine ersten Schlagzeilen leider nichts mit meinem Talent zu tun hätten, sondern frauenverachtend und fragwürdig seien. Ich verstehe nicht alles von dem, was er sagt, denn das Blut rauscht laut in meinen Ohren.

Ich ramme die Fäuste in meine Hosentaschen und recke das Kinn. »Hören Sie, Casey, ich habe Mist gebaut, aber ...«, versuche ich, den Schlag abzumildern, während in meinem Hirn die Räder rattern, um eine Erklärung für mein Verhalten zu finden, die mir den Hintern rettet.

»Du hast eindeutig eine Grenze überschritten«, unterbricht mich Bara barsch und stellt somit klar, dass ich mir jegliche Äußerung sparen kann.

»Bedeutet das, Sie geben mich auf, Coach? Casey?« Mein Blick springt zwischen den beiden Männern hin und her.

In diesem Moment sehe ich all meine Träume zu Staub zerfallen. Und schuld daran bin ich allein. Die anderen haben nichts zu befürchten. Sie haben nicht mitgepokert, haben keine Doppelseite in der *Gazette* erhalten und spielen außerdem schon länger als ich für die Mannschaft. Es ist mein verdammter Arsch, der unter Beschuss steht. Sollte ich rausgeworfen werden, bin ich geliefert. Dabei läuft alles gerade rund. Mit dreiundzwanzig habe ich es in die Profiliga geschafft. Bis vor Kurzem habe ich für die *Rams* der *University of Rhode Island* gespielt. Dass ich beim Draft im vergangenen Juni in der dritten Runde von den *Rockford Legends* – meinem absoluten Wunschteam – ausgesucht wurde, war tatsächlich ein verdammter Glücksfall. Nicht nur, was meine Sportkarriere betrifft, sondern auch, weil ich auf diese Weise in Moms und Carlys Nähe in Rockford spielen kann. Sie brauchen mich. Ich kann die beiden unmöglich im

Stich lassen. Wenn mich die *Legends* feuern, kann ich meine Mutter und meine Schwester nicht mehr auf die Weise unterstützen, wie ich es tue. Die Ersparnisse meiner Mutter schmelzen dahin. Viel zu schnell jedenfalls, um für die horrenden Therapiekosten für Carly oder ihre eigenen Medikamente aufzukommen. Ich kann, nein, *will* die beiden nicht im Stich lassen. Mom sitzt seit diesem unseligen Unfall, der meinem Vater vor drei Jahren das Leben gekostet hat, im Rollstuhl, und Carly hat an jenem beschissenen Unglückstag ihre Sprache verloren. Sie hat einfach dichtgemacht. Neben Mom bin ich der einzige Mensch, den sie an sich heranlässt. Es ist schlichtweg undenkbar, dass ich das hier vergeige. Soll wegen eines dummen Fehlers jetzt alles zu Ende sein?

Ich wische meine Handflächen an meiner Jeans ab und wende mich meinem Agenten zu. Möglicherweise kann er ein gutes Wort für mich einlegen und das Ruder herumreißen. Er selbst hatte sich vor wenigen Jahren als Spieler in der Profiliga bewährt und kennt somit die Tücken und Untiefen des Eishockey-Business.

Er muss den unausgesprochenen Hilferuf in meinem Blick bemerkt haben, denn unvermittelt legt er Casey eine Hand in den Rücken. »Auf ein Wort, wenn Sie gestatten.«

Ich halte den Atem an und wage es erst wieder, nach Luft zu schnappen, als Casey nach kurzem Zögern einwilligt. »Schießen Sie los, Drew.«

Im Raum ist es schlagartig so still, dass man Flöhe husten hören könnte. »Hören Sie, wir müssen nicht um den heißen Brei herumreden«, eröffnet Drew das Gespräch. »Wir sind uns darin einig, dass das Verhalten meines Schützlings absolut inakzeptabel gewesen ist. Wie jedoch bereits zuvor schon festgehalten wurde, handelt es sich bei diesem ungestümen jungen Mann um einen Spieler mit eindeutiger Star-Stürmer-Qualität. Das wissen Sie so gut wie ich, und ich bin mir sicher, Sie würden nur ungern auf dieses Talent verzichten.« Seine Augen funkeln freundlich, als er Casey zunickt, doch ich weiß, dass sein Verstand wie immer messerscharf arbeitet. »Ich bin sicher, dass sich für beide

Seiten eine befriedigende Lösung finden wird. Ace wird sich mit von Ihnen festgelegten Bedingungen und Auflagen bezüglich seines Verbleibs in der Mannschaft einverstanden erklären.« Er schießt mir einen warnenden Blick zu. »Weiterhin wird er jederzeit zur Verfügung stehen, den Verein bei öffentlichen Auftritten zu repräsentieren, sofern gewünscht.«

Das nachfolgende Schweigen dauert ein, zwei Herzschläge lang, die sich wie eine Ewigkeit anfühlen. Mir geht der Arsch auf Grundeis.

Caseys Blick wandert von Drew zu mir und wieder zurück. Schließlich greift er in seine Hosentasche, um sein iPhone hervorzuziehen. »Wenn Sie mich kurz entschuldigen würden?« Ohne weitere Erklärung verlässt er den Raum. Geräuschvoll fällt die Tür hinter ihm zu.

Während wir warten, räuspert sich Miss Dunn ein paar Mal, und die glänzende Schuhspitze ihres Pumps wippt zu irgendeinem imaginären Takt. Bara vermeidet den Blickkontakt zu mir, er brütet düster an seinem Schreibtisch vor sich hin. Ich dagegen frage mich, mit wem Casey gerade spricht, und ob in diesem Augenblick meine Sportkarriere vielleicht bereits in Scherben liegt. Stumm zähle ich die dunklen Sprenkel auf den Bodenfliesen, um vor Anspannung nicht verrückt zu werden. Minuten vergehen, die sich anfühlen wie Stunden.

Als sich die Tür endlich öffnet, heben wir alle gleichzeitig den Blick.

Casey verzieht keine Miene. Er lässt sich neben Miss Dunn nieder und sieht mich an. Erneut kriecht ein kalter Schauder über meine Wirbelsäule.

»Sie haben das verdammte Glück, einen Agenten zu besitzen, der es versteht, Karrieren zu retten, Tremaine.« Sein Blick verlässt mich, um kurz zu Drew zu gleiten. »Der Vorstand hat sich einverstanden erklärt. Wir werden uns noch einmal in Ruhe zusammensetzen, um die Modalitäten zu besprechen.«

»Perfekt.« Drew nickt mir aufmunternd zu.

Casey richtet seine Aufmerksamkeit zurück auf mich. »So viel jedoch vorab: Dein Verbleiben im Team ist an gewisse Bedingungen geknüpft. In den folgenden Monaten konzentrierst du dich ausschließlich auf die Karriere. Es wird für dich keinen Alkohol, keine ausschweifenden Partys, keine Frauengeschichten geben. Und schon gar kein Glücksspiel. Ansonsten ist dein Vertrag mit den *Legends* Geschichte, bevor du als NHL-Spieler auch nur einen Fuß in die Little Caesars Arena gesetzt hast.«

»Ja, Sir.« Ich muss diese deutliche Ansage erst einmal sacken lassen, und obwohl mir noch immer kein Stuhl angeboten wurde, lasse ich mich auf den nächstbesten sinken.

»Es ist deine Entscheidung.« Der Coach beugt sich vor und legt seine mit kräftigen Venen und Muskelsträngen durchzogenen Unterarme auf den Tisch. »Vergnügen oder Karriere. So einfach ist das.« Sein Adamsapfel hüpft. »Das ist deine letzte Chance, Tremaine. Eine weitere bekommst du nicht.«

»Ich bin davon überzeugt, Ace weiß diese zu nutzen«, versichert Drew.

Scheiße. Verfluchte Scheiße! Ein tonnenschwerer Felsbrocken löst sich von meiner Brust. Ich beiße mir so heftig auf die Lippen, dass es wehtut. Schließlich bringe ich ein bescheidenes »Danke«, heraus, da ich nicht mal ansatzweise umreißen kann, wie unfassbar erleichtert ich bin. Ich habe tatsächlich den weltbesten Agenten der ganzen NHL.

»Du wirst dich gleich morgen Früh mit deinem PR-Berater zusammensetzen, Ace«, ergänzt er. »Ich habe Ryan bereits ins Bild gesetzt. Er wird dir sagen, wie du in der nächsten Zeit am besten die Füße stillhältst und dich durch die Öffentlichkeit bewegst, ohne den nächsten Skandal zu provozieren.«

»In Ordnung«, bringe ich nickend hervor. Ich werde verdammt noch mal einfach alles tun, was von mir verlangt wird, damit ich weiterhin im Team der *Legends* spielen darf.

Miss Dunn erhebt sich mit einem hörbaren Seufzen. Sie klemmt sich ihre Mappe unter die Achsel und glättet ihren Rock. »Wir müssen unbedingt Mr Tremaines Ruf rehabilitieren, Gentlemen, und sollten uns so rasch wie möglich zusammensetzen, um an einem entsprechenden Text zu feilen, damit wir noch heute etwas rausgegeben können. Ach, Casey«, spricht sie unseren Manager an. »Ich denke, jetzt wäre der perfekte Zeitpunkt, endlich die Gerüchte um den Einkauf von Jack Gareri zu bestätigen, denken Sie nicht? Mit etwas Glück könnte diese Sensationsmeldung unseren peinlichen Vorfall in den Schatten stellen.«

»Einverstanden, Miss Dunn. Ich schlage vor, wir machen eine kurze Frühstückspause und treffen uns«, er schiebt den Hemdsärmel hoch, um auf das Ziffernblatt seiner Armbanduhr zu spähen, »in exakt einer Stunde wieder hier.«

»Notiert.« Sie zwinkert mir zu, als wäre auch sie erleichtert, dass die Sache keine weitreichenden Folgen hat.

Nachdem die Pressesprecherin den Raum verlassen hat, richtet Casey seine Aufmerksamkeit auf mich. »Als Rookie musst du dich im Team erst noch beweisen. Uns davon überzeugen, dass du es wert warst, ausgewählt zu werden. Eins ist jedoch ganz klar. Wenn du weiterhin planst, Teil der *Legends* zu bleiben, musst du deine verdammten Arschbacken zusammenkneifen.«

»Das werde ich, Sir. So etwas wie letzte Nacht wird nicht wieder passieren«, beteuere ich und meine es ernst. Ich werde meine Karriere nicht noch einmal aufs Spiel setzen. Mein Herz donnert wie ein Schlaghammer gegen meine Rippen. Ich fühle mich, als hätte ich das anstrengendste Eishockey-Workout meines Lebens hinter mir.

Ich werde entlassen. Da mein Agent mit dem Coach sowie Casey noch etwas zu regeln hat, verlasse ich Baras Büro allein. Ich schließe die Tür hinter mir, lehne mich mit dem Rücken gegen die Wand und atme tief ein.

Ich habe eine Stinkwut im Bauch und könnte mir in den Arsch treten, dass ich gerade jetzt, wo ich kurz davorstehe, mein Debüt in der NHL zu geben, solche Schlagzeilen mache. Ich bin mir bewusst, dass ich verdammtes Glück habe, nicht gefeuert worden zu sein. Mit meinen Auflagen bin ich glimpflich davongekommen und ich werde den Teufel tun, mir noch mal was zuschulden kommen zu lassen.

2. Kapitel

India

Du hast es so gewollt, India Reynes.

Mit einem Augenrollen und einem schicksalsergebenen Schnauben bringe ich die rechthaberische Stimme in meinem Inneren zum Schweigen. Es ist wahr, ich habe geplant, tausendsechshundert Meilen von zu Hause entfernt neu anzufangen. In Wichita alles hinter mir zu lassen und mein Leben 2.0 an der Ostküste zu beginnen.

Doch in dem Augenblick, in dem ich mein Zimmer auf dem Campus des *Madison Bay Colleges* betrete, stelle ich fest, dass es nicht einfach ist, seiner Vergangenheit den Rücken zuzukehren. Es ist nicht so, als würde man lediglich eine Tür hinter sich schließen und einen neuen Raum betreten. Mich überfällt schreckliche Einsamkeit. Dad hat mir zwar angeboten, mich nach Rhode Island zu fahren, aber ich habe darauf bestanden, diese Reise allein zu machen. Wären er oder meine Zwillingsschwester Alex mitgekommen, wäre der Abschiedsschmerz noch größer gewesen, als er es ohnehin schon ist.

Ich straffe die Schultern und sehe mich um. In der *Cunningham Hall*, einem roten Backsteingebäude mit grauem Schieferdach, gibt es drei Stockwerke. Das Zimmer, das mir zugeteilt worden ist, befindet sich in der zweiten Etage. Wenn man aus dem Fenster blickt, sieht man einen grünen Park sowie die dahinterliegenden Bauten. Der Raum ist groß, sodass sich zwei Menschen nicht auf die Füße treten, hell und mit zwei breiten Metallbetten an je einer Wand ausgestattet. Es gibt Schreibtische und Einbauschränke und sogar einen Minikühlschrank mit Eisfach, das ich in Gedanken bereits mit einem Riesenbecher Vanille-Karamelleiscreme befülle. Und das Beste: einen kleinen, aber feinen Flat-Screen an der Wand. Eins der beiden Betten ist bereits vergeben. Auf der farbenfrohen Patchworkdecke liegt ein Zettel mit dem Namen *Sami* darauf, versehen mit zwei

Smileys. Von Lindsay, einer älteren Studentin, die uns *Frischlinge* betreut, erfuhr ich während eines Rundgangs durchs Haus, dass meine Mitbewohnerin ebenfalls heute anreisen wird. Sie studiert bereits eine Weile hier, und ich kann es kaum erwarten, sie kennenzulernen. Über ihrem Bett hängt ein *Coldplay*-Poster an der Wand, auf ihrem Nachtschränkchen entdecke ich eine Vanille-Duftkerze sowie einen *Disney*-Wecker. Echt jetzt? *Mickey Mouse*? Andererseits – ich sammle Glitzerschneekugeln und bin verrückt nach brombeerfarbenem Nagellack, der Vanillecremefüllung von Oreokeksen und dem unvergleichlichen Geruch von Büchern. Ich schätze, jeder von uns hat so seine speziellen Vorlieben. Und irgendwie finde ich die Uhr mit den Mausohren auch witzig. Vielleicht habe ich Glück, und meine Mitbewohnerin ist nett.

Mit einem angestrengten Stöhnen hieve ich meinen Koffer auf das freie Bett und fange an, meine Sachen in den Schrank zu räumen. Die Glitzerschneekugel, die ich wie meinen Augapfel hüte und die meine Mom mir vor drei Jahren von einer Reise aus New York mitgebracht hat, findet einen Ehrenplatz auf meinem Nachttisch. Dazu stelle ich das eingerahmte Foto von unserer Familie, das wir per Selbstauslöser vor einem Jahr im Garten geschossen haben. Vor einem Jahr, als wir alle noch zusammen waren.

Ich wische die Gedanken weg, die mich nur traurig machen würden, als mir einfällt, dass ich Alex schreiben sollte. Dad und sie warten bestimmt sehnsüchtig auf ein Lebenszeichen von mir. Es war meine Schwester, die mich auf ihre liebevolle, unnachahmlich direkte Weise darauf hingewiesen hat, dass ich einen Tapetenwechsel brauche. Keine Ahnung, warum mir Moms Tod mehr nachhängt als meiner Schwester. Vielleicht, weil Mom meine *speziellen Macken* besser verstanden hat als irgendjemand sonst. Sie wusste genau, wie es sich anfühlt, wenn man quasi wie aus dem Nichts von bodenloser Panik überfallen wird. Wenn man glaubt, die Kontrolle zu verlieren. Platzangst ist eine Bitch. Mom verstand das wie keine andere, denn sie musste als Kind damit ebenfalls ihre Erfahrungen machen. Alex hingegen behauptet, ich käme mit dem Verlust unserer Mom nicht klar, weil ich die *Kleine* bin, dabei ist sie gerade mal neunzehn Minuten älter. Es ist witzig, wie mein Schwesterherz ständig betont, dass sie die Erstgeborene, und infolgedessen die Klügere, Erfahrenere und Mutigere von uns sei. Meist mache ich ihre Spielchen mit, doch mit zwanzig finde ich, ist es endlich an der Zeit, aus dem Schatten meiner Schwester zu treten. Ich will mir, aber auch ihr beweisen, dass ich sehr gut allein zurechtkomme und alles erreichen kann, was ich mir vornehme. Deshalb habe ich mich gefreut, als die Zusage vom *Madison Bay College* in Haus geflattert kam, zumal es auf der Liste der Colleges, bei denen ich mich beworben hatte, ganz oben stand. Nicht nur, weil es als eine der besten Anlaufstellen für Medien- und Kommunikationswissenschaften gilt, sondern auch weil das Motto von Rhode Island *Hope* lautet. Mal ehrlich, gibt es ein besseres Motto als dieses, um irgendwo neu zu beginnen?

Ich springe auf, um mir eine Packung Oreos aus meinem Koffer zu organisieren, die mir Tante Emmy vor der Abfahrt zugesteckt hatte. *Seelenfutter*, hatte sie mit einem Zwinkern bemerkt, und da ich verrückt nach diesen Keksen bin, habe ich ihr nicht widersprochen. Anschließend mache ich es mir wieder im Schneidersitz auf meinem Bett bequem, ziehe mein Smartphone aus meiner Jackentasche und schicke meiner Schwester eine Nachricht.

Ich: *Alex, ich bin gut angekommen. Sagst du bitte Dad Bescheid? Lieb dich. XOX.*

Mit etwas Glück hängt sie vielleicht mal nicht mit ihrem Bald-Verlobten Colin ab, mit dem sie geschätzte dreiundzwanzig Stunden des Tages verbringt. Nicht, dass ich ihr das missgönnen würde. Ich würde mir nur langsam auch mal jemanden an meiner Seite wünschen. Irgendwie scheine ich die Jungs nicht gerade wie ein Magnet anzuziehen. Ein leises *Pling* kündigt eine eingehende Textnachricht an.

Alex: *Hey, kleine Pestbeule! Schön zu hören, dass du und deine alte Rostlaube es tatsächlich nach Rhode Island geschafft haben. Ich hatte mir ehrlich gesagt ein wenig Sorgen gemacht.*

Sie hat einen zwinkernden Smiley und ein rotes Herz hinter ihren Text gesetzt.

Alex spielt auf meinen ersten fahrbaren Untersatz an, den ich mir von meinem Gehalt als Kellnerin und dank eines großzügigen Zuschusses von Dad zum letzten Geburtstag geleistet habe. Zugegeben, das teilweise angerostete Schätzchen ist nicht gerade das zuverlässigste Gefährt. Aber ich habe uns auf halber Strecke eine Pause gegönnt und bei Tante Emmy in Indiana übernachtet. Nicht nur, weil ich Dads ältere Schwester schon viel zu lang nicht mehr gesehen hatte, sondern sie mich auch mit dem Versprechen köderte, ihren weltbesten Apfelkuchen für mich zu zaubern.

Ich: *Sehr witzig, Schwesterherz. Deine Sorgen waren überflüssig, wir haben das College beide heil und in einem Stück erreicht.*

Alex: *Perfekt. Und, wie gefällt es dir dort an der Ostküste?*

Ich: *Ernsthaft? Es ist grauenvoll.*

Alex: *Ach du Scheiße.* Sie garniert ihre Worte mit einem Panik-Emoji.

Ich: *Haha! Nein, alles gut. Der Campus scheint klasse zu sein, mein Zimmer, oder besser gesagt, meine Hälfte des Zimmers ist okay. Ich warte allerdings noch auf meine Mitbewohnerin.*

Alex: *Puh, für einen Moment hast du mich gehabt, Sis. Eins zu null für dich. Und, wie sieht's aus, hast du schon einen der fünf Punkte auf deiner Bucket-List abgehakt?*

Ich: *Machst du Witze? Ich habe gerade erst ausgepackt.*

Alex: *Okay, dass dir gleich am ersten Tag das passende Material für deine Entjungferungsaktion vor die Füße läuft, ist vielleicht etwas zu viel verlangt, aber was hat dich davon abgehalten, dir bei deiner Ankunft die Klamotten vom Leib zu reißen und dich splitterfasernackt in den Atlantik zu stürzen?*

Ich: *Haha. Du bist unmöglich.* Ich schicke ihr einen lachenden Smiley zurück.

Alex: *Deswegen liebst du mich ja auch.*

Ich: *Sag Dad, dass ich ihn liebe. Ich rufe euch bald an. Bis dann XOX.*

Alex: *Mach ich. Bis bald, Sis. Und tue nichts, was ich nicht auch tun würde. XOX*

Obwohl wir nicht unterschiedlicher sein könnten, verstehen wir uns – abgesehen von den Malen, wenn wir uns in den Haaren liegen – blind. Alex ist meine Seelenverwandte. Meine Vertraute. Dad nennt uns scherzhaft *Die Unzertrennlichen.* Bis Colin auftauchte und meine Schwester für sich vereinnahmte, gab es uns tatsächlich nur im Doppelpack. Und ich muss zugeben, dass ich meine Schwester in diesem Augenblick schrecklich vermisse.

Bevor ich sentimental werde, stopfe ich das Handy in meine hintere Hosentasche und richte meinen Blick hinüber aufs Bett meiner Mitbewohnerin.

Als wäre dies ihr Stichwort gewesen, schwingt die Tür auf und ein Mädchen wirbelt ins Zimmer, einen Rollkoffer hinter sich herziehend.

Zuerst fallen mir üppige, kastanienbraune Lockenkringel auf, dann ungefähr tausend Sommersprossen, die in einem herzförmigen Gesicht tanzen. Sie kommt mit ausgestreckter Hand auf mich zu. »Hey! Ich bin Samara McCormack.« Sie kraust ihre Nase und schüttelt den Kopf. »Na ja, eigentlich werde ich von

Freunden Sami genannt.«

Ihr Lächeln ist ansteckend.

»Ich bin India. India Reynes«, präzisiere ich. »Und besitze leider keinen so hübschen Spitznamen wie du.« Mein erster und einziger Freund Jayke hatte es in einer Anwandlung von Zärtlichkeit einmal mit *Indy* versucht, doch das hatte ich im Keim erstickt und gedroht, ihn zum Eunuchen zu machen, wenn er meinen Namen noch einmal verstümmelte.

»Du heißt India? Nicht Indiana?«

»Nope.« Ich schüttle den Kopf und streiche mir eine lange dunkle Haarsträhne aus dem Gesicht. »India, auf Wunsch meines Dads. Lange Geschichte.«

»Cool. Dein Name ist auch viel zu hübsch, um ihn abzukürzen.«

»Danke.« Ich erwidere ihr Lächeln, und wir mustern uns gegenseitig.

»Äh, du hast da was.« Sami deutet mit dem Zeigefinger auf meinen linken Mundwinkel.

»Echt?« Ich hebe meine Hand und wische mir mit dem Daumen über die Unterlippe. »Hier?«

»Nein.« Sie schüttelt den Kopf, und ihre interessanten, moosgrünen Augen funkeln belustigt. »Etwas weiter links.«

»Oh.« Ich blicke auf den dunklen Krümel auf meinem Finger und lutschte ihn ab. »Oreos. Du hast meine größte Schwäche entdeckt.«

»Scheint, als würden wir uns perfekt ergänzen.« Samis Grinsen vertieft sich. »Dieses Faible teilen wir uns«, gesteht sie, wobei sie sich demonstrativ in ihre Hüfte zwickt. Sofort weiß ich, dass ich dieses Mädchen mögen werde.

»Vermutlich werden wir irgendwann dafür bezahlen.«

»Vermutlich nicht nur dafür«, ergänzt sie augenrollend und manövriert ihren Koffer vor ihren Schrank.

»Wo kommst du her?«, will ich wissen, während ich meiner neuen Mitbewohnerin beim Koffer auspacken zusehe.

»Ursprünglich aus Saint Paul, Minnesota. Meine Familie ist jedoch vor zehn Jahren nach Rockford gezogen, also habe ich quasi fast mein halbes Leben hier verbracht.«

»Echt jetzt? Dann könntest du doch aber auch zu Hause ...«

»Oh Gott, nein.« Sami rollt mit den Augen. »Ich liebe meine Familie wirklich. Aber mit einundzwanzig zu Hause zu wohnen, ist so abartig wie ...«

»Zombiebier?«, schlage ich vor.

»Brrr.« Sie kraust erneut die Nase. »Oder Bratwurst mit Gummibärchen. Aber jepp. So ungefähr. Und du? Du klingst nicht nach Ostküste.« Sie kneift die Augen zusammen, während sie mich mustert. »Deinem Akzent nach würde ich dich eher irgendwo im mittleren Westen einordnen.«

»Nicht übel. Wichita, Kansas.«

»Cool.«

»Ja, ich weiß. Endlose Weizenfelder, flaches Land, so weit das Auge reicht, und leuchtend gelbe Sonnenblumen. Ach, und natürlich riesige, rostige Mühlen, die sich quietschend im Wind drehen. Das ganze Klischee eben. Es ist nicht zu leugnen.«

»Hört sich an, als seist du froh, dort entkommen zu sein.«

Ich zucke mit den Schultern. »Ja und nein. Meine Zwillingsschwester Alex fehlt mir. Dabei sind wir gerade mal zwei Tage getrennt.« Ich denke an Mom. An Dad und mein Leben in Wichita. Vielleicht werde ich Sami einmal davon erzählen. Irgendwann, wenn wir uns besser kennen. »Hast du Geschwister?«, nehme ich mich aus der Schusslinie.

Sami zieht eine zerknitterte Bluse aus dem Koffer und schnuppert daran. »Einen jüngeren Bruder, Nick. Er geht auf die *Birchwood East*.« Die Bluse landet so, wie sie ist, auf einem Regalbrett. »Er ist cool, wir kommen gut miteinander aus. Aber das liegt sicher auch daran, dass ich nicht mehr zu Hause wohne und die *Foo Fighters* mit gefühlt hundertzwanzig Dezibel ertragen muss«, setzt sie grinsend nach.

»Oh, ich liebe Hardrock!«

Samis Augen weiten sich. »Ernsthaft?«

»Jepp.«

»Wow.« Sie lacht. »Du steckst voller Überraschungen, India. Irgendwie hätte ich das nicht von dir gedacht.«

»Jedes Mal, wenn ich Hardrock höre, behauptet Alex, dass wir bei der Geburt im Krankenhaus vertauscht worden seien«, gestehe ich freimütig.

»Witzig.«

Wir tauschen ein Grinsen. »Und das ist jetzt dein zweites Semester hier?«, frage ich sie.

»Mein drittes. Linguistik und Hispanistik im Hauptfach. Und bei dir?«

»Kommunikationswissenschaften.«

»Du bist Freshman?« Unbekümmert wirft Sami ein paar dicke Pullover in ihren Schrank. Sie scheint nicht gerade ein Ordnungsfreak zu sein, was mich schmunzeln lässt. Auch in dieser Hinsicht passen wir gut zusammen.

»Nein. Ich habe zwei Semester in Wichita studiert, aber ich brauchte einen Wechsel. Einen Neuanfang.« Ich erzähle ihr nicht, dass durch Moms Tod etwas in mir zerbrach und ich nun verzweifelt versuche, die Millionen Teilchen, wieder zusammenzufügen, in die ich zersplittert bin.

Sami mustert mich einen Moment, als würde sie darüber nachdenken, was mir passiert sein könnte, entscheidet sich aber dann, das Thema zu wechseln. Wofür ich ihr dankbar bin.

»Du hast übrigens wundervolle Haare«, merkt sie an. »Gott, ich würde für solche glänzenden, glatten Strähnen töten.«

»Ist nicht dein Ernst. Komm schon, deine Locken sind umwerfend.«

»Ach, was soll's. Ich schätze, man möchte immer das haben, was man nicht besitzt, stimmt's?« Sie schließt den Reißverschluss ihres inzwischen leeren Koffers und verfrachtet ihn unters Bett. »Wo stammst du eigentlich ursprünglich her? Bist du in den Staaten geboren?«, fragt sie mich, als sie sich wieder aufrichtet. »Ich hoffe, du nimmst mir diese Frage nicht übel. Ich bin immer schrecklich neugierig und falle gern mit der Tür ins Haus.«

»Ist schon okay«, sage ich. »Ich mag offene Menschen.« Zudem fühle ich mich ausgesprochen wohl in Samis Gegenwart. Wir liegen auf einer Wellenlänge, und ihre unverblümte Art erinnert mich an meine Schwester. »Meine Mom stammte ursprünglich aus Indien, genauer gesagt Jaipur. Zwischen ihr und Dad hat es an der Uni auf den ersten Blick gefunkt.« Meine Eltern sind für mich immer das leuchtende Beispiel einer funktionierenden Beziehung gewesen. Für die perfekte, einzige, große Liebe. Die niemals auf diese Weise hätte enden dürfen, wie sie es tat.

»Cool, wie romantisch.« Sami stutzt. »Du sprichst in Vergangenheitsform von deiner Mom. Ist sie ...?«

Ich nicke.

»Das tut mir echt leid.« Sie schenkt mir einen mitfühlenden Blick. »Hey, was hältst du davon, wenn ich dir das Campusgelände zeige?«, schlägt sie unvermittelt vor. »Ich weiß, wo die coolen Typen abhängen, kenne die besten Diner, und ich kann dir die schnellste Abkürzung vom Wohnheim bis zur Mensa im Hauptgebäude zeigen, falls du mal verpennt hast und ausgerechnet an dem Tag dein Leibgericht in der Kantine serviert wird. Und«, fügt sie mit einem Augenzwinkern an, »wir könnten anschließend in einem süßen kleinen Coffeeshop um die Ecke sündigen. Die verkaufen den besten Kaffee in ganz Rockford und Umgebung. Was meinst du?«

»Worauf warten wir?«

Wenige Minuten später verlassen wir unser Wohnheim und treten aus der Tür. Ich bleibe stehen. Mein Herz klopft ein kleines bisschen schneller und ich balle die Hände zu Fäusten.

»Hey, was ist los?« Sami mustert mich mit gerunzelter Stirn.

Ich schüttle den Kopf. »Alles okay.« Zitternd hole ich Luft, während ich erleichtert feststelle, dass sich das Klopfen nicht in unkontrolliertes Rasen verwandelt, so wie es früher unzählige Male geschehen ist. Meine Handflächen fangen nicht an zu schwitzen und ich verspüre auch nicht das Bedürfnis, zurück ins Gebäude zu rennen. Es *ist* alles okay. Genau wie ich Sami gesagt habe.

»Na dann los. Meine Nase schnuppert schon leckeren Kaffeeduft.«

Ich ziehe den Reißverschluss meiner Jacke bis zum Kinn, um

mich gegen den frischen Wind zu schützen, der vom Meer her weht, und denke daran, dass ich schon bald meinen ersten Indian Summer erleben werde. Als Mom noch lebte, hatten wir geplant, zusammen in eins der hübschen, historischen Städtchen nach New England zu fahren, um die herbstliche Farbenpracht der Ostküste zu erleben. Tja, leider ist es nie dazu gekommen.

Ich werde das hier für dich miterleben, Mom.

Unter den Sohlen meiner *Timberlands* knirscht Kies, als Sami und ich den geschwungenen Wegen zwischen den Rasenflächen folgen. Der Campus ist gut ausgestattet, entpuppt sich als eigenes kleines Städtchen innerhalb Rockfords. Es gibt eine Mensa, Cafés, einen Diner, eine Bank, eine Bibliothek und sogar einen *Barnes & Nobles*-Buchladen.

»Vermutlich werde ich in diesem Geschäft eine Menge Zeit verbringen«, oute ich mich meiner Mitbewohnerin gegenüber als Bücherwurm.

Sie kraust die Nase. Inzwischen ist mir aufgefallen, dass sie das öfter macht. »Du liest gern?«

»Du nicht?«

»Ich bevorzuge E-Books.«

»Echt? Für mich gibt es nichts Schöneres, als in gedruckten Büchern zu blättern. Okay, Süßigkeiten vielleicht.« Ich ziehe eine Grimasse. »Und *Big Little Lies*.«

»Oh, cool, die Serie liebe ich auch.«

»Der schwarze Humor, die Intrigen ... einfach klasse, oder?

»Ich sehe schon, wir werden bestimmt öfter zusammen vor dem Bildschirm abhängen«, meint sie und ihre grünen Augen funkeln vergnügt. »Ich schätze, mit meiner neuen Mitbewohnerin hätte ich es übler treffen können.«

»Dito.« Lächelnd halte ich ihr eine Hand entgegen, damit sie einschlagen kann.

3. Kapitel

Ace

Ich parke meine Harley auf einem freien Parkplatz direkt vor dem fünfstöckigen Backsteingebäude in Downtown Rockford, in dem sich das Büro meines PR-Beraters befindet. Es ist das erste Mal, dass ich ihn hier aufsuche, andererseits gab es bisher auch keine Notwendigkeit für ein ausführliches Gespräch wie dieses. Nicht, dass ich besonders scharf drauf wäre, aber Drew hatte mich ja bereits vorgewarnt, dass ich von Ryan eine ausführliche Anleitung zum richtigen Verhalten bekommen und somit, wie er sich ausdrückte, *auf die richtige Spur gebracht werden würde.*

Mit dem Helm unter dem Arm trete ich durch eine sich automatisch öffnende Glasschiebetür und durchquere die kleine Lobby, um mich am Empfang anzumelden. »Ace Tremaine für Mister Neely«, informiere ich die kurvige Rothaarige hinter dem Tresen, die ihren Blick nur unwillig von einer Zeitschrift löst. Ihre Augen weiten sich bei meinem Anblick und die Illustrierte ist vergessen.

»Mr Tremaine? Sie sind ... sind Sie nicht?« Sie vergisst, ihren Mund zu schließen, sodass ich den blauen Kaugummi sehe, der an ihren Backenzähnen klebt. »Ich habe Ihren Artikel in der Zeitung gelesen ...«

Darauf wette ich, Süße. Ich verkneife mir einen entsprechenden Kommentar, erinnere mich an die mahnenden Worte meines Agenten, mich in der Öffentlichkeit auf keinen Fall zu dem pikanten Vorfall, der mich beinah meine Karriere gekostet hätte, zu äußern. »Auf welcher Etage kann ich Mr Neely finden?«, frage ich sie mit einem freundlichen Lächeln, denn es ist tatsächlich das erste Mal, dass ich meinen PR-Berater aufsuche. Bisher haben wir lediglich miteinander telefoniert oder uns in den Büroräumen meines Agenten getroffen.

»Drittes Stockwerk. Das zweite Zimmer auf der linken Seite«, erwidert sie, während sie ihren interessierten Blick über mich wandern lässt.

Ich danke ihr und verzichte darauf, auf den Aufzug zu warten, denn ich möchte ihr nicht weiter die Möglichkeit geben, mich zu studieren. Ich bevorzuge, wegen meiner sportlichen Leistung und nicht wegen eines zugegebenermaßen sehr dummen Fehlers Aufmerksamkeit auf mich zu ziehen.

Schnellen Schrittes begebe ich mich nach oben in den dritten Stock und stehe kurz darauf vor Ryans Tür. Ich sammle mich kurz, klopfe an und trete nach seiner Aufforderung ein. Das Büro meines PR-Beraters ist ein heller, großer Raum, ausgestattet mit einem stylishen Schreibtisch, Ledersesseln und einer gläsernen Minibar und bietet einen fantastischen Ausblick auf die Innenstadt von Rockford sowie einen Teil des *Madison Bay College* Campus.

Ryan erwartet mich bereits. Er nickt grüßend, als ich auf ihn zugehe und fordert mich mit einer Handbewegung auf, mich ihm gegenüber auf einem der lederbezogenen Besuchersessel niederzulassen. »Schön, dass du pünktlich bist, Ace. Wir können sofort beginnen. Kaffee? Tee?«, will er geschäftsmäßig wissen.

Jedes Mal, wenn ich den Mann sehe, denke ich unwillkürlich an Dominic Purcell aus *Prison Break*, denn Ryan könnte problemlos dessen verschollener Zwillingsbruder sein. »Danke, aber nein.« Ich möchte das hier so schnell wie möglich über die Bühne bringen.

Ryan kommt gleich zur Sache. Mit gerunzelter Stirn zieht er eine Mappe aus einer der Schreibtischschubladen und legt sie mit gespreizten Fingern vor sich auf den Tisch. »Ich habe mir eine Strategie überlegt, wie wir deinen Namen in der Öffentlichkeit am besten wieder ins rechte Licht rücken. Dieser Wirbel, den du verursacht hast, bleibt leider lange im Gedächtnis der Menschen haften, denn sie lieben nichts so sehr wie pikante Skandale und schmutzige Geschichten.«

Unbehaglich verlagere ich mein Gewicht.

»Zunächst will ich dir Folgendes einschärfen: Jedes Mal, wenn du dich im öffentlichen Raum bewegst, wirst du dich höflich, zuvorkommend und freundlich präsentieren. Du wirst ohne meine Zustimmung oder der deines Agenten keinerlei Informationen herausgeben – weder Details über die Regelung, die der Verein mit deinem Agenten getroffen hat, noch über deinen«, er räuspert sich, »Fauxpas oder deinen aktuellen Gemütszustand.« Seine laserblauen Augen hinter der randlosen Brille fixieren mich eindringlich. »Sollten Fragen gestellt werden, verweise höflich aber bestimmt auf die Presseabteilung der *Legends*. Haben wir uns verstanden?«

»Natürlich.« Ich räuspere mich ebenfalls und wünschte, dieses Gespräch wäre bereits Geschichte. Was es mit ziemlicher Sicherheit nicht ist, denn jetzt öffnet er die Mappe und überfliegt das darin liegende Blatt Papier.

»Des Weiteren hat sich der Verein mit deinem Agenten darauf geeinigt, dass du in der nächsten Zeit bei diversen Benefizveranstaltungen erscheinen wirst, auf denen du die *Legends* repräsentierst«, lässt er mich mit einem Nicken wissen. »Eine Liste dieser Events werde ich dir noch heute per E-Mail zukommen lassen. Ebenso werden wir uns vor jeder dieser Veranstaltungen kurzschließen, damit du weißt, worum es jeweils geht und wie du dich zu verhalten hast, sprich, ob lediglich deine Anwesenheit erforderlich sein oder du eventuell einen Auftritt haben wirst.«

Fuck. Das hört sich nach der reinsten Folter an. Ich hasse derartige Events, für die man sich in Schale werfen und ein Dauergrinsen ins Gesicht tackern muss. Alles, was ich will, ist Eishockey spielen. Ich bin kein Mensch, der das Rampenlicht außerhalb der Eisarena sucht. Aber ich schätze, genau das wird nun von mir erwartet, egal, ob es mir gefällt oder nicht. Dieser Mist ist der Preis dafür, meinen Traum weiter leben zu dürfen. Ich balle meine Rechte zur Faust und strecke anschließend meine Finger. »Alles klar. Danke, Ryan.« Ich mache Anstalten, mich zu erheben.

»Moment, Ace. Wir sind noch nicht fertig.«

Heilige Scheiße. Was kommt als Nächstes? »Sicher.« Einen stummen Fluch auf den Lippen, lasse ich mich zurück in das Lederpolster sinken.

»Wir hielten es zudem für sinnvoll, wenn du dich ehrenamtlich engagierst, beispielsweise im Natur- und Umweltschutz.« Die Andeutung eines kurzen Lächelns spielt um seine Mundwinkel, das jedoch seine Augen nicht erreicht. »Die Stadtverwaltung sucht händeringend Helfer, die sich bereiterklären, städtische Grünflächen von Müll zu befreien. Ich denke, ein derartiges Engagement würde dir großartige Publicity verschaffen und deinen Namen reinwaschen.«

Ach du Scheiße.

Nicht, dass ich im Sammeln von Müll keine sinnvolle Beschäftigung sehen würde, aber mal ehrlich, die Aussicht, klebrige Getränkedosen, verschimmelte Sandwiches, Taschentücher, Spritzen oder benutzte Kondome in Plastiksäcke einzutüten, lässt mich nicht gerade vor Begeisterung in die Luft springen. Mir schwebt da eine andere Art von Engagement vor.

»Bei allem Respekt, Ryan ... Dürfte ich einen Vorschlag machen?«

»Sicher.« Neely lehnt sich in seinem Sessel zurück und sieht mich abwartend an. »Wir sind selbstverständlich offen für Vorschläge, Ace, sofern sie der Sache dienlich sind.«

»Wäre es denkbar, dass ich mich im Jugendsport engagiere?« Ich reibe mir über den Nacken. »Tatsächlich könnte ich mir beispielsweise vorstellen, Jugendliche beim Training zu unterstützen. Irgendetwas in dieser Art.« Für einen flüchtigen Moment taucht Carlys Gesicht vor meinem inneren Auge auf. Es würde mir Spaß machen, mit Kids wie ihr zusammenzuarbeiten. »Wissen Sie, ich komme gut mit Kindern klar«, füge ich an und hoffe, nicht allzu verzweifelt zu klingen.

Ryan zieht seine Brauen zusammen, während er mich taxiert. »Warum nicht? Das sollte machbar sein«, verkündet er schließlich. »Ich werde mich schlau machen und informiere dich, sobald ich eine entsprechende Möglichkeit in dieser Richtung aufgetan habe. Ich bin sicher, wir werden etwas Passendes finden.«

Im Geist vollführe ich eine Geste des Triumphs. »Danke, Ryan. Das weiß ich sehr zu schätzen.«

Er nickt mir zu und erhebt sich – für mich das Zeichen, dass unser Gespräch hiermit ein Ende gefunden hat. »Wir bleiben in Verbindung, Ace.«

»Danke, Ryan.«

Wir verabschieden uns. Mit einem Zischen stoße ich die Luft durch meine Zähne, als sich die Bürotür hinter mir schließt. Verfluchte Scheiße. Gott, ich bin heilfroh, dass ich dieses Gespräch hinter mich gebracht habe. Allerdings ist es entgegen meiner Befürchtung ganz gut gelaufen, wenn man mal von diesen bescheuerten Benefizveranstaltungen absieht. Auf die Arbeit mit den Kids freue ich mich. Ich bin gespannt, was Ryan für mich in petto haben wird.

Leichtfüßig springe ich die Stufen in die Lobby hinab und verlasse das Gebäude. Jetzt brauche ich erst einmal einen Kaffee. Stark und schwarz.

4. Kapitel

India

Anscheinend ist das *Rockford Barista* in der Gegend ziemlich beliebt, denn der kleine Coffeeshop an der Ecke Main und dem East Market Drive brummt vor Geschäftigkeit. Der Duft nach frisch gebrühtem Kaffee und süßem Gebäck ist verführerisch.

Sami und ich reihen uns in die Schlange der Wartenden vor dem Bestelltresen ein. Ich richte meine Aufmerksamkeit auf die große schwarze Aufstelltafel links von der Theke, auf der jemand mit Kreide in schwungvollen Buchstaben eine ordentliche Auswahl an Kaffeegetränken verewigt hat.

»Was nimmst du?«, will ich von Sami wissen. »Kannst du mir etwas empfehlen?«

»Also für den Vanille-Schokoladen-Frappuccino könnte ich töten.« Sie leckt sich über die Lippen und rollt dramatisch mit den Augen.

Ein Mädchen, das unmittelbar vor uns steht, dreht sich grinsend zu uns um. »Da bist du nicht die Einzige.«

»Oder Zimt-Karamell-Schokolade«, zitiere ich weitere Angebote von der Tafel. »Haselnussmocha. Doppelter Espresso mit Pfefferminzaroma und Schlagsahne.« Mir läuft das Wasser im Mund zusammen. »Ich fürchte, ich muss hier einziehen«, sage ich an Sami gewandt.

»Dann nimmst du mich aber mit. Du glaubst doch nicht, dass ich allein im Wohnheim bleibe, während du dich hier durchs Angebot schlemmst.«

Wir schwärmen und blödeln noch ein wenig herum, bis wir an der Reihe sind und unsere Wünsche aufgeben. Sami organisiert uns anschließend einen Tisch nahe der Tür, an dem wir uns mit unseren Getränken sowie einem Karton mit einer Auswahl bunter Donuts niederlassen.

»Ich bin im Himmel«, entfährt es mir, während ich mir türkisfarbene Glasur vom Daumen lecke. »Echt, Sami, das hier sind die besten Donuts, die ich je gekostet habe.«

»Das ist ja mal wieder typisch! Samara McCormack schlägt sich still und heimlich den Bauch voll!« Eine hübsche Brünette mit auffälliger Brille lässt sich auf einen der Stühle an unserem Tisch fallen und schießt Sami einen gespielt empörten Blick zu. »Mein Gott, Leute, das ist ja wohl fies.«

»India, das ist meine gute Freundin Paige«, stellt mir Sami das fremde Mädchen vor. »India kommt aus Kansas«, fügt sie an Paige gewandt hinzu. »Sie ist neu am College – studiert übrigens auch Medienwissenschaften, genau wie du.«

»Hey, nett, dich kennenzulernen.« Ich schenke Samis Freundin ein Lächeln.

»Gleichfalls!« Paige pustet ihre dunklen Ponyfransen aus der Stirn. »Dann werden wir uns zukünftig wohl öfter über den Weg laufen.«

»Hört sich gut an.« Ich freue mich, dass wir uns über den Weg gelaufen sind, denn Paige mit der Nerdbrille ist mir auf Anhieb sympathisch.

Sami hält ihr den Karton mit den Donuts unter die Nase. »Greif zu, so lang noch was da ist, Baby.«

Paige hebt abwehrend die Hände. »Ohne mich, Leute. Ich würde zwar liebend gern, aber erstens platze ich gleich, und zweitens ist diese verdammte Jeans seit der letzten Wäsche schon wieder eingegangen.« Um uns zu zeigen, wovon sie spricht, steht sie kurz auf und präsentiert uns ihren Hintern in der zugegebenermaßen sehr knapp sitzenden Jeans.

»Ach komm schon, Paige. Würde sich J. Lo je für ihren Knackarsch schämen? Na also. Erstens ist deine hübsche Kehrseite mindestens genauso sexy, und zweitens sind die pinkfarbenen Zuckerstreuseldonuts jede Sünde wert. Dann verzichtest du heute eben aufs Dinner.« Erneut hält Sami ihr das Gebäck vors Gesicht.

»Gott, du bist unmöglich«, schimpft Paige und lässt sich kopfschüttelnd zurück auf den Stuhl sinken. »Na gut. Vielleicht einen klitzekleinen ...« Sie legt die Stirn in Falten, als sie in den Karton greift und sich einen Donut aussucht. Genüsslich schließt sie die Augen, während sie die Zähne in dem süßen Kringel versenkt.

»Seltsam, aber mein Frappuccino ist verdunstet.« Samis grüne Augen funkeln verschmitzt.

»Geht ja gar nicht. Weißt du was? Ich hole uns Nachschub.« Ich springe auf, da ich meinen Kaffee ebenfalls fast ausgetrunken habe. »Paige? Kann ich dir was mitbringen?«

Paige nickt und leckt sich einen Krümel vom Mundwinkel. »Das wäre super. Danke, India.«

Die beiden Mädchen geben ihre Bestellung bei mir auf. Ich mache mich auf den Weg und reihe mich in die Warteschlange vor der Theke ein. Zum Glück ist sie nicht mehr ganz so lang, wie bei unserer Ankunft. In Gedanken gehe ich noch mal die Getränke durch, damit ich nichts durcheinanderbringe. Wir rücken rasch weiter vor, lediglich drei Kunden stehen noch vor mir.

»Dürfte ich mal eben vorbei?« Ein Mädchen lächelt mich entschuldigend an und ich mache einen Schritt zur Seite, um sie passieren zu lassen.

In diesem Augenblick rempelt mich jemand so heftig von der anderen Seite an, dass ich vor Schreck lautstark den Atem einziehe. Ich spüre, wie ich aus dem Gleichgewicht gerate, will noch gegensteuern, verliere den Kampf aber und lande ziemlich unsanft auf dem Hintern. Autsch. Und als wäre das noch nicht genug, ergießt sich zu allem Überfluss auch noch heißer Kaffee über meinen Pullover, was mir einen kleinen Aufschrei entlockt. »Verdammt, was ...?«

»Scheiße.« Ein Kerl mit Lederjacke und einem Kaffeebecher in der Hand – ich vermute, der ist jetzt um einiges leerer – beugt sich über mich und hält mir eine kräftige Hand entgegen, die ich jedoch nur am Rande registriere.

Mein Pullover ist ruiniert, so viel steht fest. Es war ein Geschenk von meiner Mom, was mich besonders nervt. Ich rapple mich ungeschickt auf.

»Sorry, ich hatte nicht vor, deinen Pullover zu ruinieren, aber du bist direkt in mich reingelaufen«, sagt der Kerl mit tiefer

Stimme.

»Vielmehr bist du in *mich* reingelaufen. Du hättest aufpassen sollen«, sage ich und klinge genauso zerknirscht, wie ich mich fühle.

»Hast du dir wehgetan?«, fragt der Fremde und etwas an seiner Stimme lässt mich innehalten.

Ich hebe den Kopf und vergesse für einen Moment meinen ruinierten Pullover.

Wow.

Der Kerl ist absolut hinreißend.

Hinreißend und megaheiß.

Die Art von heiß, dass man sich am liebsten vergessen und sich an seinen Hals werfen möchte.

Kantige Gesichtszüge, einen sexy Bartschatten, dunkelbraun leuchtende Augen und er ist gebaut wie ein Footballspieler. Ich schätze ihn auf zwei oder drei Jahre älter, als ich es bin.

»Schon gut.« Er muss ja nicht unbedingt wissen, dass mein Allerwertester von dem unfreiwilligen Kontakt mit dem harten Steinfußboden wie Feuer brennt.

»Sicher?« Sein intensiver Blick bringt mich aus dem Gleichgewicht. Alles an ihm bringt mich aus dem Gleichgewicht. Der Kerl hat eine Ausstrahlung wie eine Supernova, und mir wird plötzlich die Nässe bewusst, die in Form eines kaffeegeschwängerten Pullovers an meinem Oberkörper hängt.

»Ich befürchte, ich muss strippen«, entfährt es mir, bevor ich nachdenke. Mit ziemlicher Sicherheit werde ich gerade knallrot, aber ich habe mich schon in die Scheiße hineingeritten, nun muss ich das auch ausbaden. Und ehrlich, das Kleidungsstück klebt inzwischen förmlich an meinem Ausschnitt, was sich unangenehm anfühlt.

Ich bin mir seiner intensiven Musterung überdeutlich bewusst, während ich mir das feuchte Oberteil über den Kopf ziehe und es verkehrt herum, damit es nicht auch noch meinen Hintern einweicht, um die Taille binde. Glücklicherweise trage ich darunter ein ärmelloses Top, das nicht nach Unterhemd aussieht.

»Sorry noch mal.« Seine perfekten Lippen verziehen sich zu einem schiefen Grinsen. Er zwinkert mir zu und mein Magen vollführt einen Salto. Seine Augen sind wirklich hübsch. Wie der Rest von ihm.

Meine Güte.

Mit einem »Bis bald«, lässt er mich stehen und ich sehe ihm hinterher. Seine Schultern in der Lederjacke sind beeindruckend und seine Jeans schmiegen sich an seinen knackigen Hintern wie eine zweite Haut. Himmel, was für ein Kerl! Ich halte die Luft an, als er Sami mit einem knappen Kopfnicken grüßt. Zu meiner leisen Enttäuschung bleibt er nicht an unserem Tisch stehen, sondern geht vorbei und steuert den Ausgang an.

Sami nimmt glucksend mein verändertes Outfit in Augenschein, als ich wenig später mit einem Papp-Transporttablett samt Getränken an unseren Tisch zurückkehre. »Respekt, India. Erst seit Kurzem in der Stadt und schon legst du dich mit dem heißesten Typen von Rockford an.«

»Von wegen.« Ich rolle mit den Augen und reiche ihr einen der vollen Becher. »Dieser Hottie ist ungebremst in *mich* reingelaufen. Abgesehen davon, dass er meinen Lieblingspullover ruiniert hat, habe ich bestimmt ein paar blaue Flecken abbekommen.«

»Autsch.« Sie schiebt sich den Rest ihres Zuckerkringels in den Mund und deutet auf mein Top. »Der Mann lässt sich aber auch immer wieder was Neues einfallen, um Frauen dazu zu bringen, sich auszuziehen.« Sie kraust ihre Nase und kichert.

»Wer war der Kerl, Sami?«

»Ace Tremaine. Er spielt als Stürmer bei den *Rockford Legends*.«

»Den *Legends*?« Wow, ein Profisportler.

»Sag bloß, du hast noch nie von ihnen gehört?«

»Doch, na klar.« Natürlich ist mir dieses NHL Team ein Begriff, auch wenn ich kein Eishockeyfan bin. Mein Dad war generell ein großer Sportfan und obwohl ich diese Leidenschaft nicht geerbt habe, habe ich am Rande einige Infos mitbekommen.

»Du findest ihn heiß, habe ich recht?« Sami neigt den Kopf, um mich eingehend zu betrachten.

Ich lege die Finger um meinen Kaffeebecher und genieße die Wärme. »Er sieht ganz nett aus.« Okay, das ist die Untertreibung des Jahres. Ach was, des Jahrhunderts.

»Nett?«, prustet Sami prompt los und wechselt einen belustigten Blick mit Paige. »Ich glaube, wir sind uns alle einig, dass Ace lediglich ein anderes Wort für *extrem heiß* ist. Aber Vorsicht, der Mann ist ein Player und ein Bad Boy par excellence.«

»Ach echt?«

»Hast du es nicht gelesen?«

»Nein, was denn?«

»Du hast nichts von diesem Skandal gehört?« Paige beugt sich über den Tisch in meine Richtung.

Erneut verneine ich. »Sorry, ich bin nicht so bewandert in Sachen Eishockey, wie ihr zwei es offensichtlich seid«, oute ich mich und wünsche mir zum ersten Mal, es wäre anders. Dann hätte ich vielleicht früher eine Ahnung davon gehabt, wie heiß einige dieser Hockey-Kerle sind.

Sami lacht. »Ach, ich glänze lediglich mit Wissen, weil mein Bruder Nick in der Schul-Eishockeymannschaft spielt und ich ihn als große Schwester natürlich bei jedem seiner Spiele anfeuere.«

»Ich garantiere dir, wenn du erst einmal bei einem Match gewesen bist, wirst du Feuer fangen.« Paiges Augen hinter der Brille funkeln vor Begeisterung.

»Paige ist mit einem der Spieler zusammen.« Sami klopft mir auf die Schulter. »Weißt du was? Wir nehmen dich am Freitagabend mit ins *Hell's Kitchen.* Lass uns dort deinen Einstand am *Madison Bay College* feiern, okay?«

»Klingt gefährlich. Was in aller Welt ist das *Hell's Kitchen*?«

»Nicht gefährlich. *Angesagt* trifft es eher. Das *Hell's Kitchen* ist eine Sportbar im Stadtzentrum«, klärt Paige mich schmunzelnd auf. »Das *Hell's*, wie alle es gern nennen, ist die Lieblingsbar der *Rockford Legends*.«

Ich schiebe den Teller mit dem angebissenen Donut von mir und schenke den beiden ein Lächeln. »Okay. Vorausgesetzt ihr redet nicht die ganze Zeit über Eishockey«, werfe ich ein. »Denn da kann ich nicht mithalten. Ich habe null Ahnung von all den Regeln oder wie so ein Spiel überhaupt verläuft.«

»Kein Problem. Paige hat eishockeytechnisch den Durchblick und kann dir eine Menge beibringen«, beruhigt mich Sami.

»Richtig«, bestätigt Paige nickend. »Ich kann dir gern erklären, was ein *Blueliner*, ein *Bully* oder ein *Crosscheck* ist. In Nullkommanichts wirst du die Namen aller Teammitglieder schlafend rückwärts aufsagen können.«

Sami rollt mit den Augen. »Hör auf, anzugeben. Das ist ja geradezu unanständig.«

»Aus dir spricht nur der blanke Neid«, kontert Paige und streckt Sami die Zunge heraus. »Du solltest dringend mal wieder flachgelegt werden, Süße.«

Sami stellt kichernd ihren Kaffeebecher ab. »In diesem Punkt kann ich dir leider nicht widersprechen.«

»Von meinem Nash lässt du aber gefälligst die Finger. Dieser Prachtkerl gehört allein mir.«

»Keine Sorge. Ich denke nicht ernsthaft daran, mit einem der *Legends* etwas anzufangen«, erklärt Sami. »Die schlagen ja gern mal über die Stränge, wie man bei Ace mitbekommen hat.«

»Nash ist anders.« Paige strafft die Schultern und zwinkert mir zu. »Zum Glück. Aber du hast recht, was gewisse andere Typen betrifft ...«

Sami richtet ihre Aufmerksamkeit wieder auf mich. »Wie auch immer, wir gehen also am Freitagabend ins *Hell's*, India?«

»Supergern.« Ich bin erleichtert, auf Anhieb Anschluss gefunden zu haben. Die Mädels sind nett, ich freue mich darauf, sie näher kennenzulernen und bin sehr gespannt auf diese berühmte *Sportbar*.

Und auf diesen Ace ...

Paige ist bereits gegangen, als Sami und ich irgendwann später das *Rockford Barista* verlassen und den Rückweg antreten. Mein Pullover ist noch immer etwas feucht, deshalb trage ich ihn weiterhin um die Taille gebunden und lediglich meine Jacke über dem Top. Doch ich friere nicht. Ich bin aufgekratzt, ja nahezu geflasht von all den neuen Eindrücken, und mein Herz flattert ein wenig, während wir dem East Market Drive in Richtung des Campusgeländes folgen.

»Ich glaube, ich habe einen Koffeinschock«, scherze ich atemlos. »So viel Kaffee trinke ich sonst nie, aber der hier war einfach viel zu lecker.«

»Geht mir genauso.« Sie grinst. »Ich habe dir doch gesagt, dass das Gebräu dort eine Sünde wert ist.«

»Allerdings«, pflichte ich ihr nickend bei. Dann fällt mir ein, dass sie mir noch nicht verraten hat, welchen Skandal Ace Tremaine verursacht haben soll. Doch bevor ich dazu komme, nachzuhaken, registriere ich, wie unglaublich breit der Gehweg ist, den wir entlanggehen. Links und rechts säumen unendlich wirkende Gebäude die Straße. Irgendwie scheint sich der Weg plötzlich sekündlich zu verlängern und wenn das so weitergeht, werden wir niemals das Ende erreichen. Niemals ... Das Blut rauscht in meinen Ohren und meine Atmung beschleunigt sich. Ehe meine Beine nachgeben, bleibe ich stehen, um mich an einem Laternenpfahl abzustützen.

Nein. Nein, bitte nicht.

Nicht jetzt.

»India? Was ist los?«, dringt Samis Stimme durch eine Wattewand.

»Der Boden«, flüstere ich. Nackte, panische Angst kriecht meinen Nacken hoch. Bedrohliche Schwärze will sich in mir ausbreiten. Lähmt meine Glieder.

»Was ist damit? Was ist mit dir?« In ihrer Stimme schwingt Besorgnis mit.

Ich fühle ihre Hand an meiner Schulter. »Der Boden schwankt ... Ich ... Ich kann nicht weitergehen.« Mein Mund ist so trocken, dass ich nicht sprechen kann. Mein Herz rast, so schnell, dass ich glaube, zu explodieren, und mir ist heiß. Unerträglich heiß.

»Shhh ... ganz ruhig.« Sami streichelt in kleinen Kreisen über meinen Rücken. »Brauchst du einen Arzt?«

Ich schließe die Augen, versuche, mich aufs Atmen zu konzentrieren. Mich an das zu erinnern, was ich in der Verhaltenstherapie gelernt hatte.

Ich kann diese Angst besiegen. Ich kann meinem Körper vertrauen. Ich kann damit umgehen.

Ich schüttle den Kopf. Verdränge das Gefühl einer sich anbahnenden Ohnmacht. »Keinen Arzt.«

»Okay. Atme tief durch, India.« Sie streichelt mich weiter, hält den Körperkontakt.

Ein paar Minuten vergehen. Langsam beruhigt sich mein Puls und meine Atmung wird weniger hektisch. Ein Schweißtröpfchen rollt meine Wirbelsäule hinab. »Ich dachte, es würde nie mehr passieren.« Immerhin habe ich Jahre der Therapie hinter mir und hatte seit einer gefühlten Ewigkeit keinen Anfall mehr. Selbst Moms Beerdigung auf dem riesigen Areal des Friedhofs hatte ich ohne Zwischenfall hinter mich gebracht. Meine Stimme zittert, aber ich bin in der Lage, mich von dem Laternenpfahl zu lösen und Sami anzusehen.

»Was genau meinst du? Bist du sicher, dass du keine Hilfe brauchst?«

Ich streiche mir eine Haarsträhne aus dem Gesicht und schenke ihr ein kleines missratenes Lächeln. »Ich bin ... okay. Wirklich«, versichere ich. »Himmel, Sami. Das ist mir so verdammt peinlich.«

Sie hakt sich bei mir ein und ich lasse es geschehen. Wir gehen ein paar langsame Schritte, denn meine Knie sind noch immer wackelig.

»Dir muss überhaupt nichts peinlich sein.« Sie wirft mir einen prüfenden Seitenblick zu. »Hattest du eine Panikattacke oder so was Ähnliches?«

»Ja.« Ich beiße mir auf die Lippen, aber entscheide, mich Sami anzuvertrauen. »Ich leide unter Platzangst«, gestehe ich.

»Platzangst? Wie bekommt man denn so was?«

»Einer meiner Ärzte meinte, ich besäße«, eine Grimasse ziehend male ich mit den Zeigefingern Anführungszeichen in die

Luft, »ein hyperaktives Nervensystem. Keine Ahnung, ob das die Ursache ist. Irgendwann nach einem schlimmen Streit mit meiner Schwester Alex hatte ich meinen ersten Anfall. Allerdings dachte ich, dank meiner Therapien hätte ich dieses Kapitel hinter mir gelassen.«

Sanft drückt sie meinen Arm. »Du bist doch gerade erst umgezogen. Fängst in einer fremden Stadt neu an, in einer komplett neuen Umgebung. Du triffst wildfremde Menschen. Womöglich hat all das dazu geführt, dass du einen Anfall hattest?«

Ich seufze. »Vielleicht. Trotzdem tut es mir leid, dass du das gleich miterleben musstest. Sicher denkst du, deine neue Mitbewohnerin ist komplett gaga.«

Sie lacht und schüttelt ihren kastanienbraunen Lockenschopf. »Ach, mach dir da mal keine Gedanken. Wenn du mich erst näher kennengelernt hast, wirst du feststellen, dass *ich* in Wahrheit die Durchgeknallte von uns beiden bin.«

Mit diesen Worten entlockt sie mir tatsächlich ein kleines Schmunzeln. Ich mag dieses Mädchen immer mehr.

5. Kapitel

Ace

Ich stoße Atemwölkchen aus, all meine Sinne sind geschärft und meine Aufmerksamkeit ist auf den Puck gerichtet, als ich ihn mit meinem Schläger über die spiegelnde Eisfläche dirigiere. Trotz der Kälte in der Halle kleben meine Haare unter dem Helm feucht am Kopf. Schweiß läuft mir den Rücken hinunter.

»Auf geht's Leute, gebt noch mal alles!« Das tiefe Dröhnen von Coach Baras Stimme facht meinen Ehrgeiz an.

Die Kufen meiner Schlittschuhe jagen kratzend über das Eis, mein Puls rast. Scheiße, wie ich das hier liebe.

Geschickt weiche ich zwei Gegenspielern aus und schieße Remy die schwarze Scheibe zu. Der Mittelstürmer übernimmt und treibt sie vor sich her Richtung Tor. Anschließend passt er sie an mich zurück.

Dieses Baby werde ich ins Netz befördern.

Ich spanne die Muskeln in meinem Kiefer an, stemme die Kufen in das Eis, platziere meine untere Hand auf Höhe der Schlägermitte, gehe in die Hocke und hole aus.

Mit einem kräftigen Bodycheck kracht Nash, einer unserer Verteidiger, in mich und bringt mich zu Fall. Der Mistkerl stiehlt mir den Puck, vollführt eine schnelle, halbe Drehung und zieht sich mit der Scheibe hinter das Tor zurück.

In diesem Augenblick hebt Coach Bara seine Trillerpfeife an die Lippen und das Schrillen beendet unser Trainingsspiel.

Fuck!

Fluchend rapple ich mich auf und lasse meine Schlägerkelle auf das Eis knallen. Schweiß prickelt in meinem Nacken. Mir ist bewusst, dass mich der Coach während des gesamten Trainings mit Argusaugen beobachtet hat. Wie an all den anderen vergangenen Tagen seit meiner Festnahme.

Remys türkisblaue Augen funkeln, als er mir seine behandschuhte Pranke auf den Rücken schlägt. »Gutes Spiel, Mann.«

»Nicht gut genug«, knurre ich. »Das hätte ein verdammt perfekter Schlagschuss werden können.«

»Du wirst noch ausreichend Gelegenheit bekommen, dein Talent unter Beweis zu stellen, Ace«, kommentiert er in seiner typisch besonnenen Art meinen Ehrgeiz und Unmut. »Du willst immer mit dem Kopf durch die Wand. Sei mal entspannt und lass den Dingen ihren Lauf.«

Nash bremst scharf vor uns ab. Er hat seinen Helm bereits abgenommen und hält ihn unter den Arm geklemmt. »Na Mädels, alles klar?«

Ich zeige ihm den Mittelfinger. »Du bist und bleibst ein Arsch, Nash Kincade«, spiele ich darauf an, dass er mir gerade eine Torchance versaut hat, und verpasse ihm einen Boxhieb gegen den Oberarm.

Wir ziehen unsere Handschuhe aus und skaten Richtung Bande, um die Eisfläche zu verlassen. Coach Bara steht am Rand und nickt uns zu. Mit seinen imposanten zwei Meter zehn wirkt er ziemlich Respekt einflößend, obwohl ich mit meinen eins siebenundachtzig nicht der Kleinste bin.

Die dichten Brauen zusammenschiebend streift er mich mit einem düsteren Blick, als wir an ihm vorbeigehen. »Tremaine.«

Mir ist klar, dass er noch extrem angepisst ist, und ich kann es ihm nicht verdenken. Mein Agent hat mich darüber ins Bild gesetzt, dass Chesterfield inzwischen mit der Staatsanwaltschaft bezüglich meines Falls eine Geldstrafe ausgehandelt hat. Ich fühle mich erleichtert und bin gleichzeitig beschämt, dass ich wegen meiner Dummheit eine derart dicke Summe hinblättern muss. Immer noch besser, als die Strafe im Knast abzusitzen.

Minuten später haben wir uns unserer Ausrüstung entledigt und stehen unter den Duschen. Ich lege mein Kinn auf die Brust, damit das Wasser ungehindert auf meine Schultern prasseln kann, und genieße, wie der heiße Wasserstrahl meine schmerzenden Muskeln massiert.

»Der Coach ist nicht besonders gut auf dich zu sprechen, oder?«, bemerkt Remy leise, als er neben mir unter die Brause tritt und sich einzuseifen beginnt.

Ich greife nach dem Shampoo und schütte mir etwas davon über die Haare. »Jepp. Sieht ganz so aus.«

Ich bin nicht besonders scharf drauf, über den Vorfall zu sprechen. Es ist fünf Tage her, seit ich in Baras Büro zitiert wurde. Fünf Tage, in denen ich beim Training alles gegeben habe, um zu beweisen, dass ich würdig bin, zu den *Legends* zu gehören. Was den Coach bisher offenbar nicht sonderlich beeindruckt hat. Das bedeutet, dass ich mich noch mehr anstrengen muss.

»Schon wieder in Ungnade gefallen?«, will Nash wissen. Ein schiefes Grinsen zerrt an seinen Mundwinkeln. »Hast du irgendeine Braut geschwängert und sitzengelassen?«

»Sehr witzig.« Ich werfe ihm einen vielsagenden Blick zu.

»Bei deinem Frauenverschleiß würde es mich nicht wundern«, zieht er mich weiter auf.

»Idiot«, ärgere ich ihn zurück und zeige ihm den Mittelfinger. Als ich mit dem Duschen fertig bin, drehe ich das Wasser ab. Ich fahre mir mit der Hand durch das Haar, schnappe mir eins der frischen Handtücher von der Bank und schlinge es mir um die Hüften. »Ich mag viele Frauen glücklich machen, Nash Kincade, aber niemals ohne Gummi«, stelle ich klar, während ich zurück in die Umkleide gehe. Ich liebe Frauen, aber noch mehr liebe ich meine Unabhängigkeit.

Sekunden später gesellen sich Remy und Nash zu mir.

»Wie sieht's aus? Kommt ihr mit auf ein Bier ins *Hell's*?«, fragt Nash und angelt in seinem Schrank nach der Jeans. »Weston gibt anlässlich seines Geburtstages einen aus.«

Sein Vorschlag klingt verlockend. Ich hänge gern mit den Jungs im *Hell's* ab. Tanner, der Barbesitzer, schmeißt, wenn man den Gerüchten Glauben schenken darf, legendäre Siegesfeiern. Ich hoffe, dass wir im Oktober aus meinem Debütspiel als Sieger hervorgehen, und ich meinen Teil dazu beitrage – ob ich im Anschluss feiern darf oder nicht. Ich erinnere mich an das ausführliche Gespräch mit meinem PR-Berater, in dem er mir erklärte, wie ich meinen Ruf wieder ins rechte Licht rücke. Barbesuche standen dabei nicht auf seiner Agenda.

»Ich komme nicht mit, sorry, Leute«, beantworte ich Nashs Frage und streife mir mein T-Shirt über den Kopf.

Nash hebt eine Braue.

»Schon vergessen? Ace sitzt auf der Strafbank«, erinnert Remy ihn. »Nach dieser Sache mit dem Pokerspiel.«

Nash verstrubbelt sein schwarzes Haar. »Ach ja, Scheiße, das mit deinen Auflagen habe ich verdrängt.«

Natürlich hat sich die Sache mit meiner Verhaftung und der Freilassung auf Kaution wie ein Lauffeuer im Team verbreitet. Remy und Nash sind allerdings die Einzigen, die ich eingeweiht habe, was meine Strafe betrifft.

»Aber hey.« Remy knallt seine Schranktür zu. »Es ist Freitagabend. Meinst du nicht, der Coach drückt ein Auge zu? Zumal das gesamte Team im *Hell's* aufschlagen wird.«

»Keine Ahnung.« Ich zucke mit den Schultern. Ich könnte Bara um Erlaubnis bitten. Andererseits möchte ich mein Glück nicht herausfordern. Ich bin heilfroh, einigermaßen glimpflich aus der ganzen Sache herausgekommen zu sein.

»Komm schon, Mann.« Nash stößt mir seinen Ellenbogen in die Seite. »Frag nach. Es ist nicht gerade förderlich für den Teamgeist und den Zusammenhalt der Truppe, wenn du als Einziger der Geburtstagsfeier fernbleibst.«

»Wo er recht hat ...« Remy nickt mir auffordernd zu und reibt sich über die lange Narbe an seinem Kinn. Wie er mir erzählte, handelt es sich um das Überbleibsel einer Platzwunde. Der Flügelstürmer der *Rangers* hat seinen Stock in sein Gesicht geschwungen. Hübscher macht ihn das nicht, aber die Mädels meinen angeblich, es würde zu seinem besonderen Charme beitragen.

»Na komm schon«, sagt Nash. »Wenn du nur Coke trinkst, kann nichts Schlimmes passieren.«

Ach zur Hölle.

»Ihr seid die wahre Pest, Leute.« Ich verdrehe die Augen und gebe mich supergenervt, doch in Wahrheit bin ich dankbar für die Unterstützung der beiden. »Ich rede mit dem Coach, in Ordnung?«

»Bist du endlich mit Schminken fertig?«, will ich von Remy wissen, als ich mir die Schlüssel seines *Mercedes* von der Kommode angle, die im Flur unserer gemeinsamen Wohnung steht. Ich schwöre, der Mann braucht im Badezimmer länger als jedes It-Girl.

Mit einem breiten Grinsen und eine fette Wolke Aftershave hinter sich herziehend, taucht Remy aus dem Bad auf.

»Sehe ich gut aus?« Er fährt sich mit gespreizten Fingern durchs Haar und legt den Kopf schief.

»Topmodelqualität«, versichere ich ihm ebenfalls grinsend.

Nachdem Coach Bara mir tatsächlich überraschend grünes Licht für Wests Geburtstagsfeier in der Bar gegeben hat, habe ich Remy angeboten, seinen Wagen zu fahren, damit er etwas trinken kann.

Remy hat mir das Zimmer in seiner Dreier-Wohngemeinschaft vermittelt, als ich von Kingston neu ins Team kam und auf der Suche nach einer Bleibe war. Die vierzehn Quadratmeter inklusive Einbauschrank waren gerade frei geworden, da der ursprüngliche Mitbewohner berufsbedingt die Stadt verlassen hatte. Remy hat nicht gezögert, mir die Unterkunft anzubieten, obwohl er mich zu diesem Zeitpunkt noch nicht näher kannte. Damit ersparte er mir eine wochenlange, nervenaufreibende Suche nach einem bezahlbaren Dach über dem Kopf, denn ich hatte keine Lust, meine Zelte wieder zu Hause in meinem alten Jugendzimmer aufzuschlagen. Dass mich Remy hier wohnen lässt, werde ich niemals vergessen. Die Wohnung ist perfekt, da sie nur vier Blocks von Mom und Carly entfernt liegt, und ich jederzeit einsatzbereit bin, falls mich meine Familie braucht.

Wie immer, wenn das Team die Bar aufsucht, steppt im *Hell's Kitchen* der Bär. Was sicher nicht nur an der Anziehungskraft der *Legends*, sondern auch an Tanner, dem Inhaber der Bar, seiner

Freundin Cathy und den anderen Kellnerinnen liegt, die stets ein Lächeln und einen freundlichen Spruch auf den Lippen haben. Das *Hell's* ist einfach ein cooler Laden. Mit der Holztheke, in die schon unzählige Hockeyspieler ihre Namen geritzt haben, der Deckenvertäfelung und den schwarz-weißen Fliesen würde er nicht gerade den ersten Preis für die schickste Ausstattung gewinnen. Doch abgesehen von der lockeren, unbeschwerten Atmosphäre punktet die Bar mit sechs Flat-Screens, auf denen vornehmlich Eishockeyspiele laufen. Außerdem treten gelegentlich lokale Bands auf oder es gibt Karaoke-Abende. Tanner hat nichts dagegen, dass der Platz zwischen Theke und Billardtisch zur Tanzfläche umfunktioniert wird – meist von den weiblichen Stammgästen. Außerdem werden kleine Snacks angeboten, und auf der Getränkekarte steht eine ordentliche Auswahl an Bieren. Das *Hell's* ist wirklich der perfekte Ort zum Abhängen und Abschalten.

Normalerweise.

Heute Abend bin ich angespannt. Ich schäle mich aus meiner Lederjacke und bestelle mir eine Coke. Wir stoßen auf Westons Geburtstag an, und ich frotzle mit den Jungs herum. Auf dem gigantischen Flat-Screen über der Theke läuft irgendeine Reportage, die ich nicht verfolge, und mein rechter Fuß wippt gedankenabwesend zum eingängigen Rhythmus von Justin Timberlakes *Say Something*. Zwar bin ich an der Theke physisch präsent und nippe an meinem Getränk, aber in Wirklichkeit schwebe ich in ganz anderen Sphären. Ich gehe immer und immer wieder die Ereignisse der letzten Tage durch.

Mit einem Mal spüre ich das Gewicht einer Riesenpranke auf meiner Schulter.

»Hey Mann, du siehst aus, als hätte dir jemand deinen Hockeyschläger geklaut.« Nash schiebt seinen Hintern auf den freien Platz neben mir und signalisiert Cathy, dass sie ihm ein Bier bringen soll.

»Komm schon.« Er stößt mir freundschaftlich seinen Ellenbogen in die Seite. »Die paar Monate sitzt du locker auf einer Arschbacke ab, Ace. Wenn du dich erst mal im Team bewiesen hast, sieht die Welt wieder anders aus.«

Vermutlich. Allerdings kann ich das Gefühl nicht abschütteln, dass ich auch in der Bar unter Beobachtung stehe. Verstohlen werfe ich einen Blick über die Schulter, während ich meine Flasche Coke an die Lippen setze.

»Klar«, sage ich achselzuckend. Ich habe keine Lust, ihm zu gestehen, dass ich mich verfolgt fühle. Er würde mich wahrscheinlich für durchgeknallt halten.

Ein Schwarm Mädchen kommt in die Bar geschneit. College-Girls. Unschwer erkennbar an den grünen Sweatshirts mit dem Aufdruck *Madison Bay College Babe*, das einige von ihnen tragen, als sei das eine Auszeichnung. Eins dieser Mädchen kenne ich ziemlich gut. Natürlich entdeckt sie mich gleich beim Hereinkommen und schießt mir aus ihren honigbraunen Augen einen finsteren Blick zu. Mit Marietta habe ich Mist gebaut, das ist mir inzwischen klar, und ich bedauere es wirklich. Ich habe versäumt, von vorneherein klarzustellen, dass ich nicht an einer Beziehung interessiert bin, sondern lediglich Spaß haben will. Und ich habe zudem den Fehler begangen, mich ein zweites Mal mit ihr einzulassen – was bei ihr dummerweise Hoffnungen auf eine längerfristige Sache geweckt hatte. Kein Wunder also, dass sie extrem angepisst war, als sie die Schlagzeilen über mich in der *Gazette* entdeckt hatte. Sie hatte mich an jenem Abend um ein Date gebeten und ich hatte was von irgendwelchen Verpflichtungen gemurmelt.

Eine brünette Schönheit mit anschaulicher Oberweite schiebt sich zwischen mich und Nash und reißt mich aus meinen Gedanken.

»Hey Süßer.« Sie schenkt mir einen neugierigen Blick und ein kokettes Lächeln, bietet dann aber Nash ihre gespitzten Lippen an. Die Kleine muss seine Freundin sein, scheint allerdings gern mit anderen zu flirten. Ich wusste zwar, dass mein Teamkamerad in einer Beziehung steckt, hatte seine Freundin bisher jedoch nicht kennengelernt.

Nash markiert sein Revier, indem er besitzergreifend einen Arm um sie legt. »Hey, Babe.« Er nickt in meine Richtung. »Das ist übrigens Ace. Ace, Paige.« Seine Augen verengen sich und sein Blick verdeutlicht mir, dass ich ja die Hände von seinem Mädchen lassen soll.

»Hi, Paige.« Amüsiert über sein Platzhirschgehabe zwinkere ich seiner Freundin zu. Sie ist echt eine Hübsche.

Lucky Bastard.

Ich beneide ihn ein bisschen, allerdings würde es für mich nie infrage kommen, mich in eine Beziehung zu drängen. Meine erste längere Partnerschaft ging vor dreieinhalb Jahren in die Brüche, als meiner Freundin klar wurde, dass Eishockey bei mir immer an erster Stelle stehen wird. Ehrlich gesagt, bin ich ganz froh, keine feste Freundin zu haben. Wie der jüngste Vorfall zeigt, ist es besser, mich aufs Spielen zu konzentrieren und alles für die Karriere zu geben. Die wenige Zeit, die daneben bleibt, beanspruchen Mom und Carly. Davon abgesehen liebe ich mein Single-Dasein. Ich flirte gern und habe gegen gelegentliche One-Night-Stands nichts einzuwenden. Nein, es ist alles gut, wie es ist. Bis auf die Tatsache, dass ich ab sofort keinen Spaß mehr haben darf – aber selbst das ist okay, solang mir das Spielen bleibt.

Obwohl Nash sie beobachtet, lässt Paige es sich nicht nehmen, mich noch mal interessiert abzuchecken, ehe sie ihre Aufmerksamkeit auf ihn richtet. »Ich gehe zurück zu meinen Mädels da hinten, bevor sie mich als vermisst melden. Vergiss mich aber in der Zwischenzeit nicht, Nash.«

Er drückt ihr einen schnellen Kuss auf den Mund.

»Wie könnte ich das je tun?«, fragt er mit neckendem Unterton und sieht nicht ohne Stolz ihrem kleinen Arsch hinterher, als sie sich abwendet und an den Tischen vorbei zu ihren Freundinnen schlängelt. Anschließend schickt er ein triumphierendes Grinsen in meine Richtung.

»Schon gut, ich hab's kapiert. Sie ist die deine«, bestätige ich und versetze ihm einen freundschaftlichen Hieb gegen den Oberarm. »Beziehungen sind eh nicht so mein Ding. Wenn sie dich jedoch glücklich macht ...«

»Tut sie.« Nash reibt sich verlegen den Nacken, als ob es ihm peinlich wäre, das zuzugeben. Nach einer kleinen Pause fügt er an: »Paige ist die Eine. Sie ist die künftige Mrs Kincade, Mann.«

»Verstehe«, kommentiere ich knapp seine Aussage, denn viel mehr fällt mir dazu nicht ein. Hoffentlich sieht seine Süße das ebenso.

Weil Beziehungskram nicht gerade zu meinen bevorzugten Gesprächsthemen zählt, signalisiere ich der Barkeeperin, mir eine weitere Coke zu bringen. Vermutlich werde ich heute Nacht wegen einer Überdosis Koffein plus all dem Zucker aufrecht im Bett stehen. Vielleicht hätte ich nicht in die Bar kommen sollen. Ich meine, was zum Teufel mache ich hier? Den anderen dabei zusehen, wie sie sich zuknallen und Mädchen abschleppen?

Die Musik wird rockiger, die winzige Tanzfläche füllt sich allmählich. Es sind hauptsächlich Frauen, die sich dort tummeln, aber als Paige wieder bei uns am Tresen aufkreuzt, lässt sich Nash überreden, mit ihr zu tanzen. Er wirft mir einen gespielt verzweifelten Blick zu, der wohl bedeutet: *Komm schon, rette mich.* Ich grinse ihn nur an und sehe zu, wie er sich auf der Tanzfläche blamiert. Oder auch nicht.

Während ich an meiner Coke nippe, beobachte ich die beiden und muss Nash zugestehen, dass er sich nicht mal schlecht anstellt.

»Ace Tremaine?« Eine Blondine in enger weißer Bluse und dunklen Jeans setzt sich ungefragt auf Nashs Hocker und lächelt mich an. Sie schiebt ihre überdimensionale Handtasche auf den Tresen und dreht sich in meine Richtung. »Sie sind doch Ace Tremaine?«

»Als ich heute Früh aufgestanden bin, war das noch mein Name«, entgegne ich stirnrunzelnd. Mein Blick gleitet unwillkürlich auf ihr Dekolleté, das sie mit einem tiefen Ausschnitt gekonnt in Szene setzt, aber dann erinnere ich mich daran, dass Ryan mir eingeschärft hat, in der Öffentlichkeit höflich und zuvorkommend aufzutreten. Ich lenke meine Aufmerksamkeit zurück zu ihrem Gesicht und erwidere ihr Lächeln. »Was kann ich für Sie tun?«

»Olivia Grey, *Providence News*«, stellt sie sich vor und streicht sich eine Haarsträhne hinter das Ohr. »Wie ist Ihre Beziehung zu der jungen Frau, mit der Sie vergangene Sonntagnacht gesehen wurden? Treffen Sie sie öfter oder war das eine einmalige Sache? Würden Sie mir freundlicherweise ein paar Fragen beantworten?« Sie legt eine schmale Hand auf meinen nackten Unterarm.

Ich spanne meine Kiefermuskeln an. »Kein Kommentar.«

Ich löse meinen Blick von ihr und fokussiere den Bildschirm über der Theke. Verdammt. Ich habe es geahnt. Ich habe es gespürt. Sie muss sich schon eine Weile in der Bar aufgehalten und mich beobachtet haben. Diese verfluchten Paparazzi. Nicht einmal in meiner Lieblingsbar bin ich vor der Presse sicher. Ich werde den Teufel tun und dieser Dame irgendwelche Auskünfte geben, egal, wie sehr sie mit den Wimpern klimpert oder mir ihre Titten unter die Nase hält.

Du wirst ohne meine Zustimmung oder der deines Agenten keinerlei Informationen herausgeben.

Klar und deutlich habe ich Ryans Stimme im Ohr.

»Mister Tremaine«, schnurrt die Reporterin. »Wir können auch gern bei einem Essen und einem Glas Wein miteinander sprechen. Ich lade Sie ein. Was sagen Sie?«

»Entschuldigen Sie mich.« Mit einem höflichen Lächeln steige ich vom Hocker. Bevor sie noch irgendetwas sagen kann, drehe ich ihr den Rücken zu und bahne mir einen Weg zu den Toiletten.

Zeit, eine Pinkelpause einzulegen.

6. KAPITEL

India

Zombiebier.

Es ist das Codewort zwischen Sami und mir, falls ich eine Panikattacke bekomme und sie mich aus der Bar rausholen muss. Zwar gehe ich davon aus, dass das nicht geschehen wird, aber nach dem kleinen Anfall von gestern kann ich nicht hundert Prozent sicher sein.

Vor dem *Hell's Kitchen* treffen wir wie verabredet Paige sowie ein blondes, gepierctes Mädchen; es trägt ebenfalls ein grünes Collegeshirt und stellt sich mir als Marietta vor.

In der Bar ist es laut, stickig und voll, und die tiefen Bässe der Rockmusik vibrieren in jeder Zelle meines Körpers. Überall an den Wänden flimmern Sportsendungen über riesige Flat-Screens und im Raum hängt eine Wolke aus Alkohol und Parfüm. Auf einer kleinen Fläche wird getanzt und weiter hinten entdecke ich einen Billardtisch.

Während wir uns einen Weg durch die Menge bahnen, erklärt sich Marietta bereit, an der Bar die Drinks zu besorgen. Die anderen ordern *Sex on the Beach*, ich entscheide mich für eine Coke. Ich möchte lieber einen klaren Kopf behalten, falls mich wieder eine Panikattacke überraschen sollte – was ich natürlich nicht hoffe.

Da sich Paige ebenfalls entschuldigt und zur Theke trabt, bleiben Sami und ich allein zurück.

Sie dreht sich zu mir um. »Es sind übrigens ein paar Spieler hier«, ruft sie mir über den Lärm der Musik hinweg zu und deutet mit dem Kopf zur Theke.

Ich folge ihrem Blick und richte meine Aufmerksamkeit auf die fünf Männer, die von einem Pulk Mädchen umringt sind, zu denen auch Paige gehört.

»Ist der Schwarzhaarige dort Paiges Freund?«, will ich wissen.

»Wenn du den Typen meinst, der sie gerade ableckt, als sei sie das süßeste Eis, das er je gekostet hat, dann ja.« Sami grinst. »Nash ist verrückt nach ihr.«

»Warte mal.« Ich halte sie am Ärmel fest, um sie am Weitergehen zu hindern, denn neben Nash sitzt ein Kerl, der mir ziemlich bekannt vorkommt. Heute trägt er keine Lederjacke, sondern ein T-Shirt und eine verkehrt herum aufgesetzte Baseballkappe. Seine muskulösen Oberarme sind mit Tattoos verziert, und er sieht zum Anbeißen sexy aus. »Da ist Ace. Der Typ aus dem Coffeeshop.«

»Jepp." Sie nickt. »Live und in Farbe.« Sie fordert mich auf, uns weiter durch das Gedränge zu schieben.

Mein Herz klopft ein bisschen schneller, jetzt, wo ich weiß, dass Ace auch hier ist. »Du hast mir übrigens noch immer nichts über diesen Skandal verraten, in den er verwickelt war.«

Wir weichen zwei Mädchen aus und nehmen anschließend einen freien Tisch im hinteren Teil der Bar in Beschlag. Hier dröhnt die Musik nicht so laut und man hat die Chance auf ein Gespräch, ohne sich anbrüllen zu müssen.

»Erzählst du's mir?«, bitte ich Sami, nachdem wir es uns gemütlich gemacht haben. »Was hat Ace angestellt?«

»Der Mann scheint es dir wirklich angetan zu haben.« Schmunzelnd lehnt sich Sami zurück. »Er hat es mit einer Stripperin in einer Nachtbar richtig krachen lassen und sich anschließend im Glücksspiel versucht. Du kannst im Internet recherchieren, dort findest du bestimmt einige Infos dazu. Marietta ist stinksauer auf ihn. Sie hatte was mit ihm am Laufen und sich wohl mehr erhofft als nur einen One-Night-Stand. Und dann sieht sie ihn abgelichtet in der Zeitung, zusammen mit einer halb nackten, fremden Frau in einer eindeutigen Pose.« Sie schnappt sich einen Bierdeckel, um damit herumzuspielen. »Ace ist und bleibt eben ein Player. Das hätte Marietta eigentlich wissen müssen.«

Ich will gerade zu einer Antwort ansetzen, als Paige und Marietta zeitgleich auftauchen, Marietta mit den versprochenen Drinks.

»Bitte schön, Ladys. Viermal *Sex on the Beach.*«

»Was ist mit meiner Coke passiert?« Ich hebe eine Braue.

Entweder hat sie mich nicht gehört oder sie ignoriert meine Frage, jedenfalls lässt sich Marietta kommentarlos auf einen Stuhl neben Sami fallen.

»Komm schon, India, wir wollen doch Spaß haben, oder?« Paige schiebt kichernd ihre Brille zurück auf die Nase, hebt ihr Glas hoch und prostet uns zu. »Auf einen geilen Abend, Leute!«

Ich nippe an meinem Drink und muss zugeben, dass er schmeckt. Der vorherrschende Geschmack nach Ananas und Orange ist sehr lecker, und ich liebe das wärmende Gefühl, das sich in meiner Mitte ausbreitet, während das Getränk meine Kehle hinabrinnt. Ein Drink wird mir nicht schaden, also lasse ich die Sache auf sich beruhen.

Wir hören der rockigen Musik zu und unterhalten uns. Bis auf Marietta. Sie kaut auf ihrem Lippenpiercing herum und ihr Blick huscht immer wieder vor zur Theke. Wohin genau muss ich nicht erraten, auch wenn es mir nicht gefällt. Die Vorstellung, dass sie etwas mit Ace hatte, bekommt mir weniger gut als der Alkohol in meinem Cocktail.

Marietta ist hübsch. Ihr honigblondes Haar fällt in weichen Wellen auf ihre Schultern und bildet einen reizvollen Kontrast zu den hellbraunen Augen. Ich kann sehen, was Männer an ihr finden. Das macht die Sache nicht sonderlich besser.

Als Sami sie fragt, ob alles okay sei, zuckt sie mit den Schultern.

»Nimm es nicht so schwer«, meint Sami tröstend. »Andere Mütter haben auch hübsche Söhne.«

»Klar. Ich werde mich schon damit abfinden, dass Ace Tremaine ein Arsch ist und bleibt. Ich weiß, warum ich kein Wort mehr mit ihm rede.« Unvermittelt dreht sie den Kopf und sieht mich an.

Ich fühle mich ertappt, weil ich zugehört habe, und verziehe die Lippen freundlich zu einem kleinen Lächeln. Marietta wird wohl nie zu meinen engen Uni-Freundinnen zählen. Das hat weniger mit Ace zu tun als vielmehr mit ihrer Art. Sie wirkt wie jemand, der sich für etwas Besseres hält und solche Leute mag ich nicht.

Marietta erwidert mein Lächeln nicht, sondern neigt sich zu Sami, um ihr ins Ohr zu flüstern. Himmel, wie ich solche Mädchenspielchen hasse.

Paige springt auf und teilt uns mit, dass sie ihren Freund zum Tanzen überreden wird. Da ich mit Marietta nicht klarkomme, erhebe ich mich ebenfalls, um zu den Toiletten zu gehen.

Ich schlängele mich an den Tischen vorbei durchs Gemenge, das Schild mit dem Aufdruck *Waschräume* fest im Blick.

An den Wänden des Flurs, der zu den Toiletten führt, hängen etliche Bilder von Eishockeyspielern, teilweise mit Autogrammen versehen, sowie ein Kondomautomat. Wie praktisch. Ich kann mir ein Grinsen nicht verkneifen. Unwillkürlich denke ich an die Packung, die mir Alex vor der Abreise mit einem breiten Grinsen in die Hand gedrückt hat. *Damit du für dein erstes Mal gerüstet bist, wenn dein Traumprinz vor dir steht.* Ja, ja. Sehr witzig, Alex.

Während sich meine Schwester stets die heißesten Jungs der Highschool geschnappt hat, bin ich mit Jayke Longridge ausgegangen. Jayke, der einen ähnlich bescheidenen Schatz an sexueller Erfahrung in unsere Beziehung mitbrachte wie ich, und zwar süß, aber ungefähr so sexy wie eine von Großtante Hazels wollenen Überziehunterhosen war.

Der Eine, der meine Erfahrungen etwas aufgebessert hätte, ist mir bisher noch nicht begegnet.

Gedankenverloren drehe ich den Türknauf und betrete den Waschraum.

Heiliger Bimbam!

Im selben Augenblick, in dem mir ein kleiner erschrockener Laut über die Lippen schlüpft, dreht sich der riesige Kerl vor dem Urinal zu mir herum.

»Was zur Hölle ...?«

Ace.

Seine Augen weiten sich.

Meine vermutlich ebenfalls, noch mehr, als ich meinen Blick tiefer wandern lasse und nach Luft schnappe. »Das ist ...«

»Ein Schwanz?«, schlägt er mit der Andeutung eines Lächelns vor und verstaut sein bestes Stück in der Jeans.

Ähm. Ja. Eindeutig. Und zwar ein hübscher.

Oh mein Gott, habe ich das eben wirklich gedacht?

Hitze schießt mir in die Wangen, während sich hinter mir die Tür mit einem leisen Quietschen schließt, als wollte sie mich daran erinnern, dass ich besser den Rückzug antreten sollte. Doch ich bin unfähig, mich zu rühren und habe nur Augen für diesen Mann.

Alles an ihm – vom Scheitel über seine gemeißelten Züge, sein *Metallica*-T-Shirt, die moderne, ausgewaschene Bluejeans bis zu den Füßen, die in halb offenen schwarzen *Slide* High-Top-Sneakers stecken – wirkt mühelos lässig und extrem anziehend. Kein Wunder, dass dieser Kerl von allen ein Frauenschwarm genannt wird. Eine dunkle, vorwitzige Strähne hat sich unter der Baseballkappe hervorgestohlen und lockert seinen finsteren Bartschatten-Look etwas auf. Das und sein Grinsen, das sich auf seine perfekten Lippen schleicht. »Ich habe echt schon ein paar verrückte Sachen erlebt, aber dass mir ein Mädchen aufs Klo folgt, um an ein Autogramm zu gelangen, toppt so ziemlich alles.« Belustigung funkelt in seinen Augen, die bei näherer Betrachtung dunkelbraun wie italienischer Espresso sind. An den Rändern tanzen winzige Goldfunken, und er besitzt dichte, lange Wimpern, für die er eigentlich einen Waffenschein bräuchte. »Du bist doch die Kleine aus dem *Rockford Barista*, richtig? Die, die mir zu Füßen lag.«

»Davon träumst du.« Ich setze *eingebildet* zu den Dingen hinzu, die ich bisher über Ace weiß.

»Also kein Autogramm?«, will er noch immer erheitert wissen.

»Ist das alles, was du mir anbietest?«, frage ich frech zurück. Irgendwas an diesem Mann provoziert die Rebellin in mir. Keine Ahnung, was der Auslöser dafür ist, aber plötzlich blinkt das Wörtchen SEX in glitzernden Leuchtbuchstaben vor mir auf. Ich war nie eine große Draufgängerin in meinem bisherigen Leben, aber vielleicht sollte ich daran mal etwas ändern. Das Funkeln in Aces Augen verspricht jede Menge Spaß und wenn ich ehrlich sein soll, ist Spaß exakt das, was ich brauche.

Als könne er ahnen, was mir durch den Kopf geistert, verziehen sich seine Lippen zu einem sexy Halblächeln. »Woran genau hast du denn gedacht?«

»Schlag etwas vor«, necke ich ihn zurück. »Vielleicht gefällt es mir ja. Außerdem bist du mir nach dem Kaffeedesaster noch etwas schuldig.«

Er sieht mich kurz nachdenklich an. »Du bist witzig, Kleines«, sagt er schließlich und wendet sich ab, um ein Papiertuch aus dem Spender zu nehmen und damit seine Finger zu trocknen.

Fasziniert beobachte ich das Spiel seiner mit keltischen Schriftzügen verzierten Bizepse. Der Himmel weiß, dass ich schon immer eine Schwäche für Tattoos besitze. Ebenso wie für Kerle, in deren Anwesenheit ich den Kopf in den Nacken legen muss, um ihnen in die Augen zu sehen.

Während er das Tuch treffsicher im Mülleimer entsorgt, lasse ich den Blick über das perfekte V seines athletischen Körpers gleiten. Breite Schultern, schmale Hüften und lange Beine. Der liebe Gott hat es ziemlich gut mit diesem Exemplar Mann gemeint.

Musikfetzen aus der Bar dringen zu uns in den Raum.

Sex on Fire ...

Echt jetzt? Das ist ein Witz, oder? Das Universum hat einen schrägen Sinn für Humor.

Meine Haut glüht. Mir wird unerträglich heiß. Der eingängige Rhythmus der Musik wird zum Echo meines Herzschlags.

Ace lenkt seine Aufmerksamkeit auf mich, kommt einen Schritt auf mich zu und nimmt mich mit quälender Genauigkeit in Augenschein. Sein Blick gleitet über mein Gesicht und verweilt einen langen Moment auf meiner Brust.

Meine Brustspitzen richten sich auf, als würde er sie zärtlich berühren.

Schließlich sieht er mir wieder in die Augen und zwinkert mir zu. »Ist das ein Versprechen? *Kansas Girls do it better*?«, spielt er auf den Aufdruck meines T-Shirts an.

Ich recke das Kinn. Ich bin schon ziemlich weit gegangen,

nun kann ich keinen Rückzieher mehr machen. »Warum findest du es nicht heraus?«

Ace legt den Kopf in den Nacken und lacht. Es ist ein tiefes, erotisches Lachen, das mir direkt zwischen die Schenkel schießt und seltsame, unbekannte Gefühle auslöst.

Ace schiebt sich so dicht an mir vorbei, dass sein Arm meine Brust streift. Die unverhoffte, kurze Berührung kribbelt in mir nach wie ein zarter Stromstoß. Ich vernehme den Geruch seines Aftershaves. Und Himmel, es riecht gut.

»Ich weiß nicht, ob es eine Vorliebe von dir ist, auf dem Männerklo abzuhängen, aber an deiner Stelle würde ich mich langsam hier verdrücken«, sagt er, die Türklinke bereits in der Hand. Er zwinkert erneut, dann ist er durch die Tür verschwunden.

Es wird wirklich Zeit, abzuhauen. Ein Kerl mit strohblondem Undercut und Nasenpiercing wirft mir einen irritierten Blick zu, als ich aus der Herrentoilette komme.

Ich bleibe kurz stehen und deute mit dem Daumen hinter mich, um die Situation zu erklären. »Oh, ich mache das für ein Soziologieprojekt. Ich erfasse eine Statistik darüber, wie viele Zentimeter ein Penis von der Größe abweicht, die sein Besitzer zuvor angegeben hat. Du hast nicht zufällig Interesse, teilzunehmen?«

Dem Blonden klappt die Kinnlade runter. Ich verbeiße mir ein Lachen und lasse ihn stehen, um die Damentoilette anzusteuern – mein ursprüngliches Ziel.

Ein bisschen high von der Begegnung mit Ace kichere ich in mich hinein und bahne mir einen Weg durch die Menge zurück zu den Mädchen.

Paige und Marietta sind in ein Gespräch vertieft, aber Sami empfängt mich mit einem warmen Lächeln. »Hey, du warst aber lang weg. Ich habe mir schon Sorgen gemacht.« Sie stellt ihren Drink auf den Tisch. »Alles okay?«

Ich berichte ihr von meinem Missgeschick, woraufhin sie herzhaft lacht. Während ich erzähle, bin ich nebenbei damit beschäftigt, meinen Schwarm unter den Gästen im Raum ausfindig zu machen. Doch vergebens. Nirgendwo kann ich sein *Metallica*-T-Shirt oder seine Baseballkappe entdecken.

»Kein Wunder, dass er als Frauenschwarm gilt«, sage ich abschließend zu Sami. »Der Mann ist ja so was von heiß.«

»Wer ist so was von heiß?«, klinkt sich Paige ein, die auf unser Gespräch aufmerksam geworden ist.

»So wie es aussieht, ist India auf der Männertoilette Ace über die Füße gestolpert und jetzt ist sie ein bisschen von der Rolle.«

»Was in aller Welt machst du im Männerklo?« Paige kichert. »Hast du dir einen Penis wachsen lassen, oder was?«

»Ausgerechnet diesem Arsch.« Marietta taxiert mich mit einem Blick, mit dem die Katze das Mäuschen anschauen würde.

Ich registriere den sekundenschnellen Blick, den sie mit Sami wechselt.

»An deiner Stelle«, sie knabbert an ihrem Piercing, »würde ich ihm aus dem Weg gehen. Ace lässt nichts anbrennen.«

»Ich habe nicht vor, ihm einen Heiratsantrag zu machen«, entgegne ich, was sie mit einem Schürzen ihrer Lippen quittiert.

Sami seufzt theatralisch. »Ace sieht fantastisch aus, und er weiß es. Er ist ein Player. Wie alle Jungs der *Legends*.«

»Nash ist treu«, stellt Paige klar. »Vor Ace solltest du dich allerdings wirklich in Acht nehmen, India. Der ist ein echter Herzensbrecher.«

»Herzensbrecher?« Marietta schnaubt. »Der hinterlässt nichts als verbrannte Erde. Wenn du ihn lässt.« Sie sieht mich sekundenlang an, bevor sie mit ihrem leeren Glas herumspielt.

Am Tisch herrscht betretenes Schweigen.

»Keine Sorge. Wie gesagt, suche ich keinen Mann fürs Leben.«

Nur einen, mit dem ich ein wenig Spaß haben kann und der mir bei meinem kleinen Problem hilft, meine Jungfräulichkeit loszuwerden.

»Gute Einstellung.« Sami zwinkert mir zu. »Denn den wirst du in einer Sportbar vermutlich niemals finden. Die Jungs vom

Team interessieren sich nur für zwei Dinge: Eishockey und Sex. Sawyer, der Goalie der *Legends*, hat mir irgendwann in einer schwachen Minute sogar mal gesteckt, dass es eine Liste mit den Namen all ihrer Eroberungen geben soll. Keine Ahnung, ob er mir da etwas vorgeflunkert und einfach nur Bullshit erzählt hat.«

Paige stößt ihr empört in die Seite.

»Nash stellt natürlich die absolute Ausnahme da«, fügt Sami daraufhin kichernd hinzu.

Marietta springt hoch und wirft dabei fast ihren Stuhl um. »Fuck«, zischt sie durch zusammengepresste Zähne und schießt Sami einen ungehaltenen Blick zu. »Könnt ihr eigentlich auch mal über etwas anderes reden als ständig über Kerle? Ich gehe raus, eine rauchen.« Ohne Sami die Gelegenheit zum Antworten zu geben, wendet sie sich ab und stapft davon.

Paige pustet sich ein paar Ponyfransen aus der Stirn. »Mein Gott, die ist aber schräg drauf.«

»Sie ist angepisst.« Sami zuckt mit einer Schulter.

»Sieht ganz danach aus.«

»Tja, das ist echt übel für sie. Wer hätte gedacht, dass unsere sonst so coole Marietta ihr Herz verliert?«

»Und dann ausgerechnet an Ace.«

Unsere Drinks sind leer geworden und diesmal erklären Sami und ich uns bereit, für Nachschub zu sorgen. Wir bahnen uns einen Weg durch die Menge zur Theke, um eine neue Bestellung aufzugeben.

Inzwischen läuft ein Eishockeyspiel auf den Flat-Screens, das die meisten Gäste verfolgen. Natürlich nicht, ohne ihren Senf zu den einzelnen Spielzügen dazuzugeben. Es riecht nach Bier, Whiskey und Schweiß, und zu meinem Erstaunen gefällt es mir. Noch nie zuvor habe ich eine Sportbar besucht, aber ich mag die lockere, ein bisschen raue Atmosphäre. Die Musik, das Gelächter, die harmlosen Neckereien und die Lebendigkeit. Ganz zu schweigen von den hübschen Jungs, die hier abhängen. Ich habe nicht gewusst, dass Eishockey so attraktiv sein kann. Vielleicht fange ich an, mich für diesen Sport zu begeistern. Ich stelle mir Dads Gesicht vor, wenn ich ihm sage, dass er mich ab sofort im Eisstadion antreffen könnte.

»Danke, dass du mich überredet hast, mitzukommen«, rufe ich Sami über den Lärm hinweg zu.

Sie nickt lachend und versucht dabei, die Aufmerksamkeit der jungen Frau hinter der Bar mit den wippenden Creolen auf sich zu ziehen. »Habe ich dir nicht prophezeit, dass es dir im *Hell's Kitchen* gefallen wird? Und hey, sieh nur, wer da kommt!« Sie stupst mich an und macht eine Kopfbewegung. »Unser Bad Boy höchstpersönlich!«

Ich bin immer noch fasziniert von seinem Anblick. Lässig schlängelt er sich zwischen den Leuten hindurch und visiert die Bar an. Hier und da wird er von jemandem aufgehalten, mit einem Schulterklopfen bedacht oder von einem Mädchen angelächelt und angefasst. Mit seinem anbetungswürdigen Körper zieht er die Aufmerksamkeit sämtlicher Frauen auf sich. Seine selbstsicheren Bewegungen lassen erahnen, dass er genau weiß, welche Wirkung er auf das weibliche Geschlecht hat.

Plötzlich streift mich sein Blick.

Automatisch hebe ich die Lippen zu einem Lächeln. Mein Herz klopft schneller, doch Enttäuschung macht sich breit, weil er mein Lächeln nicht erwidert.

Ein dunkelblondes Mädchen in schulterfreiem Top und knallengen Jeans spricht ihn an und quetscht sich neben ihn an den Tresen. Dabei streckt sie ihm ihre Brüste entgegen. Sie ist hübsch – wie all die anderen, die sich um die Hockeyspieler scharren. Als Ace nach seinem Getränk greifen will, kommt sie ihm zuvor. Sie schnappt sich die Coke, führt sie an ihre Lippen und wirft ihm unter ihren langen Fake-Wimpern einen provozierenden Blick zu. Ihre Körpersprache ist eindeutig. Sie weiß, wie man flirtet. Ich habe mir da bereits einiges von meiner Schwester abgeguckt, fühle mich aber immer etwas linkisch, wenn ich zu flirten versuche. Am besten klappt es, wenn ich nicht darüber nachdenke, was ich da tue.

Ace lächelt auf sie hinab und zuckt mit den Schultern, frei nach dem Motto: *Tu, was du nicht lassen kannst.*

Sie hält ihm die Coke hin, doch er signalisiert der Barkeeperin ihm eine neue zu bringen. Das Mädchen wirkt sichtlich irritiert und schiebt die Cola zurück auf den Tresen. Ace dreht ihr den Rücken zu, um mit einem Typen ein Gespräch anzufangen.

Autsch.

Entweder steht er nicht auf das Mädchen oder er ist nicht in Flirtlaune. Letzteres wage ich allerdings zu bezweifeln, denn ich habe noch deutlich Samis Worte im Kopf. *Er ist ein Player ...*

Komm schon. Jetzt oder nie, Reynes. Der Kerl interessiert dich doch! Schnapp ihn dir!

In Gedanken versetze ich mir einen Tritt in den Hintern, der mich in seine Richtung katapultiert. Na ja, zumindest ein paar Millimeter weiter. »Übernimmst du das mit den Drinks?«, bitte ich Sami und mache eine winzige Kinnbewegung.

Sie schiebt ihre Brauen in die Höhe. »Oh. Okay, versuch dein Glück, Süße. Geh schon, flirte ihn an.«

Ich wische die Handflächen an meinem Jeansrock ab und schiebe mich an zwei Typen vorbei.

Dann stehe ich vor ihm.

»Hi«, sage ich mit einem Lächeln, und tatsächlich unterbricht er das Gespräch und richtet den Blick auf mich. »Wir sind uns vorhin im Männerklo über den Weg gelaufen«, rufe ich ihm in Erinnerung, aber wie es scheint, hat er mich nicht vergessen.

Sein Blick gleitet an mir hinab, heftet sich auf meine Beine, und mir wird bewusst, wie kurz mein Rock ist. Ein belustigtes Glitzern tritt in seine Augen, und er hebt einen Mundwinkel zu einem schiefen und äußerst sexy Grinsen. »Interessante Anmache. Kann ich dir irgendwie helfen? Hast du dich ein zweites Mal verlaufen?«

Schon wieder tut er es. Er steigt auf das Gespräch ein und provoziert mich. Und wieder erhebt sich die Rebellin in mir und will ihm die Stirn bieten. Ich weiß nicht, woher diese toughe Seite in Bezug auf Männer kommt, aber wenn es um Ace Tremaine geht, tritt sie augenblicklich auf den Plan. »Ich bin India«, stelle ich mich vor. »India Reynes. Ich dachte, nach unserem *intimen* Moment auf der Toilette und nachdem ich weiß, wie du so gut wie nackt aussiehst, solltest du zumindest meinen

Namen kennen.«

Seine Lippen verziehen sich zu einem breiten Lächeln und der ganze verfluchte Raum wird in ein gleißend helles Licht getaucht.

Oh. Mein. Gott.

Lässig schiebt er die Hände in die Gesäßtaschen seiner Jeans. Sein Blick wandert langsam und interessiert über meine Gestalt. Früher wäre ich vielleicht wegen einer derart intensiven Musterung befangen gewesen, weil ich nicht so üppig ausgestattet bin wie Alex, doch inzwischen stehe ich zu meinem Körper. Die Art, wie er mich ansieht, ruft sündige Gedanken in mir hervor, die meine Wangen zum Glühen bringen. »Ace.«

»Ich weiß das und jede andere Frau in diesem Raum.« Kaum, dass ich die Worte ausgesprochen habe, beiße ich mir auf die Unterlippe.

Seine rechte Braue hebt sich amüsiert und sein Blick heftet sich auf meinen Mund. »Du bist eine Freundin von Sami?«

»Wir ... teilen uns ein Zimmer auf dem Campus«, gebe ich bereitwillig preis, während meine Lippen prickeln, als würde er mit seinen sanft darüberstreichen. Spürt er dieses Knistern auch? »Ich bin neu in der Stadt.«

»Willkommen in Rockford.« Das dunkle Timbre seiner Stimme löst einen Gänsehautschauder bei mir aus und für einen Moment verliere ich diese toughe Ader, die es mir ermöglicht, Ace die Stirn zu bieten.

»Ich schätze, wir laufen uns in Zukunft in der Bar öfter über den Weg?«

Er kommt nicht dazu, mir zu antworten, denn unvermutet erhalte ich einen Schubs in den Rücken und stolpere vorwärts.

Direkt in seine Arme.

»Hey, sachte.«

Ich spüre den Griff seiner Hände um meine Schultern, als er mich auffängt und festhält. Er ist mir so nah, dass sein Atem über meine Wange streift und ich eine winzige Narbe über einer seiner Brauen deutlich erkennen kann. Sein sexy Duft hüllt mich ein und macht mich schwindelig. Würde ich mich auf die Zehenspitzen stellen, müsste er sich nur ein wenig hinunterbeugen, um mich zu küssen. Viel zu rasch gibt er mich frei und ich blinzle, um den Nebel in meinem Kopf zu vertreiben.

»Irgendwie scheine ich dich magisch anzuziehen. Das würde erklären, warum du mir immer wieder vor die Füße fällst – oder in die Arme.« Er grinst über seinen Scherz und in dem dunklen Braun seiner Augen blitzt etwas Spitzbübisches auf. Etwas, das der Rebellin in mir viel zu gut gefällt.

Sein Blick rutscht erneut zu meinen Lippen und zurück zu meinen Augen. Mein Herz schlägt schnell, als er eine Hand hebt, um mir eine Haarsträhne aus dem Gesicht zu streichen. Er stoppt jedoch mitten in der Bewegung, als bemerke er erst jetzt, was er im Begriff ist, zu tun, und räuspert sich. »Pass auf dich auf, India Reynes.« Mit einem schiefen Grinsen, das plötzlich sehr viel distanzierter wirkt als noch Sekunden zuvor, wendet er sich der Theke zu.

Ich starre auf seinen breiten Rücken und schiebe die leise Enttäuschung seiner Ablehnung beiseite. Stattdessen lasse ich die letzten Begegnungen mit ihm noch einmal Revue passieren. Jeden Moment und jedes Gefühl, das er bisher ausgelöst hat.

Es gefällt mir, wie ich mich in seiner Gegenwart fühle. Mutig, ein bisschen draufgängerisch und ... sexy. Es macht mich an, wenn er seinen Blick wie eine Berührung über meinen Körper streifen lässt und nach diesem Knistern, das er dabei in mir auslöst, könnte ich süchtig werden. Vielleicht bin ich es schon, denn in diesem Augenblick weiß ich es mit Bestimmtheit: Ace ist der Richtige für meine Mission.

Ich will diesen Mann. Ich will mit ihm schlafen. Und ich werde ihn dazu bringen, mich ebenfalls zu wollen – und wenn ich alle Tricks, die mir meine Schwester in den letzten Jahren aufs Auge gedrückt hat, auffahren muss.

Bevor ich mich wieder ins Getümmel stürze, um Sami ausfindig zu machen, zücke ich mein Handy, um Alex eine SMS zu schreiben:

Ich: *Schwesterherz, ich habe den perfekten Kerl gefunden.*

7. Kapitel

India

Es ist Mittwochmittag, Sami und ich haben uns zum Lunch in der Mensa verabredet. Um uns herum herrscht reges Treiben. Der Raum ist erfüllt von Geschirrgeklapper, Stimmengewirr und Gelächter. Es riecht nach Brathähnchen, geröstetem Baguette und Kürbissuppe. Stuhlbeine schrammen über den Boden, als sich zwei Mädchen neben uns mit ihren vollbepackten Tabletts niederlassen.

»Ich liebe Brathähnchen.« Sami verdreht die Augen und leckt jeden einzelnen ihrer Finger genüsslich ab.

»Ehrlich, da wäre ich jetzt nie drauf gekommen.« Amüsiert über ihre Begeisterung tunke ich ein Stück kross gebackenes Brot in meine Suppe.

»Man kann der Kantine jede Menge nachsagen, aber die Hähnchen gelingen immer perfekt. Probiere doch mal.« Einladend hält Sami mir einen Schenkel unter die Nase.

Ich schüttle mich. »Nein, danke. Ich esse kein Fleisch.«

Ihre grünen Augen werden groß. »Niemals?«

»Nope.«

»Du bist Vegetarierin?« Sami vergräbt ihre Zähne in dem mir soeben angebotenen Stück.

Ich nicke. »Du Sami?« Ich schiebe meine Suppe von mir. »Du bist doch in der Eishockeyszene unterwegs ...«

»Worauf willst du hinaus?«

»Ich überlege, wie ich an Ace herankommen könnte – abgesehen von gelegentlichen Barbesuchen.«

Sie grinst. »Der Gute hat dir tatsächlich den Kopf verdreht.«

»Ich will ihn näher kennenlernen«, weiche ich ihrer Frage ebenfalls grinsend aus.

»Solang du niemals vergisst, dass *Mister Hot as Hell* ein Player ist ...«

»Werde ich nicht«, versichere ich ihr. Ich kann mir gut vorstellen, dass ein sexy Kerl wie Ace der Schwarm sämtlicher weiblicher Eishockeyfans ist. Es stört mich nicht. Okay, vielleicht ein kleines bisschen. Allerdings ... ist er dadurch ein Mann mit ausreichend Erfahrung. Mir ist bewusst, dass gerade der erste Sex ein Reinfall sein kann und das kann ich auf diese Weise umgehen. Davon mal abgesehen, ist Ace jede Sünde wert. »Also, hast du vielleicht eine Idee?«

Sami schnappt sich ihre Serviette und säubert ihre Finger. »Weißt du was? Heute ist dein Glückstag.«

»Echt jetzt?«

»Oh ja. Was für ein Glück, dass du die gute, alte Sami kennst.« Sie zwinkert mir zu.

»Lass hören.«

»Nick hat heute ein Spiel, was ein kleines Highlight für unsere Familie ist, denn mein Bruder wird zum ersten Mal auf dem Spielfeld mitmischen, statt auf der Ersatzbank zu sitzen. Sogar die lokale Presse wird vor Ort sein, um über das Match zu berichten. Und rein zufällig weiß ich auch«, ihr Grinsen wird breiter, »dass Ace seit Kurzem dem Trainer der *Eagles* assistiert. Da dieses Spiel das erste Auftaktspiel der Saison für die Schule sein wird, wird er hundertprozentig dabei sein.«

»Wow.« Ich komme mir vor, als hätte ich den Jackpot geknackt. »Ich könnte Ace also schon heute«, ich male imaginäre Gänsefüßchen in die Luft, »zufällig über den Weg laufen, meinst du?«

Sami nickt. »Versprochen. Du und ich, wir haben also ein Date heute Nachmittag. Vorausgesetzt, du hast Zeit?«

»Machst du Witze? Dafür lasse ich glatt meinen ursprünglichen Plan, mich in der Bibliothek auf die Medienrechtklausur vorzubereiten, sausen!«

Als wir am Nachmittag die *Birchwood East High* betreten, droht das Stadion bereits aus allen Nähten zu platzen. Die ganze Schule hat sich offenbar versammelt, samt Angehörigen und der örtlichen Presse. Ich erspähe ein Kamerateam aus zwei Leuten bestehend, das hinter der Bande Position bezogen hat. Aus den Lautsprechern dröhnt Musik und die Wand neben der Anzeigetafel schmückt ein riesiges Banner: *Birchwood East Eagles* begrüßen die *Heritage Bears*. Die Atmosphäre knistert vor Aufregung und Anspannung und es ist fast unmöglich, sich nicht von der Freude anstecken zu lassen.

Sami macht mich auf zwei singende Fans aufmerksam, die ein Spruchband mit Nicks Namen hochhalten.

Wir ergattern zwei freie Plätze in der dritten Tribünenreihe und lassen uns auf der Holzbank nieder. Fröstelnd reibe ich mir mit meinen in Strickhandschuh steckenden Händen über die Arme und vergrabe die Nasenspitze in meinem dicken Schal.

»Könnte mal jemand die Heizung aufdrehen?«

Sami grinst. »Was hast du erwartet? Ich schätze aus diesem Grund hat das Universum heiße Eishockeyspieler erschaffen. Um uns vor dem Kältetod im Stadion zu bewahren.«

Lachend gebe ich ihr das Daumen-hoch-Zeichen. »Apropos heiß, kannst du Ace irgendwo entdecken?« Vergeblich scanne ich die Halle, werde jedoch von dem Applaus abgelenkt, der die Cheerleader verabschiedet und die Spieler der *Birchwood East High* begrüßt, die daraufhin in rot-weißen Trikots auf das Eis gleiten.

»Keine Sorge, er schwirrt bestimmt hier herum.« Sami springt auf und winkt jemandem zu. »Der Spieler dort drüben mit der Nummer zweiundzwanzig, das ist Nick«, erklärt sie mir mit unverkennbarem Stolz und zeigt auf einen kompakten Jungen, der von seinen Teamkameraden um mindestens einen Kopf überragt wird.

»Wie alt ist er?«

»Sechzehn. Mit der Aufnahme ins Hockeyteam ist für ihn ein lang ersehnter Traum wahrgeworden.« Sie zuckt mit den Schultern. »Schon klar, im Vergleich zu den anderen, ist er klein, aber was ihm an Größe fehlt, macht er durch Kraft und Durchsetzungsvermögen wett. An Nick kommt keiner so schnell vorbei.«

Während die nun eintreffende, gegnerische Mannschaft ebenfalls respektvoll mit Applaus begrüßt wird, gleitet mein Blick erneut suchend durch die Arena. Vor Aufregung beiße ich mir auf die Lippen, als ich Ace endlich hinter der Bande vor der Spielerbank ausmache. In einem schwarzen Hoodie und dicken Sweathosen steht er neben einem älteren Mann, vermutlich dem Trainer der *Eagles*. Heute trägt er keine Kappe, was ihn sogar noch attraktiver wirken lässt.

»Hey, da ist das Objekt deiner Begierde." Sami macht eine Kopfbewegung. Sie hat Ace auch entdeckt.

»Oh Himmel, ja. Und sieht er nicht zum Anbeißen aus? Kneif mich mal, damit ich weiß, dass ich nicht träume!«, scherze ich, um meine Aufregung etwas zu kaschieren.

Sie zwickt mich in den Hinten.

»Autsch!«

»Du hast darum gebeten.«

Lachend stupse ich sie mit dem Ellenbogen an.

Ein Raunen geht durch die Halle, als die schwarze Gummischeibe eingeworfen wird und einer der *Eagles* sie sich sichert. Er gibt sie an einen Mitspieler weiter, Eissplitter stieben auf. Ich bewundere die Schnelligkeit und Geschicklichkeit der Jungs, die mit vollem Körpereinsatz dabei sind. Erschrocken schlage ich die Hände vor den Mund, als einer von ihnen mit voller Wucht in einen anderen hineinkracht und ihn gegen die Bande drückt. Das sind Kinder, aber während des Spiels merkt man davon ziemlich wenig.

Sami lacht angesichts meines Entsetzens auf. »Tja, dieser Sport ist nichts für Weicheier. Prügeleien und Gerangel gehören einfach dazu. Auch schon bei den jüngeren Spielern. Ich bin erstaunt, wie gut Nick das wegsteckt, aber er war schon immer ein tougher Kerl.«

Ein paar Mal schrillt die Trillerpfeife auf, und der Schiedsrichter mischt sich ins Geschehen ein. Es wird rasch klar, dass die *Eagles* das Spiel dominieren, und auch wenn ich kaum etwas von den komplizierten Regeln verstehe, fiebere ich mit den Fans mit. Was jedoch nicht nur am spannenden Spiel liegt, sondern vordergründig an Ace, der ebenfalls ganz bei der Sache zu sein scheint. Mit zusammengezogenen Brauen verfolgt er das Geschehen. Ab und an ruft er seinen Jungs etwas zu, gestikuliert oder schlägt die Hände über dem Kopf zusammen. Er wirkt sehr erfahren. Und unglaublich heiß. Kalt ist mir schon längst nicht mehr.

Das Match nimmt an Fahrt auf und die Fangesänge werden zunehmend lauter. Als sich die wogende Menge um uns herum erhebt, stehen wir mit auf.

»Go *Eagles*!«

»Macht sie fertig, Jungs!«

Den Rest des Spieles bekomme ich nicht richtig mit. Ich muss immerzu Ace anstarren.

Nach dem Abpfiff brandet tosender Jubel auf. Die *Eagles* haben die *Bears* mit 6:4 geschlagen.

Wir verlassen die Tribüne und kämpfen uns durch die Menge, wobei Sami Ausschau nach ihrer Mom hält.

Ich habe mitbekommen, dass sich Ace auf der Eisfläche mit ein paar *Eagles*-Spielern unterhält. Er scheint in das Gespräch mit seinen Jungs vertieft, und ich will dabei nicht stören. Einer spontanen Eingebung folgend löse ich mich von Sami und verlasse die Eishalle.

Mein Ziel ist die Umkleide der *Eagles*. Es ist nicht schwer, sie ausfindig zu machen, das Gebäude ist übersichtlich und die Kabinen ausgeschildert. In Gedanken lege ich mir ein paar kluge, witzige Sätze zurecht. Da ich nicht vorhabe, den Jungs beim Strippen zuzusehen, bleibe ich vor der Tür im Flur stehen. Schon trudeln die ersten Spieler ein – in voller Montur, verschwitzt, lärmend und aufgeputscht vom Sieg. Sie mustern mich neugierig, einer der Jungs lässt einen Witz los. Grölend verschwinden sie in der Umkleide.

Bis auf einen.

Er nimmt den Helm ab, klemmt ihn sich unter den Arm und mustert mich mit schief gelegtem Kopf. Er ist riesig, vermutlich fast zwei Meter, und durch den dunklen Vollbart wirkt er älter, als er wahrscheinlich ist. »Ey Süße, wartest du auf mich?«

»Nope, da muss ich dich leider enttäuschen«, sage ich mit

einem Schmunzeln. Der Kerl könnte mein großer, kleiner Bruder sein.

»So ein Chick wie dich hätte ich gern auf meinem Beifahrersitz.« Sein Blick gleitet anzüglich über meinen Körper. Er grinst breit. »Du gehst nicht auf die *Birchwood East*, oder?«

»Da liegst du richtig.«

»Hätte mich auch gewundert. Du wärst mir sofort aufgefallen.«

Es fällt mir schwer, meine Erheiterung über sein offensives Flirten zu verstecken. Er ist zu süß.

Weitere Hockeyspieler trudeln ein, streifen uns mit einem Seitenblick.

»Hey Kev«, ruft einer der Jungs aus der Umkleide. »Hast du da draußen Wurzeln geschlagen?«

»Der macht die Kleine klar«, meldet sich eine andere Stimme.

Der Highschool-Riese tritt näher und legt mir eine behandschuhte Pranke auf die Schulter. »Weißt du was, schöne Unbekannte? Ich lade dich am Samstagabend zu dieser Benefizveranstaltung in die Madison Hall ein. Gib mir deine Nummer, ich hole dich mit meinem Camaro ab.«

Ich will bereits zu einer Erwiderung ansetzen, werde aber von einer ziemlich erbosten Männerstimme unterbrochen. »Hände weg, Kevin. Sie spielt nicht in deiner Liga.« Beim Klang von Aces tiefem Bariton macht mein Magen einen Satz. Plötzlich steht er neben mir. Überragt mich um mindestens einen Kopf. Mein Puls klettert in die Höhe, und sofort verliere ich etwas von der Gefasstheit, die ich während der Flirterei von Kev noch in mir spürte. *Sie spielt nicht in deiner Liga.*

Ich hebe den Blick. Ace fängt ihn ein und hält ihn fest. Das schwarze Hoodie betont die Farbe seiner dunklen Augen. »Geh duschen, Kev«, sagt er in die Richtung des Jungen, sieht ihn jedoch nicht an.

»Mann, Ace, wir sind gerade mitten in den Verhandlungen. Sag's ihm, Süße.«

Lachend schüttle ich den Kopf. »Sind wir nicht.« Die kurze Unterbrechung bringt meine Bodenhaftung zurück. Ich straffe innerlich meine Schultern.

»Zieh Leine, Kleiner.« Ace macht eine Kinnbewegung Richtung Umkleide. Sein Blick ist unverwandt auf mich geheftet.

»Komm in die Madison Hall, okay? Die Drinks gehen auf mich.« Kevin nickt mir auffordernd zu, bevor er durch die Tür verschwindet.

»Der Kleine ist ganz schön hartnäckig.« Amüsiert schüttelt Ace den Kopf. »Wirst du zu dieser Veranstaltung gehen?«

»Warum sollte ich das tun?«, will ich wissen, da ich glaube, einen Unterton aus seiner Frage herauszuhören. Einen, der mich hellhörig macht.

»Weil ich dort sein werde. Ich habe einen Termin.«

Mein Puls klettert in die Höhe. Er will, dass ich wegen *ihm* dahin gehe.

Oh mein Gott. Das läuft besser, als erwartet. »Ich überlege es mir.«

»Gut. Und jetzt erkläre mir mal, was ein Mädchen mit dem Faible für Männerklos bei diesem Hockeyspiel macht?« Sein hübsches Lächeln lenkt meine Aufmerksamkeit auf den verlockenden Schwung seiner Lippen.

Auch wenn ich kaum Erfahrung in Sachen Sex habe, zumindest, was die Praxis anbelangt, konnte ich ein wenig Kusserfahrung sammeln. Ich liebe es, zu küssen. Wenn ich mir die Lippen von Ace ansehe, bin ich sicher, dass schon das Küssen ein Highlight sein wird.

»Der Bruder meiner Freundin spielt in deinem Team. Nick.« Weil ich nicht weiß, wohin mit den Händen, vergrabe ich sie in den Jackentaschen.

Erkenntnis blitzt in seinen Augen auf. »Und? Hattet ihr Spaß?«

»Es war klasse. Das war mein erstes Eishockeyspiel überhaupt, das ich live gesehen habe«, gestehe ich.

Er hebt eine Braue. Jene, die von dieser feinen Narbe geteilt wird. »Dein erstes?«

Ich nicke und denke an Dad. »Ja. Mein Dad ist ein ziemlicher Sportfan, er musste mich immer zwingen, mit ihm ein Spiel anzugucken.«

Autsch, India.

Nicht gerade die geschickteste Antwort, um einen Eishockeychampion zu beeindrucken. »Allerdings sind Live-Spiele auch viel eindrucksvoller«, lege ich hastig nach. »Ich glaube, ich habe Feuer gefangen.«

»Tatsächlich?«

Ich sollte unbedingt aufhören, über meinen nicht vorhandenen Sportsinn zu reden und mich lächerlich zu machen. Ich räuspere mich. »Wie kommt es, dass du die Kids trainierst?«

»Ich helfe nur aus.« Ace reibt sich mit einer Hand den Nacken. Es sieht fast so aus, als würde er sich ein Grinsen verbeißen. »Und assistiere dem Coach.«

»Wow. Machst du das ehrenamtlich?«, frage ich und bin ehrlich gespannt auf seine Antwort. So etwas hätte ich Ace Tremaine auf den ersten Blick nicht zugetraut. Er wirkt eher wie ein oberflächlicher Kerl, der mehr an sich denkt, als an andere. Dass es anders sein könnte, überrascht mich und verändert das Bild, das ich mir bisher von ihm gemacht habe.

»Sozusagen.«

Wir starren einander an. Sein Lächeln verschwindet, und sein Blick rutscht tiefer zu meinem Mund. Er hebt eine Hand an mein Gesicht und gleitet mit der Daumenkuppe über meine Mundwinkel. Das Prickeln, das dabei entsteht, fegt meinen Kopf leer.

»Dieses verfluchte Grübchen. Ich stehe auf Grübchen.«

»Tust du das?«, entschlüpft es mir. Wie dumm, dass mir nichts Schlagfertiges einfallen will.

»Und wie.« In dem dunklen Braun seiner Augen blitzt etwas auf. Etwas, das ich nicht näher definieren kann, das mir jedoch ein Flattern wie von hundert Schmetterlingen in meinem Bauch beschert.

Sein Mund ist nur wenige Zentimeter von meinem entfernt. Ich müsste mich nur auf Zehenspitzen stellen und schon wäre ich meinem Ziel ...

»Mister Tremaine?« Beim Klang der weiblichen Stimme fahren wir auseinander.

Vor uns steht eine Frau mit Mikrofon. Sie hat einen rotblonden Dutt, trägt eine enge Jeans und einen Blazer, der ihre schlanke Taille betont. An ihren Ohrringen funkeln kleine Steine. Sie ist verdammt hübsch. Und sie lächelt Ace an, als hätte sie nicht soeben einen der wichtigsten Augenblicke meines Lebens ruiniert. Verdammt!

»Shelby Fisher, *Rhode Island Today*."

»Was kann ich für Sie tun?« Er räuspert sich, tauscht einen sekundenschnellen Blick mit mir.

Sie fährt fort, ihn anzustrahlen. »Ich möchte darüber berichten, dass Sie dem Coach des Teams als Assistent zur Seite stehen. Hätten Sie eventuell Zeit für ein Gespräch?« Ihre freie Hand wandert wie zufällig an ihren Ausschnitt, um mit einem Goldkettchen zu spielen. Was seine Aufmerksamkeit automatisch zu ihrem Dekolleté lenkt.

Na toll. Sie spielt Spielchen und beherrscht diese auch.

Ace erwidert das Lächeln der Reporterin.

Ich bin grundsätzlich ein sehr friedliebender Mensch, aber in diesem Moment möchte ich sie gern erwürgen.

»Tut mir leid, Miss Fisher, im Augenblick ist es ungünstig«, erklärt Ace höflich und ich kann mir nur mit Mühe ein kleines, erleichtertes Seufzen verbeißen. »Warum kommen Sie am Samstag nicht zu der Benefizveranstaltung zur Förderung des Jugendsports in die Madison Hall?«, lädt er sie zu meinem Entsetzen ein. »Ich werde dort zu Gast sein und Ihnen gern nach Ihrer Spende ein paar Fragen beantworten.«

»Das hört sich wundervoll an, Mister Tremaine.«

»Ace. Nennen Sie mich Ace.«

»Ace.« Sie spricht seinen Namen aus, als würde er ihr wie Schokolade auf der Zunge zergehen. »Dann sehen wir uns also am Samstag. Ich freue mich darauf.«

Darauf wette ich. Oh. Mein. Gott. Mir wird schlecht. Es gefällt mir nicht, wie sie ihn ansieht. Dabei flirtet Ace nicht einmal. Im Gegenteil; er wirkt äußerst professionell. Der Gedanke jedoch, dass diese hübsche Frau Zeit mit ihm auf dieser Veranstaltung verbringen wird, verursacht mir Bauchschmerzen.

Aus der Umkleide dringt plötzlicher Lärm. Es scheint ein Gerangel unter den Jungs zu geben.

Ace wirft einen kurzen Blick in den Raum. »Entschuldigung, Ladys, ich werde gebraucht.«

»Schon gut. Ich wollte sowieso gerade los«, beeile ich mich zu versichern, um der unangenehmen Situation zu entkommen und Miss Fisher einen Schritt voraus zu sein.

Samstag formen seine Lippen lautlos, bevor er sich mit einem Zwinkern abwendet und durch die Tür verschwindet.

Samstag.

Während ich zurück zur Eishalle laufe, um Sami zu suchen, geht mir dieses eine Wort in Endlosschleife durch den Kopf.

8. KAPITEL

India

Die *Madison Hall* ist eine riesige, zweistöckige Mehrzweckhalle und liegt ungefähr drei oder vier Kilometer von unserem College entfernt. Weil wir vorhaben, etwas zu trinken, haben wir den Bus genommen, der praktischerweise auf dem Parkplatz gegenüber hält. Sami hat uns über das Team ihres Bruders Eintrittskarten organisiert.

Über einen überdachten Verbindungsweg gelangen wir direkt zum Haupteingang. Die Absätze meiner High Heels klackern auf dem polierten Parkett, als wir den Eingangsbereich betreten, und das Kunstlicht von der Decke funkelt in den großen, farbenfrohen Mosaikbildern an den Wänden.

Wir geben unsere Jacken an der Garderobe ab und steuern die festlich beleuchtete Halle an. Sie ist brechend voll. Auf der Bühne kündigt ein Moderator verschiedene Musikkünstler an, die an diesem Abend im Rahmen der Gala auftreten werden. Kellnerinnen in schwarzen Outfits bewegen sich scheinbar mühelos zwischen Menschen in festlichen Kleidern und Anzügen und reichen Cocktails auf Silbertabletts herum. Wie erwartet ist auch die Presse vor Ort; ein Kamerateam schiebt sich samt Ausrüstung durch die Menge.

Sami und ich schnappen uns jede ein Glas Champagner von einem Tablett.

»Magst du was essen?« Sie deutet zu dem Büfett, an dem bereits reger Andrang herrscht.

»Nope.« Ich schüttle den Kopf. »Später vielleicht.« Ich bin viel zu aufgeregt, um einen Bissen runterzubringen und deswegen dankbar, dass Sami mich auf dieses Event begleitet. Mit jeder Faser meines Körpers ist mir bewusst, dass sich Ace in dieser Halle aufhält, genau wie wir. Ich hoffe nur, dass er nicht den ganzen Abend mit dieser heißen Reporterin zu tun hat und sie ihre Krallen in ihn schlägt. »Aber bediene dich ruhig, falls du möchtest. Ich leiste dir Gesellschaft.«

Sie schüttelt den Kopf. »Mir ist gerade auch nicht so nach Essen.«

»Was ist los?«

Sie winkt ab. »Ach, nichts von Bedeutung. Mein Bauch zwickt nur ein wenig. Nicht schlimm«, fügt sie hinzu, um meine Besorgnis zu zerstreuen. »Also los jetzt. Stürzen wir uns ins Getümmel.«

Die Band oben auf der Bühne – offenbar eine Ed Sheeran Coverband – schlägt die ersten Akkorde von *Perfect* an. Wir mischen uns unter die Leute und nippen an unseren Getränken, Sami in einem schwarzen Wickelkleid und ich in einem dunkelblauen, kniekurzen Traum aus Satin und spitzenbesetzter Korsage. Wir waren am Nachmittag shoppen und ich habe mir dieses neue Outfit gegönnt. Ein kleiner Luxus, den sich ein Mädchen zwischendurch mal leisten muss. Vor allem, wenn sie den heißesten Kerl auf dieser Veranstaltung beeindrucken möchte.

Meine Mitbewohnerin macht ihre Familie an einem der hübsch dekorierten Stehtische ausfindig, und ich lerne den gesamten McCormack-Clan kennen, allesamt liebenswürdige, fröhliche Menschen, genau wie Sami. Besonders Nick hat es mir angetan. Er strahlt und erzählt ausführlich von seinem Hockeyspiel, und wie sein Team den verdammten *Bears* den Arsch aufgerissen hat, was seinen Dad dazu veranlasst, ihm einen leichten Boxhieb gegen den Arm zu verpassen.

»Achte auf deine Sprache, junger Mann«, ermahnt er ihn, doch das Funkeln in seinen Augen verrät, wie unglaublich stolz er auf seinen Sohn ist.

Seine Mom zieht ihn in eine Umarmung, aus der er sich sofort mit roten Wangen löst. »Komm schon, Mom, doch nicht *hier*.«

Offensichtlich ist ihm die Zuneigungsbekundung seiner Mutter in aller Öffentlichkeit peinlich. Typisch Teenager. Ich verkneife mir ein Grinsen, wobei ich das winzige Stechen in meiner Brust ignoriere und die Erinnerung an die Umarmungen meiner

Mom verdränge.

Während wir uns unterhalten, schweift mein Blick auf der Suche nach Ace durch die Menge, und es dauert nicht lang, bis ich ihn entdecke. Mein Herz klopft schneller. Ace sieht aus, als sei er einem Werbeplakat für sexy Männermode entstiegen. Er trägt ein dunkelgraues körperbetontes Hemd sowie tief sitzende schwarze Jeans, die sich an seinen knackigen Hintern schmiegen wie eine zweite Haut. Er hat sich nicht rasiert, der Dreitagebart wirkt verwegen und sexy. Unter dem Stoff seines Hemds zeichnet sich jeder verdammte Brust- und Bauchmuskel ab. Ich bin anscheinend nicht die Einzige, die ihn anziehend findet, denn eine Gruppe Mädels schwirrt wie ein Bienenschwarm um ihn herum.

Dann sehe ich *sie*. Die Reporterin der *Rhode Island Today*, Shelby Soundso. In einem karamellfarbenen Etuikleid, das ihre Kurven und ihren Porzellanteint betont, steht sie neben Ace und strahlt ihn an, als hätte er ihr soeben das größte Kompliment gemacht.

Er streicht sich durchs Haar und senkt den Kopf zu ihr hinab, vermutlich, um sie besser zu verstehen. An einem seiner Finger blitzt etwas auf, ein Ring. Er ist riesig und sieht aus wie ein Siegelring, vielleicht von einem College oder einer Universität. In diesem Moment beneide ich diese Shelby, wie ich noch nie zuvor jemanden beneidet habe. Ich bin eifersüchtig auf sie, weil sie seine Aufmerksamkeit hat und ich mir wünsche, ich wäre diejenige an seiner Seite.

An meiner Unterlippe nagend unterziehe ich sie einer eingehenden Musterung. Ihr rotblonder Pferdeschwanz wippt und das Licht der Deckenbeleuchtung bricht sich in ihren goldenen Kreolen, während sie Ace aufmerksam zuhört und nickt. Unwillkürlich hebe ich die Hand, um die filigranen Hänger an meinen Ohrläppchen zu berühren. In genau diesem Augenblick dreht Ace den Kopf in meine Richtung. Er sieht mir direkt in die Augen. Ich krampfe meine Finger um die silberne Clutch, halte aber seinen Blick und schenke ihm ein kleines Lächeln, das er mit einem Zwinkern erwidert.

Leise Enttäuschung überfällt mich, als er sich erneut Shelby zuwendet.

Ich drehe mich zu Sami. »Hoffentlich klebt diese Frau nicht den ganzen Abend an ihm«, sage ich, da ich weiß, dass meine Freundin die beiden ebenfalls beobachtet.

»Falls doch, gehst du eben frech dazwischen und kämpfst mit den Waffen einer Frau um seine Aufmerksamkeit. Ist vielleicht nicht die fairste Art, aber die sicherste, um einen Kerl den Kopf zu verdrehen. Und glaub mir, Süße, in diesem Kleid brauchst du nur mit deinem Hintern zu wackeln und das ganze Eishockeyteam liegt dir zu Füßen.« Sami grinst und ich muss ebenfalls kichern.

Das Kleid ist wirklich ein Hingucker. Ich bin froh, es gefunden zu haben.

Ich nehme noch einen Schluck von meinem Drink und ... verschlucke mich. Sami nimmt mir das Glas aus der Hand und wirkt erheitert über meinen Hustenanfall, der mir jedoch einen heftigen Stich in der Brust versetzt.

Plötzlich befinden sich viel zu viele Menschen um mich. Der große Saal wirkt mit einem Mal beklemmend klein. Ich will etwas sagen, aber es kommt nur ein klägliches Röcheln dabei heraus. »Ich ...«, versuche ich es noch mal.

Sami leert ihr Sektglas und stellt es mit meinem auf einen der Tische ab.

»Sami, ich ...«, versuche ich erneut, auf meine missliche Lage aufmerksam zu machen.

Himmel, ich bekomme keine Luft mehr. Ich presse die Fäuste gegen meinen Brustkorb, kämpfe gegen das Gefühl der Hilflosigkeit und der bodenlosen Angst an, das seine Klauen nach mir ausstreckt. »Ich muss raus hier!«, bringe ich endlich über die Lippen. Die Leute um mich scheinen mich zu zerdrücken. Sie kommen immer näher.

Samis Gesichtsausdruck wird ernst. »Zombiebier?«

Ich nicke. Meine Knie zittern, Schweißperlen prickeln auf meiner Stirn. Mein Blickfeld verengt sich, ein schwarzer Tunnel rast auf mich zu. Das Herz springt mir fast aus der Brust. Ich bin kurz davor, umzukippen.

Meine Beine werden spürbar kraftloser. Panisch versuche ich, zu einem der Tische zu gelangen, als sich unvermittelt ein kräftiger Arm um meine Taille legt. Meine Füße verlieren den Kontakt zum Boden, allerdings nicht, weil ich falle. Ich schwebe. Mein Kopf fällt gegen eine breite Brust. Ich atme einen wunderbaren Duft ein. Dann wird alles schwarz.

Als ich meine Lider flatternd öffne, blicke ich in ein wunderschönes braunes Augenpaar.

Es gehört zu Ace.

»Willkommen zurück.« Sein Lächeln ist warm und in seiner Stimme liegt eine ungewöhnliche Sanftheit, die ich bisher nicht an ihm bemerkt habe.

Verwirrt hebe ich den Kopf und stelle fest, dass ich auf einer gepolsterten, rollbaren Trage in einem kleinen, weiß gefliesten Raum liege. Ace sitzt neben mir auf einem Stuhl.

»Wo bin ich?«

»Ich habe dich in den Notfallraum gebracht. Du bist zusammengeklappt. Es war wohl der Kreislauf.«

»Du hast mich hergetragen?« Ich erinnere mich an das wundervolle Gefühl der Geborgenheit, das ich empfand, als er mich in seine Arme genommen und dicht an seiner Brust gehalten hatte. An diesen speziellen, himmlischen Duft von ihm, den ich auch in diesem Moment wahrnehmen kann.

Sein Lächeln verschwindet. »Du hast uns allen einen ganz schönen Schreck eingejagt.«

»Wo ist Sami?« Ich räuspere mich.

»Sie besorgt dir ein Wasser.« Ace streichelt mit dem Daumen sanft über meine Hand. Erst jetzt bemerke ich, dass er seine Finger verschränkt mit meinen hält. Wieder wird meine Aufmerksamkeit von seinem silbernen Ring gefesselt.

Bevor es mir jedoch gelingt, die eingravierten Buchstaben zu entziffern, löst er sich von mir, als ein Mann um die vierzig in grün-weißer, mit *St John Ambulance* bedruckter Jacke, in den Raum kommt.

»Wie geht es der jungen Patientin inzwischen?« Von seinem Hals baumelt ein Stethoskop. Mit einem freundlichen Lächeln tritt er an mich heran, legt mir eine Blutdruckmanschette um den Oberarm. »Blutdruck und Puls sind noch immer ein bisschen erhöht. Haben Sie sich aufgeregt?«, will er von mir wissen.

Mir schießt das Blut in die Wangen. Wie peinlich. »Ich habe mich an meinem Sekt verschluckt«, gestehe ich und beiße mir auf die Unterlippe.

Ich höre Ace neben mir leise lachen.

»Möglicherweise hatten Sie dadurch eine Panikattacke«, folgert der Mann. »Hatten Sie schon einmal ähnliche Symptome?«

Etwas zögerlich nicke ich. »Allerdings hatte ich schon länger keinen Anfall mehr ...« Innerlich verdrehe ich die Augen. Ich hatte nicht vor, Ace etwas von meinen Panikattacken auf die Nase zu binden.

»India ist vor Kurzem umgezogen und neu in der Stadt«, erklärt Sami, die in diesem Moment mit dem angekündigten Wasser ins Zimmer kommt.

Ich richte mich auf und nehme das Glas dankbar aus ihrer Hand. Während ich trinke, spüre ich Aces Blick auf mir ruhen. Er nimmt mir das Wasser ab und reicht es an Sami zurück.

»Entspannen Sie sich noch einen Augenblick.« Der Sani nickt mir zu. »Das wird schon wieder. Vielleicht denken Sie auch darüber nach, sich in Therapie zu begeben.«

»Mache ich, danke.«

Himmel, wie peinlich. Ich vermeide es, Ace anzusehen.

Nachdem der Sanitäter gegangen ist, füllt kollektives Schweigen den kleinen Raum. Ich bin dankbar, dass mich niemand auf meine Angststörung anspricht. Blöd genug, dass ich mich damit auseinandersetzen muss.

»India ...«, beginnt Ace und Sami räuspert sich.

»Bin mal kurz für Prinzessinnen«, sagt sie und verschwindet.

Na toll. Nun bin ich endlich mal allein mit Ace und etwas in mir will sofort die Flucht ergreifen.

Ace fasst wieder nach meiner Hand. Die Berührung fühlt sich gut an, deshalb lasse ich sie zu. »Bist du okay?«

»Fit wie ein Turnschuh«, behaupte ich, obwohl ich mich noch etwas kraftlos fühle. Ich habe kein Problem damit, Schwächen einzugestehen. Meine Panikattacken sind jedoch etwas, worüber ich nicht gern spreche. Sie haben einen Großteil meines Lebens bestimmt und bis vor wenigen Tagen dachte ich, ich hätte diesen Teil hinter mir gelassen. Es verunsichert mich, und ich bin mir uneins, was ich davon halten soll.

Mit einem entschuldigenden Lächeln entziehe ich Ace meine Hand und schwinge die Beine über die Kante der Liege.

»Du hast solche Anfälle öfter?«, will Ace wissen.

Unbehagen kriecht meine Wirbelsäule hinauf. »Ich will nicht darüber reden.«

Ace sieht mich einen Augenblick lang an und als könne er meine Gedanken lesen, nickt er. »Verstehe. Wenn du drüber sprechen willst, gern. Auch wenn es auf den ersten Blick vielleicht nicht so wirken mag, ich kann gut zuhören und ich weiß, was es bedeutet, anders zu sein.«

Nun bin ich an der Reihe, zu nicken. Ich denke nicht weiter über seine Worte nach, sondern beschließe, erst mal alles zu verdrängen, was die letzten zwanzig Minuten vorgefallen ist.

Ace blickt zu Boden und ich ertappe ihn dabei, wie er meine nackten Füße in den silbernen High Heels mustert. Sein Blick wandert an meinen Beinen entlang nach oben und trifft auf meinen.

Dann schenkt er mir ein Grinsen, als hätte auch er beschlossen, jedes unangenehme Thema für den Abend gut sein zu lassen und zurück zu dem lustigen Teil zu kommen.

Mir soll es recht sein.

Er hebt eine Hand, um mir meinen geflochtenen Zopf über die Schulter nach hinten zu schieben. »Du weißt schon ziemlich gut, wie man sich die Aufmerksamkeit eines Kerls sichert, kleine Elfe.«

Kleine Elfe?

Das gefällt mir. »India«, korrigiere ich ihn nichtsdestotrotz.

Sein Blick verlässt meinen Mund und fällt sekundenlang auf die Rundungen meiner Brüste unter dem Korsagenoberteil. Unwillkürlich ziehen sich meine Brustspitzen zusammen und eine prickelnde Sehnsucht huscht durch meinen Bauch. Ein Gefühl, das mir nicht fremd ist, aber in diesem Moment so intensiv auf mich einprasselt, dass ich ein Seufzen unterdrücken muss.

Mein Knie berührt seinen Oberschenkel und erst jetzt bemerke ich, dass Aces Hand auf meinem Bein liegt. Er sieht mir wieder in die Augen und ... kommt näher.

So nah, dass sich unsere Lippen beinah berühren. »Du bist süß, India«, sagt er und Bedauern färbt plötzlich seine Stimme, »aber ich kann das nicht.«

Mein Herz stolpert in meiner Brust.

Was kann er nicht? Mich küssen?

»Ace, ich ...«

»Hör zu, ich muss gehen, meine Anwesenheit wird auf der Gala erwartet.« Er macht einen Schritt zurück und ich erkenne etwas in seinem Blick, das mich innehalten lässt. Er bittet mich um Verständnis. Wie ich es vorhin getan habe, als ich nicht über meine Panikattacke reden wollte.

Nur widerwillig löse ich die Situation auf. »Danke, dass du mich da draußen gerettet hast, Ace«, sage ich mit einem kleinen Lächeln.

»Jederzeit wieder, kleine Elfe.« Er überbrückt noch einmal die Distanz zwischen uns und schiebt mir sanft eine lose Haarsträhne hinters Ohr.

Wenn ich noch länger dastehe und ihn ansehe, werde ich in der Tiefe seiner braunen Augen ertrinken. Auch er scheint mit sich zu ringen, noch etwas zu sagen oder ...

Ein Klopfen an der Tür. »Hey ihr zwei, ich wollte mal nachsehen, ob bei India alles okay ist.«

Sami.

Der Zauber ist gebrochen.

»Alles okay«, sage ich und sehe zu, wie Ace Richtung Tür geht. Mit einem Zwinkern dreht er sich ein letztes Mal zu mir um. »Wir sehen uns.«

Ein Hauch seines Aftershaves bleibt im Zimmer hängen. Augenblicklich vermisse ich seine Nähe.

Sami hat uns einen Wagen organisiert, der uns nach Hause bringt. Als wir auf der Rückbank sitzen, reicht sie mir eine Flasche Wasser. »Hier, du brauchst unbedingt Flüssigkeit.«

»Danke. Du bist eine tolle Freundin. Sorry, dass ich uns den Abend ruiniert habe.«

Sie winkt ab. »Ach was. Ich bekomme meine Tage und wenn ich ehrlich bin, bin ich da nie in großer Feierlaune. Das passt schon so.«

Ich schenke ihr ein Lächeln und nehme einen Schluck Wasser.

Das ist jetzt anscheinend der Zeitpunkt, meine neue Freundin in meinen Plan einzuweihen. Ich habe das Gefühl, mich jemanden anvertrauen zu müssen. Normalerweise öffne ich mich anderen nicht so schnell, aber ich habe Vertrauen zu Sami gefasst und bin mir sicher, dass sie nicht tratschen wird. »Sami, ich ...« Na toll. Ich bringe es wohl doch nicht über die Lippen.

Sami runzelt die Stirn. »Was ist, Süße? Es geht dir doch wieder gut, oder?«

»Ich bin okay«, versichere ich ihr.

»Sag schon, was bedrückt dich?«

Ich straffe die Schultern und hole tief Luft. »Ich will Ace.«

»So viel habe ich inzwischen mitbekommen.«

»Richtig, allerdings ...«

»Bist du partout nicht davon abzubringen, obwohl du weißt, dass *Mister Hot as Hell* ein absoluter Frauenschwarm ist?«

»Er soll mein Erster sein, Sami.« So, jetzt ist es raus.

»Was? Du meinst, du hast noch nie ...?«

»Ich hatte eine längere Beziehung, aber Jayke und ich haben nie miteinander geschlafen. Es schien mir nicht passend. Es gab keinen richtigen Moment, weißt du. Aber jetzt ... Keine Ahnung, warum ich so fixiert auf Ace bin. Vielleicht, weil meine Schwester in der Highschool immer all die heißen Typen abbekommen hat und ich mir beweisen will, dass ich es auch draufhabe. Jedenfalls behauptet meine Familie, dass ich ein schrecklicher Dickkopf bin«, ergänze ich ein wenig atemlos, »und ich will nun mal Ace Tremaine. Außerdem habe ich das Gefühl, es endlich durchziehen zu müssen.«

»Wow.« Sami betrachtet mich nachdenklich.

»Was bedeutet dieses *Wow*?«

Sie schüttelt den Kopf. »Ich fühle mich echt ... Danke, dass du dich mir anvertraust.«

Ich setze zu einer entsprechenden Antwort an, lasse es aber bleiben, da ich nicht die richtigen Worte finde. Üblicherweise trage ich mein Herz nicht auf der Zunge. Ich hoffe einfach, dass Sami weiß, was in diesem Augenblick in mir vorgeht. Dass ich ihr vertraue und sie als Freundin zu schätzen weiß. »Was hältst du von meinem Plan?«, hake ich schließlich nach.

Um ihre Mundwinkel tanzt ein verschmitztes Grinsen. »Was ich davon halte? Ich würde sagen, du hast einen verdammt guten Geschmack, India Reynes. Aber gerade wenn Bad-Boy-Ace dein erster sein sollte, denke dran, dass er es mit der Treue nicht so genau nimmt ... Er will nur seinen Spaß«, erinnert sie mich.

»Ich werde aufpassen«, beruhige ich sie. Ich weiß ihre Sorge zu schätzen. Und ich werde vorsichtig sein. Werde mein Herz beschützen.

9. Kapitel

India

Nach unserem Besuch der Benefizgala stehen wir am nächsten Morgen erst spät auf. Ich lege ein paar Bagels auf den Toaster und koche uns einen Tee, während es sich Sami mit ihrem Smartphone auf dem Bett bequem macht.

»Geht es dir besser?« Ich öffne die Kühlschranktür, hole die Butter heraus und drehe mich zu meiner Freundin um.

»Hm?« Sie nimmt einen Ohrstöpsel aus dem Ohr.

»Was machen deine Bauchschmerzen?«

»Viel besser. Dank deiner Pada... na ja, was auch immer Massage.«

»Padabhyanga«, korrigiere ich sie schmunzelnd. Da sich ihre Regelbeschwerden nach unserer Heimkehr verschlimmerten, hatte ich sie mit einer indischen, genauer gesagt, ayurvedischen Fußmassage verwöhnt. »Falls du wieder fit bist, könnten wir später einen Rundgang draußen machen«, schlage ich vor. »Heute ist so tolles Wetter.« Mir fehlen die wöchentlichen Spaziergänge mit Alex durch die Straßen der Nachbarschaft in Wichita. Es war schön, mit ihr über alle möglichen Mädchenthemen zu quatschen oder über die Zicken der Schule zu lästern.

Sami wirft einen kurzen Blick aus dem Fenster. »Sei mir nicht böse, aber ich würde heute lieber im Bett faulenzen. Ist das okay für dich?«

»Na klar. Ich dachte nur ...«, ich mache eine Handbewegung, »egal, dann machen wir die Umgebung ein anderes Mal unsicher.«

»Warum stattest du nicht dem *Rockford Barista* einen kleinen Besuch ab?« Sami grinst schelmisch. »Dann hättest du deinen Spaziergang. Ich wäre auch nicht sauer, wenn du zufällig ein paar süße Donuts mitbringen würdest.«

»Sami, Sami.« Kopfschüttelnd erwidere ich ihr Grinsen. Inzwischen weiß ich ziemlich gut, welche Naschkatze meine neue

Freundin ist. Wenn ich nicht aufpasse, habe ich auch bald zwei Kilo mehr auf den Hüften.

Belustigung blitzt in ihren Augen auf. »Schieb's auf meine Tage. Da brauche ich einfach meine tägliche Zuckerration.«

Der Wind spielt mit meinen Haaren und fährt raschelnd durch die sich allmählich färbenden Blätter der Bäume, als ich das Campusgelände in Richtung des East Market Drive verlasse. Ich bin froh, keine Jacke angezogen zu haben, denn es sind bestimmt über zwanzig Grad. Außer mir sind etliche Leute unterwegs. Familien, junge Mütter mit Kinderwagen, schlendernde Pärchen. Jogger. Anscheinend zieht es nicht nur mich an diesem schönen Frühherbsttag nach draußen.

»Sieh an, wenn das nicht die kleine Elfe ist!«

Beim Klang der tiefen, mir inzwischen ziemlich bekannten männlichen Stimme zucke ich zusammen. Hitze flutet mein Gesicht, als Ace neben mir auftaucht. »Was machst du denn hier?«

Er verlangsamt seinen Schritt und hebt eine Braue. »Joggen?«

Ich verdrehe die Augen.

»Was ich übrigens jeden Sonntagmittag tue. Dir bin ich hier allerdings noch nie zuvor begegnet.« Er trägt wieder sein Baseball-Cap – verkehrt herum –, dazu ein schwarzes ärmelloses T-Shirt und eine Trainingshose, die sich in beunruhigender Weise an seinen Knackarsch schmiegt. Ein paar vorwitzige, dunkle Strähnen stehlen sich unter seiner Kappe hervor, und auf der Haut seiner definierten Oberarme glänzt Schweiß. »Ulkig, dass du mir schon wieder über den Weg läufst.« Er dreht sich um und läuft rückwärts, um mich einer eingehenden Musterung zu unterziehen.

Er macht mich nervös. Die Art, wie er mich ansieht, macht mich nervös.

Ich zupfe an meinem Jeansrock, der mir auf einmal viel zu kurz erscheint, ebenso wie die Absätze meiner Ankle-Boots plötzlich viel zu hoch sind. Was habe ich mir nur gedacht, ausgerechnet diese Schuhe für meinen Spaziergang auszusuchen? Sie mögen sexy sein, doch bequem zum Laufen sind sie nicht. Mit einem Räuspern rücke ich meine kleine Umhängetasche zurecht. »Ich konnte ja nicht wissen, dass das hier deine bevorzugte Route ist.«

»Ist es nicht. Ich wechsle ab. Um meinen Stalkerinnen zu entkommen.«

Damit bringt er mich zum Lachen. »Idiot.«

»Du bist süß, India Reyes. Das habe ich dir schon gesagt, denke ich. Und ob du es glaubst oder nicht«, er weicht geschickt zwei entgegenkommenden Läufern aus, »ich bedauere es fast ein wenig, dass aus uns nichts werden wird. Aber im Moment ist das wirklich keine Option für mich.«

Der Zeitungsartikel fällt mir ein. Sami hat mir davon berichtet. Ace scheint Probleme deswegen bekommen zu haben. Es kann also tatsächlich nicht an mir liegen, dass er mir schon wieder einen Korb gibt. Es besteht daher Hoffnung. Mein Herz hämmert wild gegen meine Rippen, fast so, als hätte ich gerade einen Marathon hinter mir. »Im Moment passt es mir auch nicht. Ich will mir grad Donuts besorgen. Aber vielleicht passt es ja mal die Tage«, erwidere ich mit einem frechen Grinsen und wiege mich beim Gehen ein wenig stärker in den Hüften.

Ace lacht auf. »Du gibst niemals auf, oder?«

»Nope.«

Er wird ernst. »Wie geht es dir? Wegen gestern, meine ich.«

Ich mache eine wegwerfende Handbewegung. »Alles wieder im grünen Bereich.« Ich bin nicht bereit, das Thema meiner Panikattacke zu vertiefen. Ich würde es definitiv vorziehen, meine speziellen Macken nicht mit dem Mann, mit dem ich mein erstes Mal plane, zu diskutieren. Im schlimmsten Fall nimmt er Reißaus, ehe wir auf Tuchfühlung gegangen sind. Also wechsle ich das Thema. »Wie lief das Interview mit der Zeitung?«, frage ich aus reiner Höflichkeit. Die Vorstellung von dieser Reporterin verursacht mir noch immer Bauchschmerzen, aber für Ace ist das vermutlich eine große Sache, zumal die

Rhode Island Today ein überregionales, renommiertes Blatt ist.

»Ziemlich gut, schätze ich.« Er nickt mir zu. »Was studierst du eigentlich?«, fragt er und wirkt ehrlich interessiert.

»Medien- und Kommunikationswissenschaften.«

»Verstehe.«

Nun muss ich schmunzeln, denn das scheint ihm nicht viel zu sagen. »Was hast du so gemacht, bevor du bei den *Legends* eingestiegen bist?«, will ich wissen und beobachte das verführerische Muskelspiel seiner Arme, während er ein paar Dehn- und Streckübungen macht.

»Eishockey gespielt. Ich habe immer nur Eishockey gespielt. Dazwischen habe ich Sportwissenschaft studiert, aber das war mir ehrlich gesagt zu trocken. Ich brauche den Adrenalinkick auf dem Eis wie die Luft zum Atmen.«

»Das kann ich nachvollziehen.«

»Tatsächlich? Welches ist deine große Leidenschaft, India Reynes?«

Schulmädchen kommen uns entgegen. Einige werfen im Vorbeilaufen ein paar interessierte Blicke auf Ace und kichern. Er beachtet sie nicht, seine Aufmerksamkeit ist voll und ganz auf mich gerichtet.

Ich knabbere an meiner Lippe. »Hm. Lass mal sehen. Bücher, schätze ich. Ohne Bücher möchte ich nicht leben.«

»Bücher?«

»Ja, diese gedruckten Dinger aus Papier. Man schlägt sie auf und taucht in Fantasiewelten ein. Noch nie davon gehört?«

»Sehr witzig.«

»Und Hardrock. Ich liebe Hardrock.«

»Ernsthaft?« Er legt den Kopf schief. »Wie kommt ein zierliches, hübsches Mädchen wie du dazu, diese Art von Musik zu mögen?«

Ich lache. »Das fragt sich meine Zwillingsschwester auch immer.«

»Heilige Scheiße. Du meinst, es gibt zwei von deinem Kaliber?«, neckt er mich mit einem Zwinkern.

»Entspann dich. Sie lebt in Kansas.« Das Geplänkel mit ihm

gefällt mir sehr. Ich fühle mich wohl in seiner Gesellschaft. So wohl, dass ich mir wünsche, dieser Spaziergang würde niemals enden. Der Wind bläst mir ein paar Strähnen ins Gesicht und ich streiche sie beiseite.

»Du stammst also aus Kansas?« Er stopft seine Hände in die Hosentaschen und streift mich mit einem Seitenblick.

»Wichita."

»The Air Capital of the World."

»Ich bin beeindruckt."

Grinsend kickt er ein Steinchen aus dem Weg und verfolgt, wie es im Grünstreifen verschwindet. »Tja, was soll ich sagen. In mir steckt mehr als nur ein Kerl in Eishockeymontur.«

Darauf wette ich. Bereits bei dem Hockeyspiel der *Eagles* hat er mir eine andere Seite von sich gezeigt. »Und du? Hast du schon immer an der Küste gelebt?« Inzwischen laufen wir nebeneinander, so dicht, dass sein Arm immer wieder den meinen berührt. Bei jedem Kontakt stellen sich all die feinen Härchen bei mir auf. Während wir gehen, muss ich ihn ständig ansehen. Ich bewundere sein Profil, er wirkt lässig und selbstbewusst. Ob er die vielen Blicke der weiblichen Passanten, die er auf sich zieht, bemerkt?

»Ich habe hier meinen ersten Schrei getan, bin in Rockford aufgewachsen. Ein Eingeborener sozusagen.« Ace zwinkert mich an. »Für eine Weile habe ich in Kingston gelebt, aber mein Herz gehört Rockford.«

»Es ist auch wirklich ...« Ich komme nicht dazu, meinen Satz zu beenden, denn ich stolpere über eine Wurzel, die sich über die Platten des Gehwegs ausgebreitet hat. Eine vergebliche Sekunde lang versuche ich, mein Gleichgewicht zu halten, doch mein Absatz knickt weg und gibt mir den Rest. Mein Schienbein schrammt über etwas Spitzes, Scharfkantiges, und ich lege mich der Länge nach hin.

Direkt vor Aces Füße.

Verflixte Ankle Boots!

Mein Bein brennt höllisch. Ich stoße einen Fluch aus, doch bevor ich mich aufrappeln kann, zieht mich Ace hoch.

»Hast du dir wehgetan?«

Ich sehe an mir hinab und glätte meinen Rock, der sich bis zu meinem Schritt hochgeschoben hat. Na super. Vielleicht hat Ace mein Höschen blitzen sehen. Ich bin nur froh, dass ich mich heute für den roten String entschieden habe und nicht für meinen bequemen Baumwollschlüpfer.

Himmel, India. Als hättest du keine anderen Probleme im Moment.

»Ich bin okay«, versichere ich ihm und versuche, in seiner Miene zu ergründen, ob er Bekanntschaft mit meinem Tanga gemacht haben könnte. Scheinbar ist das das wichtigste meiner aktuellen Probleme.

Mit einem kleinen Lächeln schiebt mir Ace ein paar Haarsträhnen von der Wange. »Mit dir wird es irgendwie nie langweilig.« Sein Blick verlässt mein Gesicht und wandert tiefer. »Du hast dir wehgetan.«

»Was? Unsinn, nein.« Erneut unterziehe ich meine Beine einer Musterung und stelle fest, dass an meinem Unterschenkel helles, frisches Blut hinabläuft. »Oh Shit.« Hektisch zerre ich den Reißverschluss meiner Umhängetasche auf, um nach einem Taschentuch zu kramen. Dabei höre ich in mich hinein, ob sich eine Panikattacke ankündigt. Wie mir scheint, bleibe ich von einer weiteren Peinlichkeit verschont. Ich atme tief durch.

»Gib her, ich mache das.« Ace nimmt mir das Tuch aus der Hand und geht in die Knie. Sanft tupft er um die Wunde herum.

Ich bemühe mich, das Zittern zu unterdrücken, das mich schlagartig überfällt, als er mich mit seinen großen, starken Händen so zart und umsichtig berührt. »Danke, es ist nicht ... so schlimm«, flüstere ich, auf sein Baseball-Cap und die breiten Schultern starrend.

Ace rückt näher an mich heran. »Du hast dir da was eingefangen. Steinchen und Schmutz.« Er sieht hoch zu mir. »Das solltest du dringend auswaschen.«

Ich schlucke. »Könntest ... könntest du bitte aufstehen?«

Und aufhören, mich so anzusehen? Sonst schmelze ich auf der Stelle dahin.

Mit einem schiefen Grinsen und dem blutigen Taschentuch in

einer Hand richtet er sich auf. »Du magst es nicht, wenn dir die Männer zu Füßen liegen?«

»Sehr witzig.« Ich versuche, das schnelle Schlagen meines Herzens zu ignorieren und muss lachen. »Ich denke, ich trete jetzt lieber den Rückweg an.« Die Wunde an meinem Schienbein pocht und brennt, und bestimmt hat er recht, und es wäre klug, sie zu säubern. Zwar wird Sami enttäuscht sein, wenn ich ohne die versprochenen Zuckerkringel zurückkomme, doch mit der blutenden Wunde möchte ich keinen Umweg machen.

Ace fährt sich durch die Haare und sieht sich um, als würde er jemanden oder etwas suchen. »Hör zu, India, ich wohne lediglich ein paar Meter entfernt. Warum kommst du nicht kurz mit, damit ich deine Verletzung versorgen kann?« Er hält meinen Blick fest.

Ein Fahrradfahrer rast unvermittelt mit einem lauten Klingeln an uns vorbei, sodass ich erschrocken einen Schritt nach hinten mache.

Ich stoße gegen Ace und für einen wunderbaren Moment schließt er mich in seine Arme und hält mich fest.

»Scheint zur Gewohnheit zu werden, dass ich dich dauernd retten muss«, murmelt er gegen meinen Scheitel.

Ich hätte nichts dagegen.

Ich inhaliere seinen unverwechselbaren Duft und genieße seine Nähe, doch viel zu schnell gibt er mich frei. »Komm schon. Lass uns zu mir gehen. Ich verspreche dir, im Nu bist du wieder wie neu, dann kannst du dir deine Donuts besorgen.«

»Samis Donuts«, sage ich unnötigerweise. »Aber danke für das Angebot. Neben deinem Talent als Hockeystar besitzt du nicht zufällig auch noch ein Krankenpflegediplom?«, will ich mit einem Grinsen wissen.

Zwei Straßen weiter bleiben wir vor einem mehrstöckigen Backsteinbau mit bunten Fensterläden stehen, einem Gebäude, das typisch für die Innenstadt von Rockford ist.

»Hier wären wir.« Er lotst mich ein paar Treppenstufen zur Eingangstür hinauf und angelt einen Schlüssel aus seiner Hosentasche. Nachdem er die Tür aufgeschlossen hat, lässt er mich in einen gefliesten Eingangsbereich mit in der Wand eingelassenen Briefkästen eintreten. »Leider gibt es hier keinen Aufzug. Schaffst du es hoch in den zweiten Stock?«

Ich lege den Kopf schief. »Ich habe mir nur etwas Haut aufgeschürft, nicht mein Bein verloren.«

Er lacht. »Du bist amüsant, kleine Elfe.«

Ich mag es inzwischen, wenn er mich so nennt, und kann mir ein Schmunzeln nicht verkneifen. Die ganze Zeit über, während ich vor ihm die Treppenstufen hochgehe, bin ich mir seiner intensiven Blicke bewusst.

10. Kapitel

India

Ich kann nicht fassen, dass ich in der Wohnung eines echten Eishockeychampions gelandet bin. Ein bisschen ehrfürchtig folge ich Ace durch einen schmalen, mit dunklem Teppichboden ausgelegten Korridor in ein kleines, überschaubares Bad mit weißen Kacheln.

Ace schiebt den Duschvorhang beiseite, damit ich mich auf dem Wannenrand niederlassen kann. »Setz dich«, bittet er mich und macht sich anschließend am Spiegelschrank über dem Waschbecken zu schaffen. »Vielleicht solltest du deinen Stiefel ausziehen. Damit er nicht nass wird.«

Ich schlüpfe aus meinem Schuh und entledige mich sicherheitshalber auch meines Söckchens. »Wow, hier scheint aber jemand sehr viel Wert auf Körperpflege zu legen«, necke ich ihn, denn rund ums Waschbecken stehen etliche Tuben, Tiegel und Haargele verteilt.

»Remys Zeug.« Ace grinst, als er sich zu mir auf den Wannenrand setzt, Verbandsmaterial und ein Handtuch in den Händen. »Nicht meins.«

»Wohnst du in einer Wohngemeinschaft?«

»Jepp. Wir hausen hier zu dritt. Remy, mein Teamkollege, Nicolás, ein Sportstudent, und meine Wenigkeit.« Er neigt sich über mich, um die Brause in die Hand zu nehmen. »Lass mich den Schmutz aus der Wunde spülen, okay?«

Inzwischen blutet es kaum noch, aber es brennt höllisch, als der Wasserstrahl auf die Verletzung trifft. Ich beiße mir auf die Unterlippe, um einen Fluch zu unterdrücken.

Aces Mundwinkel zucken verräterisch, während er das zusammengefaltete Handtuch auf seinen Oberschenkeln platziert und mich anschließend ansieht. »Leg dein Bein darauf.«

»Lachst du mich etwa aus?« Ich halte die Luft an, als er sanft eine Hand um meinen Knöchel schließt, um mein Bein zu stabilisieren. Es fühlt sich himmlisch an, und meine Haut prickelt von der Berührung.

»Würde ich niemals tun.« Ohne Vorwarnung sprüht er etwas Desinfektionsspray auf die Wunde.

Ich stoße zischend Luft durch die Zähne. »Verdammt, das tut weh!«

»Sorry. Du hast es schon überstanden. Jetzt quäle ich dich nicht länger.« Er zwinkert mir zu.

Von mir aus kannst du mich noch den ganzen Tag lang quälen.

Aber bitte nicht mit Desinfektionsspray!

Ich muss schmunzeln, erkenne aber, dass mich Ace seltsam ansieht. Ich kann nicht anders und starre zurück – in seine wunderschönen braunen Augen. Die Welt scheint sich plötzlich etwas langsamer zu drehen und für eine Millisekunde überlege ich, ob ich die Initiative ergreifen sollte, um ...

Ace räuspert sich und lässt mich los.

Keiner von uns spricht ein Wort, während er sich die Hände wäscht und abtrocknet, um dann ein Stückchen sauberen Mull auf meine Wunde zu legen und ein großes Pflaster darüber zu kleben. Er arbeitet geschickt und vorsichtig. Ich kann meinen Blick nicht mehr von seinen langen Fingern lösen, mein Kopf fühlt sich ein bisschen wie in Watte gepackt an und mein Verstand malt sich heimtückischer Weise aus, was er mit seinen Händen auf meinem Körper alles anstellen könnte.

Hitze flutet meine Wangen, als er den Kopf hebt und meinen Blick einfängt. Ich schlucke. »Warum siehst du mich so an?«

»Sag du es mir.« Seine Aufmerksamkeit schwenkt kurz zu meinen Lippen.

»Keine Ahnung«, schwindle ich.

»Vielleicht, weil du mich verrückt machst, Elfe.«

Dito! »Mache ich das?« Mein hinterhältiges Herz klopft schnell, aber das tut es eigentlich seit dem Augenblick, in dem ich Ace zum allerersten Mal im *Rockford Barista* begegnet bin.

»Was denkst du?«

»Ich denke, du könntest mich jetzt langsam mal küssen«, sage ich und wundere mich nicht mehr über diese herausfordernde

Art, die er in mir provoziert.

Einem spontanen Impuls folgend beuge ich mich vor und streiche ihm eine dunkle Strähne von der Stirn.

Seine Augen werden schmal. Erneut wandert sein Blick zu meinem Mund. »Du spielst ein gefährliches Spiel, Elfe.«

»Das ist kein Spiel«, sage ich und beiße mir auf die Unterlippe. Ich liebe es, wie er *Elfe* zu mir sagt. Wie kommt er überhaupt darauf, mir diesen Spitznamen zu verpassen?

Ich will dich.

»Wie recht du hast.« Er schiebt meinen Fuß von seinem Schoß und steht auf. »Deswegen ist es besser, wenn du jetzt gehst«, sagt er und reicht mir mein Söckchen.

»Und wenn nicht?«

»Ich bin nicht gut für dich. Und du nicht für mich.«

»Warum lässt du mich das nicht selbst herausfinden?« Ich rutsche vom Wannenrand und stehe ebenfalls auf.

Ich setze alles auf eine Karte. Der Zeitpunkt ist perfekt. Wir sind allein. In seinem Haus. In seiner Wohnung. Niemand muss je davon erfahren, was wir hier tun.

Ich habe lange gewartet, um den Richtigen zu finden. Genau genommen zwanzig Jahre. Und jetzt, da ich ihm begegnet bin, denke ich nicht daran, ihn wieder gehenzulassen. Ich will Ace, und ich werde alles dafür tun, ihn davon zu überzeugen, dass er mich ebenso will. »Ich bin ein großes Mädchen und kann auf mich selbst aufpassen.«

»Schon möglich.« Sein Blick rutscht tiefer, gleitet langsam über meine Figur hinweg. Jede einzelne Stelle meines Körpers, die er mustert, geht in Flammen auf – und bestätigt mich in meiner Entscheidung.

Das hier ist perfekt.

Der eine Moment.

Unwillkürlich rücke ich ein Stückchen näher, ich fühle mich magisch von ihm angezogen. Seine Nähe, sein Duft, sind unheimlich erregend. Noch nie habe ich bei einem Mann so eine ursprüngliche, tiefe Lust empfunden. Mehr als alles wünsche ich mir, dass mich Ace in seine starken Arme nimmt, mich hart an sich zieht und seinen Körper an meinen presst.

»Ace«, flüstere ich. »Ich will dich.« Und dann tue ich etwas, das die India aus Wichita, Kansas, niemals getan hätte, bevor sie Ace Tremaine begegnet ist, der diese rebellische, mutige Seite in ihr aktiviert hat. Ich stoße ein sehnsüchtiges Seufzen aus, lege die Hand auf die Beule in seinem Schritt und streichle ihn durch den Stoff hindurch. Ein kleines, triumphierendes Lächeln huscht über meine Lippen, als er scharf die Luft einsaugt. Wenn er behauptet, dass ich ihn kalt lasse, lügt er.

Er schließt seine Finger eisern um meine und stößt ein tiefes, gefährliches Knurren aus. »Zur Hölle. Keine gute Idee.«

»Ich denke, es ist in Wirklichkeit die beste Idee, die ich seit Langem gehabt habe«, halte ich dagegen. Würde ich das Funkeln in seinen Augen nicht wahrnehmen, jenes Funkeln, das mir deutlich zeigt, dass auch er mich will, würde ich einen Rückzieher machen. Doch da flackert etwas Dunkles in seinem Blick auf, während er mich sekundenlang anstarrt. Sein Brustkorb hebt sich, als er seine Lunge mit Luft füllt.

Einen Silberdollar für deine Gedanken, Mister Hot as Hell. *Was geht dir in diesem Augenblick durch den Kopf?*

Mir entweicht ein überraschtes Keuchen, als er mich abrupt mit sich zieht.

»Mitkommen«, befiehlt er.

Sein Griff um mein Handgelenk ist unnachgiebig, und mein Herz schlägt mir bis zum Hals, als ich hinter ihm her stolpere.

Wir landen in einem etwa zwanzig Quadratmeter großen Zimmer. Mit der Ferse kickt Ace die Tür hinter uns zu und dirigiert mich an einem von diversen Eishockeymagazinen und Fachzeitschriften belagerten Tisch vorbei. Mit seinem Körper drängt er mich in Richtung eines mitten in den Raum hineinragenden Kingsizebetts aus Messing.

Meine Kniekehlen stoßen gegen die Bettkante, und ich falle rückwärts auf die weiche Decke. Mein Haar breitet sich wie ein Fächer um meinen Kopf aus. Ich schnappe nach Luft. »Was hast du vor?«

Ein Frösteln – eine aufregende Mischung aus Furcht, Lust

und Erwartung – erfasst mich. Dachte ich bisher noch, die Situation einschätzen zu können, hänge ich inzwischen in der Luft.

»Du hast darum gebettelt, du hast mich herausgefordert, und ich werde dir geben, wonach du verlangst«, knurrt er, als wüsste er nicht, was in ihn gefahren ist und als würde auch ihn die Situation ein kleines bisschen überfordern.

Das dunkle Timbre seiner Stimme sendet einen Gänsehautschauder über meine Haut, und mein Puls klettert unaufhaltsam in die Höhe. Ich befeuchte meine plötzlich trockenen Lippen mit der Zunge. »Was ist, wenn jemand reinkommt?«

»Die Jungs sind unterwegs. Es wird niemand reinkommen.« Er klettert zu mir aufs Bett, platziert seine Oberschenkel links und rechts neben meiner Hüfte und starrt mich sekundenlang an. »Fuck.« Ungläubig schüttelt er den Kopf. »Fuck, du bist so hübsch.«

Ein Lächeln stiehlt sich in meine Mundwinkel. Er wirkt heiß und zugleich verwirrt und das ist wiederum ziemlich süß.

An seinem Kiefer spielt ein Muskel, während er auf mich herabsieht und anschließend den Blick auf irgendeinen Punkt über meinem Kopf richtet. »Wenn ich dich weiter ansehe, ist es aus mit mir«, murmelt er und klingt fast verzweifelt.

»Schau mich an«, flüstere ich. »Bitte, Ace.«

Seine Augen sind unergründlich wie die Nacht. Die riesigen Pupillen verdecken beinah die Farbe seiner Iris, als er seine Aufmerksamkeit zurück auf mich richtet. »Fuck«, kommt es noch einmal über seine Lippen. »India, ich ...«

Für einen Moment halte ich den Atem an und befürchte, er könnte einen Rückzieher machen. Doch dann überbrückt er zu meiner Erleichterung die Distanz zwischen uns und drückt seine Lippen auf mein Schlüsselbein. Wohlige Schauder rieseln durch mich hindurch. Seine Bartstoppeln kratzen über meine Haut, als er mit den Zähnen an mir zupft, und mit seiner Zungenspitze die kleine Grube zwischen meiner Schulter und meinem Hals erkundet. Ich erbebe unter der sanften, neckenden Berührung.

Ungeduldig zieht mir Ace den verbliebenden Stiefel vom Fuß,

lässt seine Hände unter meinen Rock gleiten und schiebt ihn hoch bis über meine Hüfte. Mit den Daumen streichelt er über die Innenseite meiner Schenkel, erkundet jeden Zentimeter der sensiblen Haut. Die ganze Zeit über verlässt sein Blick den meinen nicht. Ich fange an zu zittern, verliere mich in dem tiefen, dunklen Braun seiner Augen.

Als er einen Finger unter den Saum meines Höschens schiebt und über meine Mitte streichelt, japse ich nach Luft.

Er haucht mir einen Kuss hinter das Ohr. »Verflucht, Elfe, du bist ja klatschnass«, murmelt er an meinem Hals. Zielstrebig findet er meine Klit und ... oh heiliger Bimbam, ich winde mich und ein Wimmern schlüpft aus meiner Kehle, als er beginnt, meine Perle in neckenden Kreisen zu streicheln.

Er weiß sehr genau, was er tut.

Hilflos aufstöhnend kralle ich die Nägel in die festen Muskeln seiner Schultern.

Ace atmet genauso schnell wie ich. »Was machst du nur mit mir, India Reyes ...?«, grollt er.

Die Frage könnte ich zurückgeben, aber dafür bin ich zu atemlos.

Wie selbstverständlich schiebt er die Hand unter den Bund meines T-Shirts und umfasst meine rechte Brust. Sein Daumen reibt aufreizend über meinen Nippel, der sich unter der Berührung in eine schmerzhafte Knospe verwandelt. Zugleich beißt er mir in mein Ohrläppchen und schickt einen Stromstoß nach dem anderen durch meinen Körper.

Ich kann keinen klaren Gedanken mehr fassen. Alles, was ich spüre, alles, was ich fühle, sind seine Hände. Wie er mich berührt, wie er mit mir spielt. Mich zum Fliegen bringt.

»Oh«, bricht es aus mir heraus, weil sich etwas Wundervolles in mir aufbaut, und der süße Druck meine Beine zittern lässt.

»Lass dich gehen. Entspann dich.« In seiner Stimme liegt ein leises Lächeln. Seine Finger necken und streicheln empfindliche Stellen, von denen ich nicht geahnt habe, dass sie existieren. Ich breche in Schweiß aus, bin kurz davor, in seiner Hand zu explodieren. »Gefällt dir das?« Ohne Vorwarnung versenkt Ace einen

Finger in mir.

Auch diese Antwort bleibe ich ihm schuldig, denn was er gerade tut, bring mich komplett außer Fassung. Ich kann mich auf nichts anderes mehr konzentrieren, als auf das wahnsinnig erregende und wunderbare Gefühl dieser Berührung. Mein Verstand hat sich verabschiedet und Ace die Kontrolle überlassen. Lust strömt in heißen Wellen durch meinen Unterleib. »Ace ... Ace«, flüstere ich.

Ich wölbe mich ihm entgegen, gebe mich ihm völlig hin. Alles um mich herum verschwindet in einem diffusen Nebel aus Verlangen. Schwer atmend schließe ich die Lider.

Grundgütiger.

Es fühlt sich zu herrlich an.

Ace weiß, wie man ein Mädchen in den Himmel befördert. Genau, wie ich es mir gedacht habe.

»Fuck, du bist eng.« Er stößt ein Keuchen aus und krümmt seinen Finger, berührt irgendeinen magischen Punkt in mir, der gleißende Blitze durch meinen Unterleib schickt. Oh Gott. Wenn ich je sterben muss, dann bitte jetzt.

Ich stöhne auf, kralle mich an Aces Schultern fest und winde mich unter der süßen Folter. Ich bin nah dran, so nah. Der Druck und die Spannung sind kaum noch auszuhalten. Alle meine Muskeln krampfen. Noch nie zuvor habe ich so starke und lustvolle Empfindungen gehabt.

Für den Bruchteil einer Sekunde fühle ich Entsetzen aufflammen, als sich Ace unvermittelt von mir löst und mich auf der Schwelle zwischen Himmel und Hölle balancieren lässt.

»Heb deinen Po an, damit ich dir das Höschen ausziehen kann«, bittet er mich heiser.

Mit geschickten Fingern zieht er mir den Stoff über die Hüften.

Ich weite meine Augen, weil er sich nun zwischen meine Beine drängt und sie spreizt. Er fängt mein Handgelenk ein, als ich ihn stoppen möchte.

Brennende Hitze steigt in meine Wangen. Jayke und ich praktizierten nie Oralsex.

»Es ist okay, Elfe«, sagt er, als wüsste er, was mir gerade durch den Kopf geht. Seine Lippen gleiten zart, ganz zart über meine Scham. »Du bist wunderschön.«

Ich erbebe unter der Berührung, doch seine Hände umfassen meine Hüften und halten mich fest. Sein heißer Atem streift über mich, seine Zunge malt eine glühende Spur über meine Schamlippen. Bartstoppel kratzen über meine empfindliche Haut, und der sanfte, süße Schmerz erregt mich über alle Maßen.

Ich stöhne, als seine Zungenspitze in mich eintaucht und öffne mich ihm unwillkürlich noch ein Stückchen weiter. All meine Nervenenden sind entflammt, da ist ein Summen und Vibrieren in mir, das mir schier den Atem raubt.

Hilflos vergrabe ich meine Finger in seinem dunklen Haar. Mein Schoß zieht sich vor Begehren zusammen. »Ich will dich ...«, flüstere ich verzweifelt. »Bitte Ace ... ich ...« Meine Worte verwandeln sich in ein Wimmern.

Er fährt fort, mich mit zarten Zungenschlägen zu foltern, nimmt meine Klit zwischen seine Lippen, saugt und zupft sanft daran. Ich bin Wachs in seinen Händen. Vor meinen Augen zerspringen Sterne in tausend feine Splitter.

Ein heißes Kribbeln steigt in mir auf. Mein Herz schlägt rasend schnell, und ich gebe einen kleinen Schrei von mir, als ich von einer wundervollen, überwältigenden Explosion überrascht werde.

Während ich auf dieser seligen Welle dahinschwebe, die mich einhüllt, warm und weich geborgen fühlen lässt, streift Ace meinen Rock hinab und schiebt seinen Körper neben mich. Er vergräbt sein Gesicht an meinem Hals. Ich spüre seinen unregelmäßigen Atem, er scheint ebenso erregt wie ich. »Das war schön«, flüstere ich in sein Haar. »Danke.«

»Gern geschehen, Elfe.« Seine Stimme klingt dunkel und rau wie guter alter Whiskey.

Nur langsam beruhigt sich mein Puls, und ich lande wieder in der Realität. Am liebsten würde ich für immer so liegen bleiben, hier bei Ace.

Ich versuche, es festzuhalten, dieses Nachglühen. Dieses wundervolle Schweben. Ace hat mich zum Fliegen gebracht. Doch ich will mehr. Ich will *ihn* in mir spüren. Nicht nur seine Finger oder seine Zunge. »Schlaf mit mir, Ace«, bitte ich ihn. Noch nie habe ich mir so sehr gewünscht, von einem Mann genommen zu werden. »Ace?«

Er ist so still. Sein einer Arm liegt quer über meiner Brust, seine Finger streicheln gedankenverloren meinen Arm.

»Sag doch was, bitte.«

Das einfallende Tageslicht fängt sich in seinem Ring, als er den Kopf hebt und mir eine feuchte Haarsträhne von der Wange streicht. »Verdammt, Elfe. Ich habe Scheiße gebaut.«

Perplex starre ich in seine wunderschönen braunen Augen. »Ich verstehe nicht ...«

Er drückt mir einen Kuss auf die Stirn und mit einem Knurren löst er sich von mir und rappelt sich auf, um mir mein Höschen zu reichen. »Du musst gehen.« Mit diesen Worten wendet er sich ab und verlässt das Zimmer.

Wie bitte? Verwirrt schnelle ich hoch und starre ihm mit offenem Mund hinterher. Genauso gut hätte er mir eben einen Eimer Eiswasser überschütten können. Was ist plötzlich in ihn gefahren? Meine Hände zittern, während ich mir den Slip überstreife und nach meinem Stiefel angle.

Sekunden später kehrt Ace mit dem anderen Exemplar sowie meiner kleinen Umhängetasche zurück und hält mir beides entgegen.

»Was ist los mit dir?«, frage ich ehrlich verwirrt.

Er starrt mich an. Sein Adamsapfel bewegt sich auf und ab. »Ist dein Bein okay?«, weicht er meiner Frage aus. »Kannst du laufen?«

»Sicher.« Ich schiebe mir die Haare hinter die Ohren. Warum verhält er sich so seltsam? »Befürchtest du, dass deine Freunde uns überraschen? Ist es dir peinlich, falls sie dich mit mir erwischen?«

»Peinlich?« Er stößt ein bitter klingendes Lachen aus und fährt sich anschließend durchs Haar.

»Wie soll ich mir sonst dein Verhalten erklären?« Mein Blutdruck klettert in die Höhe. Ich bin durcheinander und emotional aufgewühlt. »Erst ziehst du mich in dein Zimmer, wirfst mich auf dein Bett und ...« *Schenkst mir den heißesten Orgasmus, den ich je erlebt habe ...* »lässt mich dann eiskalt im Regen stehen!«

»Fuck, es ...« Wieder strubbelt er sich durchs Haar, und er sieht dabei so süß und attraktiv aus, dass mir das Herz wehtut. »Es tut mir leid.« Seine Augen werden schmal. »Vergiss, dass das hier passiert ist. Du warst niemals in diesem Haus. Niemals in diesem Zimmer. Das hier ist nie geschehen.«

»Warum?« Inzwischen zittere ich am ganzen Körper. Sein Verhalten wirft ein einziges, riesiges Fragezeichen in mir auf. Ich weiß nicht, was ich erwartet hatte, ich hatte das alles nicht wirklich zu Ende gedacht, wird mir an dieser Stelle schmerzhaft bewusst.

»Weil ...« Er holt tief Luft. Starrt mich an, als würde er mich zum ersten Mal sehen. Richtig sehen. »Hör zu, Elfe ...«

»India.« Keine Ahnung, warum ich das sage, aber es hilft mir, mein Gleichgewicht zurückzuerlangen.

Seine Schultern schieben sich nach oben, als er seine Fäuste in die Vordertaschen seiner Trainingshose rammt. »Ich bringe dich raus.«

Da er aus der Tür rennt, bleibt mir nichts anderes übrig, als mich an seine Fersen zu heften. Wir verlassen seine Wohnung und kurz darauf stehen wir auf dem Gehweg vor seinem Haus.

Ace vermeidet es, mich anzusehen. Er kneift sich in die Nasenwurzel und atmet ein paar Mal tief ein. Seine Miene wirkt angespannt. »India, ich ... es tut mir leid.«

Bevor ich noch etwas entgegnen kann, wendet er sich ab. Ich zucke zusammen, als hinter ihm die schwere Eingangstür zufällt.

Obwohl es noch immer warm ist, überfällt mich ein Frösteln, als ich ziemlich ratlos den Heimweg antrete.

11. Kapitel

Ace

Ein Tag ist nach der *Sache* mit India vergangen, und ich warte immer noch darauf, dass mich der Blitz trifft oder sich der Boden unter mir auftut. Ich habe zugelassen, von meinem Schwanz vorgeführt zu werden und meine Karriere aufs Spiel zu setzen. Auch wenn India nicht wie ein Mädchen wirkt, das zur nächsten Klatschpresse rennen und Details über mich preisgeben oder mich verpfeifen würde ... wie kann ich sichergehen? Hier geht es um weit mehr als um eine schnelle Nummer mit einem hübschen Mädchen, das mich scharfmacht. Hier geht es um meine Zukunft. Mein Leben. Ich habe zu hart für all das gekämpft, um es wegen eines Ficks in den Sand zu setzen. Hübsches Mädchen hin oder her. Ich kann nicht abschätzen, was passiert, wenn der Coach Wind von einer neuen Affäre bekommt. Das Risiko, dass er mich hochkant rauswirft, ist einfach zu groß.

Idiot, sage ich zu meinem Spiegelbild und lasse frustriert meine Faust auf das Waschbecken sausen. Zumindest hatte ich keinen Sex mit ihr. Wobei ... das macht die Sache auch nicht gerade besser.

In meinem Kopf herrscht ein einziges Chaos. Das Training heute Nachmittag lief dementsprechend suboptimal. Mehrere Male habe ich mir den Puck abjagen lassen. Coach Bara hat den Kopf über mich geschüttelt und ein, zwei gepflegte Flüche losgelassen, und auch Remy hat mich zwischendurch angestoßen und wollte wissen, was zur Hölle mit mir los sei. Ich war nicht bei der Sache, meine Konzentration war am Arsch.

Weil *sie* die ganze Zeit durch meinen Kopf geisterte.

Dieses Mädchen, dem ich dem Spitznamen *Elfe* verpasst habe, weil sie mich mit ihren großen, geheimnisvollen Augen und ihrer Zerbrechlichkeit an ein unschuldiges Fabelwesen erinnert. Nur dass sie alles andere als zerbrechlich ist. Dieses Mädchen weiß genau, was es will. India ist ein schrecklicher Sturkopf und eine verdammte Herausforderung. Eine Herausforderung, die ich im Moment nicht gebrauchen kann.

Davon abgesehen, dass ich Frauenverbot habe, kapiere ich erst in diesem Augenblick, warum der Coach diese Strafe gewählt hat. Mädchen lenken uns ab. Wir verlieren wegen ihnen den Kopf. Und India hat offenbar ein besonderes Talent dafür, mich den Kopf verlieren zu lassen. Weiß der Teufel, warum mir dieses Mädchen seit dem Vorfall im *Barista* nicht mehr aus dem Schädel will, aber nach gestern ist selbst mir klar geworden, dass diese *Sache* mit ihr ein ziemlich großes Problem für mich werden kann – und das in vielerlei Hinsicht.

Einen frustrierten Laut ausstoßend hebe ich die Arme, um mit allen Fingern durch mein vom Duschen noch feuchtes Haar zu fahren und wende mich von meinem Spiegelbild ab. Ich kann mir gerade nicht in die Augen sehen. Die Tür hinter mir knallt unüberhörbar ins Schloss, als ich das Badezimmer verlasse.

Auf dem Weg zu meinem Zimmer muss ich das Wohnzimmer durchqueren, wo Remy auf der Couch herumliegt und sich eine Wiederholung eines *Bruins*-Spiels ansieht. Nicolás ist mal wieder ausgeflogen. Er ist Argentinier und jobbt nebenbei in einer Tapas-Bar. Meist kehrt er erst am frühen Morgen nach Hause zurück, weshalb wir uns selten sehen.

»Nacht, Mann«, brumme ich und will mich an Remy vorbeischieben, als er mich an einem Zipfel meines Handtuchs erwischt.

»Hey, du bist ja schon wieder in der Zeitung, habe ich gesehen.« Er greift nach dem gerollten Papier auf dem Tisch und hält es in die Höhe. »Guter Artikel. Dieser Reporter, der dich bei der Gala am Samstag interviewt hat, schwärmt in den höchsten Tönen von dir.«

Remy hat recht. Der Artikel über mich in der *Rhode Island Today* ist tatsächlich mehr als gelungen. Ich müsste erfreut sein, denn Ryans Plan, gute Presse zu machen, ist aufgegangen. »Es war eine *sie*«, korrigiere ich Remy dennoch mürrisch.

»Was?«

»Ach, egal.«

»Du darfst dir ein schlechtes Training nicht gleich zu Herzen nehmen, Mann. Das kommt vor. Bei uns allen«, sagt er. »Komm, setz dich zu mir, lass uns das Spiel ansehen. Du siehst aus, als bräuchtest du etwas Entspannung.«

Ich schüttle den Kopf. »Ein anderes Mal«, wehre ich ab. Ich müsste bescheuert oder todkrank sein, wenn ich plötzlich kein Interesse für ein *Bruins*-Match mehr aufbringen kann. Doch alles, was ich in diesem Moment will, ist, mich auf mein Bett zu werfen, mir die Stöpsel in die Ohren zu drücken und mich von Linkin Park volldröhnen zu lassen. Und hoffentlich habe ich dabei einen Geistesblitz und finde eine Lösung für mein beschissenes Dilemma. Es würde schon genügen, India Reynes aus meinen Gedanken zu bekommen.

Ohne sich von meinem Protest beeindrucken zu lassen, zieht Remy mit einem kräftigen Ruck an meinem Duschtuch, sodass ich keine andere Chance habe, als mich neben ihm auf das Sofa fallen zu lassen, ohne mich komplett vor ihm zu entblößen.

»Scheiße«, knurre ich und verknote das Frottee erneut um meine Hüften, »was ist los, hast du plötzlich das Bedürfnis, meinen Schwanz zu sehen, oder was?«

Remy zeigt mir seine Zähne. »Nicht wirklich. Auch wenn meine letzte Beziehung grandios gescheitert ist, bevorzuge ich noch immer hübsche Pussys. Aber sollte sich das mal ändern, bist du der Erste, den ich das wissen lasse.«

»Arsch.« Ein Grinsen zuckt um meine Mundwinkel. »Ach zur Hölle, dann bleib ich eben noch auf ein Bier.« Ich springe hoch, um mir in der Küche ein *Coors* aus dem Eisschrank zu organisieren. Der Coach hat nichts davon erwähnt, dass ich in meinen eigenen vier Wänden nichts trinken dürfte. Und eins ist ganz sicher: Mein *Problem* wird bestimmt nicht davonlaufen. Schade eigentlich. Aber so kann ich es zumindest verdrängen. Das ist überhaupt die beste Lösung. So zu tun, als wäre nie etwas gewesen. Als hätte ich dieses süße, unschuldige Mädchen nicht auf die Straße gejagt, nachdem ich es ihr besorgt hatte. Und als litte ich seither nicht unter blauen Eiern.

Fuck.

Mit einem frustrierten Laut lasse ich mich kurz darauf wieder neben Remy in das etwas durchgesessene Polster sinken. Ich lehne mich zurück und genieße, wie das kalte Getränk durch meine Kehle fließt. Ah, tut das gut. Es gibt doch nichts Besseres als Eishockey und eisgekühltes Bier. Okay, Sex. Definitiv Sex. Den ich momentan nicht haben sollte. Und an den ich auch ganz bestimmt nicht denken sollte. Verdammte Scheiße. Schon wieder kreisen meine Gedanken um den gestrigen Tag. Um *sie*.

Die Elfe mit den dunklen Augen.

»Sag mal, du hörst mir gar nicht zu?« Remy stößt mir seinen Ellenbogen in die Seite.

»Was?« Zu meiner Schande muss ich zugeben, dass ich seinen Ausführungen, das laufende Spiel betreffend, nur mit halbem Ohr gefolgt bin. Ich habe keinen blassen Schimmer, was er gesagt haben könnte.

»Erde an Ace – durch welches Universum schwebst du gerade?«

Ich setze meine Flasche an die Lippen und nehme einen großzügigen Schluck, ehe ich antworte. »Sorry, Mann. Ich war ... abgelenkt.«

»Das warst du heute beim Training auch. Das kann ruhig mal vorkommen, aber vergiss nicht, dass du unter Beobachtung stehst. Du solltest dir Mühe geben, den Coach zu beeindrucken. Das würde dir in deiner Situation bestimmt helfen, deine Auflagen loszuwerden.«

Ja, genau. Die Auflagen, gegen die ich gestern verstoßen habe. Toll, Tremaine. »Ich weiß.«

Remy sieht mich eine Weile an. »Was zur Hölle ist los mit dir? Willst du drüber reden?«

Ich schiebe die Flasche auf den Tisch, verschränke die Arme vor der Brust und starre auf den Flat-Screen. Verfolge ein Spiel, das mich vor wenigen Sekunden überhaupt nicht interessiert hat. »Nein, lass mal. Ich bin einfach nur nicht gut drauf heute.«

Remy studiert mich weiterhin aus den Augenwinkeln. Ein bisschen erinnert er mich an einen Bluthund, der eine Spur gefunden hat. »Irgendein spezieller Grund?«

»Nope.«

»Okay.« Er richtet seine Aufmerksamkeit wieder dem Spiel zu und ein paar Minuten sitzen wir schweigend nebeneinander, bis mich die Stille erdrückt. Ich habe das Gefühl, nicht mehr atmen zu können.

»Ach Fuck«, entfährt es mir. Vielleicht sollte ich nicht darüber reden. Vielleicht ist es ein Fehler, Remy in mein Dilemma einzuweihen. Aber ich bin so durcheinander und angepisst, dass mir die Worte über die Lippen kommen, ehe ich mich stoppen kann. »Es gibt da jemanden. Ein Mädchen ...«

Remy zieht eine Grimasse. »Erst verdrehen sie dir den Kopf und dann machen sie dich fertig.« Er spielt auf seine vor Kurzem zerbrochene Beziehung an. »Wo liegt das Problem?«, hakt er nach, als ich nicht weiterspreche. »Komm schon«, er nickt mir aufmunternd zu, nachdem ich meine Brauen zusammenziehe. »Lass es einfach raus.«

Ein schicksalsergebenes Knurren von mir gebend, greife ich nach meinem Bier und versorge meinen Teamkollegen und Freund mit der Kurzversion meiner kurzen Bekanntschaft mit India inklusive der gestrigen Geschichte.

»Ach du Scheiße. Und das, obwohl du die Hände von Frauengeschichten lassen sollst.« Remy schüttelt den Kopf, während er mich nachdenklich betrachtet.

»India ist höllisch sexy, Mann. Und sie hat mir unmissverständlich klargemacht, dass sie mich will. Ich hätte vom Balkon springen müssen, um nicht darauf einzusteigen«, scherze ich. Ich erinnere mich daran, wie sie ihre Hand auf die verräterische Beule meiner Trainingshose gelegt hatte. Am liebsten hätte ich sie in jenem Augenblick gepackt. Verflucht, sie ahnt nicht, wie nah dran ich war, sie zu nehmen. Auf der Stelle. Was mich davon abgehalten hat? Vielleicht die etwas zu späte Erkenntnis, dass ich schon viel zu weit mit ihr gegangen war.

»In deiner Haut möchte ich nicht stecken.«

»Keiner möchte das«, erwidere ich kryptisch, hebe mein Bier an die Lippen und leere die Flasche.

»Du wirst die Kleine doch wohl nicht wiedersehen, oder?«
»Fuck, nein.«
»Und nun? Was hast du vor?«
»Keine Ahnung«, entgegne ich achselzuckend und drehe die leere Bierflasche nachdenklich zwischen den Händen. »Wenn der Coach oder Manager Casey Wind von dieser Sache bekommen, bin ich geliefert.«
»Wieso sollten sie? Über meine Lippen kommt kein Wort.«
»Das weiß ich Remy. Doch was, wenn sie ihren Mund nicht halten kann?«
»Gute Frage.« Remy kratzt sich den Hinterkopf. »Wie wäre es, wenn du ihr eine Nummer versprichst, und sie dafür im Gegenzug schweigt? Eine Schweigenummer sozusagen?«
»Schweigenummer? Echt witzig, Remy.« Ich gebe einen Laut der Belustigung von mir, der sich nach einem Grunzen anhört. »Das glaubst du doch selbst nicht, dass das klappen könnte.«
»Einen Versuch wäre es vielleicht wert.« Remys Mundwinkel zucken. »Möglich, dass die Kleine einlenkt. Und du hättest das Vergnügen mit ihr.«
»Witzbold.« Nun bin ich an der Reihe, eine Grimasse zu ziehen. Mit der leeren Bierflasche in der Hand erhebe ich mich. »Hey, willst du noch ein kühles Blondes?« Ich habe nicht vorgehabt, heute Abend zu trinken, aber mir ist auf einmal nach Alkohol, um meine Misere zu ertränken.
»Du hörst mich nicht Nein sagen.« Remy streckt sich und gähnt. »Der Abend ist jung und mein Durst groß.«
»Warum überrascht mich das nicht?«, ziehe ich ihn auf. Ich halte inne, mache eine Kinnbewegung in Richtung meines Zimmers. »Ich werfe mir nur schnell was über.«
Wenige Augenblicke später sitzen wir wieder auf der Couch, die Füße hochgelegt, und genießen unsere Drinks. Mein Handy auf dem Tisch macht sich bemerkbar und ich nehme es auf, um kurz das Display zu checken. Sawyer, der Goalie unseres Teams, hat mir eine Nachricht geschickt. Er lädt mich und den Rest des Teams zu einer Fete für den kommenden Samstag ein, um seinen bevorstehenden Wechsel zu den *Chicago Blackhawks* zu

feiern. Ich antworte nicht, sondern drücke die Nachricht weg. Ich habe im Moment keine plausible Erklärung parat, warum ich nicht zu seiner Fete erscheinen kann, außer ihm von meinen Auflagen zu erzählen. Bis auf Nash und Remy weiß immer noch keiner der Jungs davon und dabei will ich es belassen. Ich werde mir also eine Ausrede für Sawyer überlegen müssen. »Sawyer veranstaltet irgendein Ding nächstes Wochenende«, teile ich Remy beiläufig mit, meine Aufmerksamkeit zurück auf den Bildschirm gerichtet.

Er streift mich mit einem Seitenblick. »Hey ja, das wird richtig geil. Das Wochenendhaus seiner alten Herrschaften ist der Hammer, wirst schon sehen.«

»Ich komme nicht mit.«

»Machst du Witze, Mann? Erstens sind Sawyers Feten legendär. Zweitens feiern wir – also das gesamte Team – seinen Abschied. Da kannst du nicht fehlen. Wäre eine Sünde, wenn du dir das entgehen lässt.«

Sünde.

Prompt schiebt sich India in mein Bewusstsein. Die Erinnerung an gestern. Wie sie diesen süßen, kleinen Schrei losgelassen hat, als sie kam. Ich wünschte, es wäre niemals geschehen, dann könnte ich ruhiger schlafen. »Wir werden sehen«, murmle ich.

»Ist es wegen deinen Auflagen? Diese Party findet ja nicht öffentlich statt. Keine Reporter, keine Fotos in der Zeitung. Und ohne Alkohol wirst du wohl kaum etwas Dummes anstellen.« Remy grinst mich an und hebt sein Bier.

»Ich weiß nicht. Keinen Alkohol, keine ausschweifenden Partys, keine Frauengeschichten. Das waren exakt Baras Worte. Schon vergessen?«

»Sprich mit ihm. Vielleicht könntest du zumindest auf einen Sprung vorbeischauen – damit du dabei warst. Und *last but not least* wäre diese Party keine schlechte Gelegenheit für dich, deine Beziehungen im Team zu vertiefen.«

Um mich aus der Schusslinie zu nehmen, beschließe ich, Remy ein wenig auf den Zahn zu fühlen. »Von mir aus können wir *unsere* Beziehung jetzt und hier vertiefen«, schlage ich grinsend vor. »Du hast mir nie gesagt, wo du eigentlich herkommst?«

Vielleicht gelingt es mir, ihn aus der Reserve zu locken.

»Upstate New York.«

»Und was hat dich nach Rhode Island verschlagen?«

Remy knurrt leise.

»Verstehe.« Es war wohl dieses Mädchen.

Eine Weile sitzen wir in vereintem Schweigen beieinander, bis ich Anstalten mache, aufzustehen.

Remy hält mich zurück, und der Schmerz, der hinter dem strahlenden Blaugrün seiner Augen lauert, trifft mich überraschend. »Es war Anna«, bestätigt er meine Vermutung. »Wegen ihr bin ich hergekommen. Wir hatten uns am College kennengelernt. Sie bekam ein Stipendium, wechselte an die *Brown* in Providence. Und ich, verliebter Trottel, der ich war, ging mit. Ich konnte ja nicht ahnen, dass sie sich drei Jahre später unseren gemeinsamen Sohn schnappen und aus dem Staub machen würde.«

Ein gemeinsamer Sohn ...

»Oh Mann, das klingt ziemlich übel.«

Remy nickt und wendet sich wieder dem Spiel zu. »Anna und Josh leben mittlerweile an der Westküste. Und da sie das alleinige Sorgerecht trägt, kriege ich meinen Sohn nur alle paar Monate zu Gesicht.«

»Sorry. Ich hätte nicht nachbohren sollen.«

Er zuckt mit den Schultern und schenkt mir ein missglücktes Grinsen. »Schon okay. Es ist nicht zu ändern. Die meiste Zeit verdränge ich den Scheiß. Ich konzentriere mich auf meine Eishockeykarriere.« Er klopft mir auf die Schulter. »Was hältst du davon, wenn wir uns in Sportklamotten werfen und draußen ein paar Runden drehen? Um den Kopf freizukriegen?«

Was ich davon halte? Jede Menge.

12. KAPITEL

India

Es ist spät, kurz nach Mitternacht. In unserem Zimmer im Wohnheim ist bereits Ruhe eingekehrt, Sami und ich liegen im Bett. Sie ist seit einer Weile still, während ich keine Ruhe finde. Genau wie in der Nacht zuvor, wälze ich mich hin und her, während die Gedanken Karussell fahren. Immer wieder lasse ich die Szene in Aces Wohnung Revue passieren und versuche, mir sein seltsames Verhalten zu erklären. Und scheitere.

Vergiss, dass das hier passiert ist. Du warst niemals in diesem Haus. Niemals in diesem Zimmer. Das hier ist nie geschehen.

Seine Worte haben sich in mein Hirn gebrannt. Sie passen nicht zu dem, was zuvor geschehen war. Ich denke daran, wie wir in dem kleinen Bad in seiner Wohnung auf dem Wannenrand gesessen und einander in die Augen gestarrt hatten. Das laute Knistern zwischen uns war förmlich greifbar.

Ich war mir sicher, dass er sich ebenso von mir angezogen gefühlt hatte, wie ich mich von ihm. Bis er mich danach einfach weggeschickt hatte. Als sei nichts gewesen. Wenn ich nur wüsste, was seine Reaktion ausgelöst hat. Hatte ich etwas Falsches gesagt? Getan? Ich grüble, aber mir will nichts einfallen. Verflixt!

Sami seufzt leise im Schlaf. Sie hat mich für Samstag zu einer Strandparty eingeladen, bei der angeblich das ganze Eishockeyteam aufschlagen soll. *Eine prima Gelegenheit, um Ace zufällig über den Weg zu laufen*, hatte sie mit einem Augenzwinkern gemeint. *Die solltest du dir nicht entgehen lassen.*

Sie weiß nicht, was zwischen ihm und mir gelaufen ist. Ich will die Dinge erst mal für mich sortieren.

Das Smartphone auf meinem Nachttisch vibriert und ich nehme es rasch auf, um Sami nicht zu wecken. Eine SMS ist eingegangen. Sie ist von Alex, stelle ich fast schon enttäuscht fest. Aber woher sollte Ace auch meine Nummer haben?

Alex: *Hey Sis, was geht ab bei dir? Wir haben uns gestern und heute noch gar nicht geschrieben.*

Ein kleines Lächeln huscht um meine Lippen. Alex hat recht. Diese *Sache* hat mich derart beschäftigt, dass ich glatt vergessen habe, mich bei meiner Schwester zu melden.

Ich: *Ich war beschäftigt.*

Alex: *Ach, echt jetzt? Komm schon. Was gibt es Neues?*

Ich: *Nichts Besonderes.*

Irgendwie bringe ich es nicht fertig, ihr von Ace zu erzählen

Ich: *Lass uns morgen quatschen, ja?*

Alex: *Spuck's aus, Sis.*

Verdammt, sie lässt nicht locker. Ich rolle mit den Augen. Aber Alex wäre nicht Alex, wenn sie nicht nachbohren würde. Sie spürt immer, wenn mich etwas beschäftigt. Das ist so eine Zwillingssache. Ich schätze, es macht keinen Sinn, ihr etwas vorzumachen, also lasse ich meine Finger über die Tasten fliegen.

Ich: *Ich war bei ihm zu Hause.*

Alex: *Bei ihm? Du spielst auf deinen heißen Eishockeyspieler an, richtig?*

Ich: *Jepp.*

Alex: *Jetzt lass dir nicht alles aus der Nase ziehen, Sis. Was ist passiert?*

Ich: *Na ja, was soll ich sagen, er besitzt ein paar äußerst geschickte Hände. Und sehr talentierte Lippen.*

Nun konnte ich mich doch nicht zurückhalten. Zwischen Alex und mir gibt es keine Geheimnisse. Gab es noch nie.

Alex: *OMG! Cupcake, verdammt, echt? Ist das wahr? Wie ist es dazu gekommen?*

Ich: *Klar ist das wahr. Glaubst du, ich verscheißere dich mit so etwas? Ich bin gestolpert und gefallen, und er hat meine Wunde versorgt.*

Alex: *Und anschließend hat er's dir besorgt.*

Ich: *Du bist mal wieder der Scharfsinn in Person, Schwesterherz.*

Ich unterdrücke ein Kichern, um Sami nicht zu wecken, das mir allerdings ohnehin vergeht, als ich an das *Danach* denke.

Ich: *Ace hat sich anschließend sehr merkwürdig benommen. Er konnte mich nicht schnell genug loswerden, und das bringt mich echt ins Grübeln. Vielleicht lag es ja an mir ... Ich weiß allerdings nicht, was ich falsch gemacht habe, Alex.*

Alex: *Lass uns telefonieren.*

Ich: *Geht leider nicht. Meine Mitbewohnerin schläft schon. Morgen?*

Alex: *Unbedingt! Und mach dir keinen Kopf, Cupcake. Männer sind manchmal so unergründlich wie der Ozean. Du hast bestimmt nichts falsch gemacht.*

Ich: *Wenn du das sagst ...*

Alex: *Tu ich. Ich kenne mich mit Männern aus.*

Ich: *Wenigstens eine von uns.*
Also bis morgen, okay?

Ich verziere meinen Satz mit einem Zwinkersmiley und unterdrücke ein Seufzen. Verdammt, meine Schwester fehlt mir. Zwar mag ich Sami furchtbar gern, aber meine Schwester kann niemand ersetzen. Und gerade jetzt, in dieser Situation hätte ich sie gern an meiner Seite.

Alex: *Soll ich dich wecken?*

Ich: *Untersteh dich! Ich schreib dich an, wenn es mit dem Telefonieren passt. Lieb dich XOX*

Alex: *Haha! Alles klar. Süße Träume. Bis morgen. Scheiße, ich kann es echt nicht erwarten, alles über den Kerl zu erfahren, der meiner kleinen Schwester schlaflose Nächte bereitet!*

Mit einem Lächeln auf den Lippen schiebe ich mein Smartphone auf den Nachttisch zurück und kuschle mich ein. Ich liege da, konzentriere mich auf meinen Atem und starre im Dunkeln an die Zimmerdecke. Ich kann nicht einschlafen. Immerzu muss ich an Ace denken. Ich beiße mir auf die Lippen und fasse einen Entschluss. Ich werde auf diese Strandfete gehen. Genau wie Sami vorgeschlagen hat. Mit etwas Glück werde ich dort auf Ace treffen und herausfinden, was zwischen uns schiefgelaufen ist und wie ich es geradebiegen kann.

Der Plan, mit Ace zu schlafen, steht nach wie vor. Nachdem ich ein Stück vom Kuchen probiert habe – und dieser Kuchen schmeckt ausgesprochen köstlich –, will ich auch den Rest probieren. Während mir langsam die Augen zufallen, frage ich mich, wie wohl mein erstes Mal sein wird.

13. Kapitel

Ace

Musikfetzen dringen aus dem Strandhaus, das Dröhnen von Bässen, Gelächter. Remy hat nicht übertrieben, Sawyers Feten scheinen ziemlich beliebt zu sein. Auf dem Sandplatz vor dem Haus haben sich einige Fahrzeuge, darunter schicke, chromglänzende Schlitten, Pick-ups sowie eine Handvoll Motorräder versammelt. Ich parke meine Harley neben einer Honda, die, soviel ich weiß, einem der Jungs aus dem Team gehört, steige von der Maschine und nehme den Helm ab. Der Seewind fährt durch meine Haare. Ich wische mir mit den Fingern die Strähnen von der Stirn und als ich mir über die Lippen lecke, schmecke ich Salz.

Auf dem am Ende einer Sackgasse gelegenen Gelände gibt es nichts als sandige, teilweise mit Seegras bewachsene Dünen, Strand und jede Menge azurblaues Wasser, so weit das Auge reicht. Dazwischen das Wochenendhaus von Sawyers Familie, ein schickes, zweistöckiges, mit grauem Holz verkleidetes Gebäude mit viel Glas, umlaufender Veranda, einem Sonnendeck und einer Holztreppe, die bis hinunter zu einer kleinen, verschwiegenen Bucht der Narragansett Bay führt – ein Halbmond aus feinem weißem Sand. Der perfekte Ort zum Abhängen. Die perfekte Location für Sawyers Abschiedsparty.

Nach dem gestrigen Training rief mich Coach Bara zu sich ins Büro und erteilte mir seine ausdrückliche Erlaubnis, an der Party teilzunehmen, vorausgesetzt, ich beachte weiterhin meine Auflagen. Sicherlich hätte er anders entschieden, wenn er von meinem Ausrutscher gewusst hätte. Ich konnte ihm kaum in die Augen sehen, als er davon sprach, wie zufrieden er mit meinen Leistungen beim Training sei und dass die Kids der *Birchwood East Eagles* nur in den höchsten Tönen von mir sprechen würden. Ganz abgesehen von der guten Presse, die ich in der letzten Zeit machen würde. *Weiter so, Tremaine*, hatte er mit einem zufriedenen Nicken angemerkt, und ich hatte versucht, gegen den Druck in meiner Brust anzuatmen. Irgendwie fühle ich mich nicht ansatzweise so gut, wie der Coach mich in den Himmel lobt.

Ich klemme mir den Helm unter den Arm und gehe auf das imposante Haus zu. Wie so oft in den vergangenen Tagen taucht die dunkelhaarige Elfe vor meinem geistigen Auge auf. Sie geht mir einfach nicht mehr aus dem Sinn, egal, wie sehr ich mich bemühe, die Episode in meinem Schlafzimmer aus meinem Gedächtnis zu verbannen. Dennoch ist mir bewusst, dass ich mich unmöglich auf India einlassen kann und es auch nicht tun werde, denn hier steht meine Karriere auf dem Spiel.

Ich schüttle den Kopf und vertreibe jeden Gedanken an die kleine Elfe.

Noch bevor ich das Haus erreicht habe, dröhnen mir die Klänge von Nickelbacks *Song on Fire* entgegen. Ich trete mit meinen Chucks in etwas Nasses, als ich die von Wind und Wetter ausgebleichten Bohlen der Holztreppe erklimme. Sieht so aus, als hätte jemand ein Getränk verschüttet. Die Party ist tatsächlich bereits voll in Gange, ich bin ein bisschen spät dran. Auf der Veranda und dem Sonnendeck tummeln sich jede Menge Leute, vor allem die provisorische Bar am anderen Ende der Veranda wird belagert. Unten am Strand, wo schon ein loderndes Feuer knistert, tanzen ein paar Pärchen. Die Musik ist laut und die Stimmung ausgelassen.

Ich liebe solche Partys.

Normalerweise.

Obwohl es draußen nicht warm ist, schätzungsweise knapp zwanzig Grad, hüpfen einige Mädchen in Bikinis durch die Gegend. Ein paar der Jungs sind fleißig dabei, die Bikinis auf deren Reißfestigkeit zu testen.

Leute, sucht euch ein Zimmer.

Ich gehe kurz ins Haus, um meinen Helm auf einer Kommode im Wohnzimmer zu deponieren, auf der sich bereits etliche Jacken eingefunden haben, und lege meine Lederjacke gleich mit dazu.

»Ace, Mann!« Kaum dass ich mich wieder nach draußen begeben habe, versetzt mir jemand einen Boxhieb gegen die Schulter. Ich drehe mich um und blicke in Remys grinsendes Gesicht. »Ich habe schon gedacht, du tauchst nicht mehr auf.«

Ich fahre mir über den Nacken. »Sorry, ich habe bei meiner Mom noch nach dem Rechten gesehen. Hat ein bisschen gedauert.« Auch wenn sie steif und fest behauptet, sehr gut allein zurechtzukommen, weiß ich, dass Mom dankbar für meine Unterstützung ist und sich über meine regelmäßigen Besuche freut. Genau wie Carly. Von der wir jeden Tag hoffen, dass sie wieder spricht.

Ich schiebe den Gedanken an meine Familie beiseite. »Wo treibt sich Nash herum?«, will ich von Remy wissen und lasse den Blick schweifen.

Er zuckt mit den Schultern. »Keine Ahnung. Schau mal auf dem Sonnendeck nach.«

»Alles klar.« Wir verabschieden uns mit einem Faustcheck. Ich schlängle mich weiter an den Partygästen vorbei und versuche zu ergründen, warum zur Hölle ich heute so seltsam drauf bin.

»Hey, hey, sieh doch nur, wer hier ist!« Eine weibliche Stimme unterbricht meine Grübelei. Sie gehört einem brünetten Mädchen, das nach meinem Arm greift und mich so am Weitergehen hindert. Auch sie trägt lediglich ein Bikinioberteil und dazu enge Jeans. Ihre tief gebräunte Haut bildet einen auffälligen Kontrast zu dem weißen Stoff ihres Oberteils, und ihr geflochtener Zopf baumelt in der Vertiefung zwischen ihren Brüsten.

Joan? Jeannie? Es dauert eine Millisekunde, bis ich mich an ihren Namen erinnere. *Janice.* Sie ist mir mal an irgendeinem Abend, an dem viel Alkohol im Spiel gewesen ist, im *Hell's Kitchen* über den Weg gelaufen. Oder besser gesagt, mein Schwanz hatte im danebenliegenden Schuppen Bekanntschaft mit ihren talentierten Lippen machen dürfen. Ich kann mich dunkel daran erinnern, dass sie mich an jenem Abend ziemlich happy gemacht hat. »Janice, hey«, begrüße ich sie mit einem schiefen Grinsen. »Ich wusste nicht, dass du auch hier bist.« Zugegeben, ich brilliere nicht gerade durch Eloquenz, und das ist ein platter Spruch, den ich da von mir gebe. Mir fällt in diesem Augenblick jedoch beim besten Willen nichts Intelligenteres ein, denn Janices Brüste in dem viel zu engen Oberteil nehmen meine ganze Aufmerksamkeit in Anspruch. Das ist wie bei einem Unfall, man kann nicht wegsehen. Ihre Brustwarzen drücken sich frech durch den dünnen Stoff, der sich bedenklich über ihre Rundungen dehnt und kaum mehr etwas der Fantasie überlässt. Scheiße, es sollte gesetzlich verboten werden, so etwas zu tragen.

Unvermittelt muss ich an India denken. An ihre großen, dunklen Augen und ihre vollen Lippen, die sich in Überraschung geteilt haben, als ich ihre intimste Stelle geküsst habe. Ihren süßen Schrei, als sie gekommen ist. Ich schlucke, denn prompt regt sich etwas in meinen unteren Regionen und mein Schwanz drängt sich gegen den Reißverschluss meiner Jeans. Heilige Scheiße. Werde ich diese Nummer jemals vergessen können? Werde ich diese Kleine jemals aus meinem Kopf, aus meinem System kriegen?

»Klar bin ich hier«, sagt Janice und holt mich zurück in die Realität. Sie fährt mit dem Zeigefinger über meinen Sixpack. Ihr Atem riecht nach Whiskey. »So eine Fete lasse ich mir doch nicht entgehen.« Sie leckt sich über die Lippen, sieht mich erwartungsvoll an. »Bist du allein gekommen?«

Gekommen bin ich heute noch nicht.

Scheiße, reiß dich zusammen, Tremaine.

»Jepp, bin ich«, bestätige ich ihre Vermutung. »Und ich gedenke, es auch zu bleiben. Sorry, Süße.«

»Schade.« Janice schenkt mir noch ein bedauerndes Lächeln, bevor sie mich stehenlässt.

Ich blicke ihrem hin und her schwingenden Arsch hinterher und finde es ziemlich seltsam, keine Lust zu verspüren, sie flachzulegen. Was zur Hölle ist los mit mir? Vielleicht schärft sich mein Verstand endlich auf die Auflage *keine Frauen* ein. Das wäre praktisch.

Weil sie nicht India ist, Tremaine.

Das ist der Grund.

Bullshit.

Ich schiebe den absurden Gedanken weit von mir und atme tief ein. Da mich die untergehende Sonne blendet, beschatte ich meine Augen. Nash und Buck, ein anderer Teamkollege, haben es sich auf dem Sonnendeck auf Liegestühlen bequem gemacht, mit dem Rücken zum Haus und dem Blick aufs Meer. Gute Entscheidung, denn der Ausblick auf die schaumgekrönten Wellen im Sonnenuntergang ist spektakulär. Auf den Stufen, die hinunter zum Strand führen, klimpert ein dunkelhaariger Kerl auf einer Gitarre herum, und das gar nicht mal schlecht. Ein hellblondes Mädchen hängt an seinen Lippen, und eine Sekunde lang denke ich, es ist Marietta, doch als sie den Blick hebt, durchfährt mich Erleichterung. Dieses Mädchen kenne ich definitiv nicht. Auf eine Begegnung mit Marietta kann ich im Moment gut und gern verzichten.

Paige, barfuß, in Dreivierteljeans und einem Blusenshirt, sitzt rittlings auf Nashs Schoß und wuschelt ihm mit beiden Händen durch die Haare, als sei er ihr Lieblingsstofftier, und bedeckt dabei seinen Hals mit kleinen Küssen. Als sie mich aus der Tür treten sieht, winkt sie mir enthusiastisch zu.

»Babyyyyy, schau mal«, ruft sie, obwohl sie auf Nashs Schoß sitzt, »dein unglaublich heißer Freund ist da!«

Oh jepp, ich bin sicher, Baby *hört es gern, wenn du von anderen Männern schwärmst.*

Nash rollt mit den Augen, dann hält er mir eine Faust hin, damit ich mit meiner dagegen stoßen kann. »Hey Mann«, begrüßt er mich. »Schnapp dir ein Bier, setz dich zu uns und genieße diesen großartigen Ausblick«, ergänzt er und deutet mit seiner Flasche hin zum Meer.

»Oh ja, setz dich bitte, du hübscher, unglaublich schöner Mann, du«, säuselt Paige und schenkt mir einen sexy Augenaufschlag, bevor sie zu kichern beginnt.

»Eiskaltes Bier – Badezimmer – Wanne«, informiert mich Buck derweil knapp, der es scheinbar überflüssig findet, ganze Sätze zu formulieren. Zwischen seinen Fingern verglüht ein Zigarettenstummel und der süßliche Geruch, den er verströmt, lässt mich daran zweifeln, dass es sich bei dem Kraut, das er raucht, um Tabak handelt.

Ich ignoriere Paiges seltsame Anmache und lehne mich mit dem Rücken gegen das Geländer. Die Sache mit dem Bier übergehe ich. »Wo ist Sawyer?«, will ich wissen und lege meine Stirn in Falten, denn ich möchte unseren Goalie wenigstens kurz begrüßen.

»Keine Ahnung«, entgegnet Nash. »Ich schätze, er beschenkt sich gerade selbst zum Abschied. Ich habe ihn vor einer Weile mit einem Mädchen die Treppe ins obere Stockwerk hochschleichen sehen.« Er streichelt über Paiges Rücken und schiebt ihr das Haar über die Schulter zurück, um seine Lippen nah an ihr Ohr zu bringen. »Hört sich nach einer verdammt guten Idee an, wenn ich jetzt so darüber nachdenke. Was meinst du, Pussycat?«

Pussycat, aka Paige, kichert erneut. »Du hast echt immer nur das eine im Sinn«, tadelt sie ihn. Aus dem Funkeln ihrer Augen hinter der Brille schließe ich jedoch, dass ihr Nashs Vorschlag ziemlich gut gefällt. »Ich denke mal darüber nach und lasse es dich wissen«, fügt sie schelmisch an.

Und ich denke, dass es ein Fehler gewesen ist, hier aufzukreuzen. Verflucht noch mal. Was zum Teufel mache ich hier? Ohne Alkohol ist dieser ganze Beziehungswitz nicht zu ertragen.

Ich überlege, wie ich mich am geschicktesten aus dem Staub machen könnte, ohne dass Sawyer das als Affront auffassen könnte, als ich eine Bewegung aus den Augenwinkeln wahrnehme. Aus einem Impuls heraus drehe ich den Kopf.

Und da ist sie tatsächlich.

India.

Insgeheim habe ich gehofft, sie zu treffen. Gleichzeitig habe ich mir gewünscht, sie würde nicht hier sein.

In Begleitung ihrer Freundin Sami kommt sie den Strand entlanggeschlendert. Sie trägt ihre Sandaletten in der Hand, Hotpants, ein weißes T-Shirt über dem Bauch verknotet und ihr langes, dunkles Haar weht im Wind.

Nash redet irgendeinen Scheiß, aber ich bin zu abgelenkt von ihrem Anblick.

Ich nehme mir einen Moment, um sie von Kopf bis Fuß zu studieren, und ja, sie ist verflucht hübsch. Ihre sanften Kurven werden durch die knappe Kleidung in Szene gesetzt, ihre perfekten, schlanken Beine schimmern gebräunt im letzten Sonnenlicht des Tages. Sie ist umwerfend mit ihrem schwarzen Haar und den geheimnisvollen Augen. Sie ist eine Elfe. Ich habe ihr diesen Spitznamen nicht umsonst verpasst.

Etwas überfordert von meinen Gedanken, stehe ich da wie bestellt und nicht abgeholt, ramme die Fäuste in die Vordertaschen meiner Jeans und kann nichts anderes tun, als sie anzustarren.

Das ist das Mädchen, das mich dazu gebracht hat, alle meine Vorsätze über Bord zu werfen.

Das Mädchen, das mir nicht mehr aus dem Kopf geht.

Die beiden kommen die Treppenstufen hochgelaufen.

Indias Augen werden groß, als sie mich bemerkt und für die Dauer eines Herzschlags sehe ich Unsicherheit darin aufflackern. Dann jedoch verzieht sie ihre Lippen zu der Andeutung eines winzigen Lächelns. »Hey Ace«, sagt sie, so als wäre es das Natürlichste der Welt, dass wir uns hier über den Weg laufen. Als hätte sie mich nicht vor Kurzem mit ihrem sexy Rock und einem verführerischen Augenaufschlag herausgefordert. Und als hätte ich sie nicht auf die Straße geworfen, nachdem ich mit ihr rumgemacht habe.

Unbehaglich verlagere ich mein Gewicht, denn mein Schwanz hat ihren süßen, kleinen Arsch in den ultrakurzen Hosen bereits zur Kenntnis genommen.

Gott, dieses Mädchen bringt mich um den Verstand.

Ich setze zu einer Antwort an, doch sie wendet sich unvermittelt an Nash und Paige. »Hi.« Sie nickt Nash zu, streckt ihm eine Hand entgegen. »Du musst Paiges Freund sein. Ich habe schon viel von dir gehört.« Sie zeigt ihm ihr Grübchen.

»Ach du Scheiße, Paige, was hast du ausgeplaudert?«, neckt er seine Freundin und zwinkert India zu.

Die drei Mädchen lachen, wobei sich India ein paar Strähnen, die ihr der Wind ins Gesicht weht, zurückstreicht.

Bei dieser Geste fällt mir ein kleines Muttermal direkt hinter ihrem Ohrläppchen auf, das wie ein Herz aussieht. Innerlich über mich den Kopf schüttelnd verdränge ich den aberwitzigen Wunsch, meine Lippen auf den winzigen Fleck zu pressen.

Alkohol. Ich brauche welchen und darf keinen trinken. Das Universum will mich wohl verarschen. Langsam wird mir die Tragweite meiner Auflagen bewusst.

»Hey Hübsche.« Bucks Augen blitzen interessiert auf, »bist du allein hier?«

Sie wechselt einen belustigten Blick mit Sami.

»Warum sollte dich das interessieren?«, kontert India schlagfertig und schiebt die Hände in die Gesäßtaschen ihrer Hotpants.

Was meine Aufmerksamkeit automatisch schon wieder auf ihre niedliche Kehrseite lenkt.

Die auch Buck nicht entgangen sein dürfte, denn seine Lippen verziehen sich zu einem anzüglichen Grinsen. »Auf meiner Liege ist noch Platz für dich.« Er rutscht zur Seite und klopft einladend auf das Polster.

Scheiße, der Mann geht mir gerade tierisch auf die Eier. Wenn ich es mir recht überlege, konnte ich ihn noch nie besonders gut leiden.

»Was für ein verlockendes Angebot.« Indias Augen funkeln. Es wirkt fast so, als würde es ihr gefallen, dass Buck mit ihr flirtet.

Sami flüstert ihr etwas ins Ohr und India lacht. Sie besitzt ein hübsches Lachen. Das ist mir zuvor nicht aufgefallen.

»Sieht so aus, als hättest du dir einen Verehrer an Land gezogen, India«, klinkt sich Paige sichtlich amüsiert in das Gespräch ein.

»Komm schon her«, fordert Buck India auf. »Nur Mut, ich beiße nicht.«

Vollidiot.

Ich mache einen entschiedenen Schritt auf sie zu. »Lust auf einen Spaziergang am Strand?«

Scheiße, habe ich das wirklich gefragt?

Im Ernst. Ich trainiere, ich laufe. Mache Krafttraining. Aber spazieren gehen? Ich muss krank sein.

Diesmal schenkt sie mir ein Lächeln und auf ihrer linken Wange erscheint wieder dieses Grübchen.

Verflucht, das sieht so süß aus, dass ich sie auf der Stelle packen und küssen möchte. Mein Schwanz in seinem beengten Gefängnis zuckt gegen die Knöpfe meiner Jeans, und ich kämpfe gegen das Bedürfnis an, mir die kleine Elfe zu schnappen und ihre Lippen mit meinen zu versiegeln.

Ich stecke knietief in der Scheiße.

14. KAPITEL

India

Oh lieber Himmel.

Ich bin kurz davor, zu hyperventilieren. Auf eine gute Art und Weise allerdings. Zum Glück ist keine Panikattacke im Anmarsch. Danke, Gott! Ich bin einfach nur glücklich und aufgekratzt.

Ace ist hier.

Natürlich hatte ich gehofft, ihn auf der Abschiedsfete seines Teamkollegen zu treffen. Und ich war gespannt, wie er auf mich reagieren würde.

»Lust auf einen Spaziergang am Strand?«

Ob ich Lust habe?

Ich kann nichts gegen das Lächeln machen, das sich auf meine Lippen schleicht. Ich lasse Ace ebenso wenig kalt, wie er mich.

»Scheiße, Tremaine, warum musst du ausgerechnet jetzt dazwischenfunken?«, meldet sich Buck brummelnd von seiner Liege. »Zieh Leine, sie interessiert sich nicht für dich.«

Ace beachtet ihn nicht. Sein Blick ist unverwandt auf mich gerichtet, während er auf meine Antwort wartet.

»Ich denke darüber nach«, sage ich schließlich, nachdem ich eine Entscheidung getroffen habe. Eine kleine Strafe hat er durchaus verdient, verdammt. Er soll ruhig ein bisschen zappeln.

Ich sehe, wie sich Aces Augen verengen, doch ich wende mich Sami zu und mache eine Kopfbewegung. »Lass uns etwas zu trinken besorgen.«

Mit Sami im Schlepptau verlasse ich das Sonnendeck und steuere zielstrebig die Bar an. Sobald wir die Veranda erreicht haben, kann ich es jedoch nicht lassen, einen Blick über die Schulter zurückzuwerfen.

Ace steht noch immer auf dem Deck mit Nash und Paige und

antwortet gerade einem fremden Mädchen, das sich zu ihm gestellt hat und nur einen Bikini trägt. Ich mustere Aces breiten Rücken in dem schwarzen T-Shirt und seinen anbetungswürdigen Hintern, der verdammt perfekt in diese Jeans passt, und unterdrücke ein leises Seufzen. Dann richte ich den Blick zurück auf das Mädchen.

An meinem Herzen zerrt etwas, als er mit ihr lacht, nachdem sie etwas zu der Gruppe gesagt hat. Sie kann ihre Finger nicht von ihm lassen, denn sie berührt ihn ständig, und wirkt, als würde sie nichts lieber tun, als ihn gleich hier und jetzt zu bespringen. Für ihn ist es vermutlich nichts Besonderes, umschwärmt und angemacht zu werden. Vielleicht bin ich für ihn nur eine weitere Eroberung, die versucht, seine Aufmerksamkeit zu erlangen. Eine von vielen, die ihm ihren Körper anbietet. Plötzlich steigt etwas Bitteres meine Kehle hoch.

»Was ist los?« Sami stößt mich mit dem Ellenbogen sacht in die Seite. »Komm schon, Süße, holen wir uns einen Drink.« Sie sieht mir ins Gesicht und ihre Stirn legt sich in Falten. »Hey, alles in Ordnung?«

Ich nicke und ringe mir ein Lächeln ab. »Klar. Lass uns die Bar stürmen, ich bin schon am Verdursten.«

Einer der Hockeyspieler quetscht sich an uns vorbei, so dicht, dass sein alkoholgeschwängerter Atem meine Wange streift. Schwankend bleibt er stehen, um uns mit einem anzüglichen Grinsen zu taxieren.

»Sexy seht ihr aus, Ladys«, kommentiert er unsere Outfits, »Hey Süße, wir hatten glaube ich noch nicht das Vergnügen, wie wär's?«, richtet er seinen Blick auf Sami, »wollen wir meinen begnadeten Schwanz und deine hübsche Pussy nicht miteinander bekannt machen?«

»Wollen wir nicht. Du kannst deinen *begnadeten Schwanz* in deiner Hose lassen«, beraubt sie den Mann jeglicher Illusion und lässt ihn stehen.

Wir brechen in Gelächter aus.

»Schätze, du hast heute kein Glück bei den Frauen, Eddie«, höre ich ein Mädchen in meinem Rücken sagen.

Wir quetschen uns zwischen die Wartenden an der Theke, die im Wesentlichen aus einem XXL-Biertisch besteht, und Sami organisiert uns die Drinks. Anschließend verziehen wir uns mit unseren Long Island Iced Teas auf die Verandaschaukel, die in diesem Moment gerade frei wird. Ich gebe mein Bestes, um nicht an den dunkelhaarigen Typen auf dem Sonnendeck zu denken, der meine Welt auf den Kopf stellt.

Wir trinken, quatschen und albern ein wenig herum, bis die Musik mit *Black Velvet* deutlich sinnlicher wird.

»Jepp, es ist so weit. Der schmalzige Teil des Abends beginnt. Das ist meist die subtile Einladung zum Vögeln.« Sami verdreht die Augen und kichert. Schon bald wird sie von einem bärtigen Yeti mit Ohrring zum Tanzen aufgefordert und entschuldigt sich bei mir.

Mit meinem Drink in der Hand lasse ich meinen Blick schweifen. Ich fühle mich allein. Wenn wenigstens Paige da wäre, aber die ist offensichtlich voll und ganz mit Nash beschäftigt. Selbst über Mariettas Gesellschaft würde ich mich in diesem Augenblick freuen. Sami hat mir erzählt, sie wäre ebenfalls eingeladen, doch bisher ist sie nicht aufgetaucht. Es ist einige Tage her, da ich sie das letzte Mal gesehen habe.

Mein rechter Fuß wippt im Takt der Musik. Ich würde auch gern tanzen, doch ich traue mich nicht. Ein Pärchen kommt vorbeigeschlendert und positioniert sich vor meinen Augen an einem Geländerpfosten. Er macht sich an ihrer Hose zu schaffen und kurz darauf verschwinden seine Finger in ihrer aufgeknöpften Jeans. Ich werde knallrot, als sie stöhnend ihren Rücken durchdrückt, um sich seiner Hand entgegenzustemmen. Innerlich kopfschüttelnd wende ich mich ab. Ein Kerl, der mit geschlossenen Lidern gegen die Hauswand lehnt und ziemlich fertig wirkt, erregt meine Aufmerksamkeit. Seine Brust hebt und senkt sich in hektischen Zügen, sein Mund öffnet sich und ...

Heiliger Bimbam.

Jetzt kann ich es sehen. Sein Schritt wird von einem sich hin- und herbewegenden Blondschopf verdeckt.

Ich bin Teil einer verdammten Bumsparty.

Es ist nicht so, als hätten mich Paige und Sami nicht vorgewarnt. Es sollte mich also nicht überraschen. *Auf den Legends-Feten geht es hauptsächlich ums Saufen und Vögeln*, klärte mich Sami im Vorfeld auf. *Manchmal entwickeln sich daraus regelrechte Orgien. Bist du sicher, dass du bereit dafür bist?*

Ich war mir sicher.

Bis eben.

Dieses öffentliche Herummachen ist nicht mein Ding, stelle ich jetzt fest. Mit jeder Sekunde, die verstreicht, fühle ich mich unwohler. Ace wiederzutreffen und die mögliche Chance, ein paar Worte mit ihm zu wechseln, um herauszufinden, warum er sich mir gegenüber so seltsam verhielt, waren der Grund, weshalb ich hier aufgetaucht bin. Nicht die Aussicht, von *irgendjemandem* flachgelegt zu werden. Ich bin kein Eishockeygroupie, lege es nicht darauf an, mit den Spielern abzuhängen, so heiß und witzig auch manche von ihnen sein mögen. Ich habe vorgehabt, mit Ace zu flirten.

Und nun sitze ich inmitten einer Horde wildgewordener Partygäste mit offensichtlichem Hormonüberschuss und frage mich, ob es nicht ein Fehler gewesen ist, herzukommen. Vielleicht hätte ich ohne zu zögern sein Angebot zum Spazierengehen annehmen sollen. Wer weiß, ob er später noch dazu bereit ist?

Seufzend erhebe ich mich und gehe zur Bar, um mir noch einen Drink zu gönnen. Ich merke, wie mir der Alkohol langsam zu Kopf steigt. Ich bin es nicht gewohnt, zu trinken. Jedenfalls nicht in diesem Ausmaß.

»Hey Schönheit.« Eine Hand legt sich auf meine Schulter, als ich an der Bar stehe und gedankenverloren mit dem Glas herumspiele.

In der Annahme, es sei Ace, wirble ich herum. Doch es ist Buck, der vor mir steht und mich anlächelt. »Entschuldige die plumpe Anmache von vorhin.«

»Schon gut.«

»Nein, ist es nicht. Normalerweise bin ich nicht so ein oberflächlicher Typ.« Er zieht eine Grimasse. »Auch wenn es nicht so wirkt, ich weiß, wie man flirtet. Aber du bist so hübsch, und ich schätze, mein Verstand hat ausgesetzt und ich habe meine gute Kinderstube vergessen.«

Wow. Der Mann kann ja richtig charmant sein.

Beiläufig lasse ich erneut meinen Blick über ihn schweifen. Er hat Lachfältchen in den Augenwinkeln und besitzt ein nettes Lächeln. Dazu ist er groß und gut gebaut, wie fast alle Hockeyspieler.

»India.« Ich halte ihm meine Hand hin, die er in seine große schließt. Sein Griff ist warm und kräftig.

»Buck.« Seine Mundwinkel zucken. »Eigentlich heiße ich Seth, aber meine Teamkollegen sind der Meinung, dass ich beim Puck schießen Töne wie ein brunftiger Hirsch von mir gebe und haben mir den Spitznamen verpasst.«

Ich muss kichern. »Schön, dich kennenzulernen, Seth.«

Wir lächeln einander an, als mir etwas in den Sinn kommt. Ja, warum eigentlich nicht?

»Hättest du vielleicht Lust zu tanzen?«, frage ich Buck, aka Seth, den ich ziemlich nett finde.

»Mit so einer hübschen Frau jederzeit.« Lächelnd reicht er mir seine Hand und ich lasse zu, dass er mich an sich zieht.

Wir bewegen uns zu dem eingängigen Rhythmus von *So Far Away*. Seth tanzt gut, seine Bewegungen sind sexy und sinnlich. Es macht Spaß und ich mache mir eine mentale Notiz, mich auf dem Campus nach einer Tanzgruppe zu erkundigen. Das Tanzen fehlt mir.

Ich verliere mich in der Musik, genieße es, wie Seth mich hält und souverän führt. Zufrieden lasse ich den Kopf gegen seine breite Brust sinken und singe leise die Songzeilen mit.

Erstaunt sehe ich auf, als mir Sekunden später jemand auf die Schulter tippt.

Ace.

Mein Puls geht ein wenig schneller, und mir fällt auf, dass er Seth um mindestens fünf Zentimeter überragt.

»Alter, was soll das?« Seth runzelt die Stirn. »Wir sind beschäftigt, siehst du das nicht?« Er zieht mich noch ein bisschen fester an sich.

»Ich bin dran«, erklärt Ace, während er meinen Blick hält. Seine Miene verrät keine Regung, doch ein Muskel an seiner Kieferpartie zuckt, als wäre er auf hundertachtzig.

»Du kannst mit ihr tanzen, wenn wir fertig sind«, stellt Seth klar und dreht uns herum, sodass meine Sicht auf Ace geblockt wird und bewegt sich mit mir weiter zur Musik.

Ace packt seinen Oberarm und hält ihn fest. Bevor das Ganze eskaliert, löse ich mich von Seth und trete einen Schritt zurück. Kopfschüttelnd stemme ich die Fäuste in die Taille und funkle die Männer an. »Vielleicht fragt mal jemand, was *ich* eigentlich möchte?«

Jetzt habe ich die Aufmerksamkeit der beiden.

Aces Augen verengen sich. »Lass hören.«

Mein Blick huscht zwischen ihm und Seth hin und her. »Ich werde diesen Song jetzt mit Seth fertig tan…«, beginne ich, komme jedoch nicht dazu, meinen Satz zu beenden, denn ehe ich begreife, was geschieht, hebt Ace mich hoch, legt mich über seine Schulter und stürmt mit mir davon, ohne meinen verdutzten Tanzpartner eines weiteren Blickes zu würdigen.

Empört schnappe ich nach Luft. »Ace, lass mich los!« Ist er komplett durchgedreht? »Lass mich runter, sofort!« Mit meinen Fäusten trommle ich auf seinen breiten Rücken, doch er ignoriert meinen Protest.

Ungerührt marschiert er weiter zum Sonnendeck. Im Vorbeigehen bemerke ich, dass Marietta inzwischen aufgeschlagen ist und sich mit Paige unterhält. Die beiden starren uns mit offenen Mündern hinterher und Paige ruft uns etwas zu, doch Ace beachtet sie nicht. Er poltert die Stufen hinab, wie eine Maschine, die nicht zu stoppen ist.

Anschließend folgen wir einem Holzpfad durch grasbewachsene Dünen an den Strand, wo Ace mich endlich aus seinem Griff entlässt und behutsam auf den Sand gleiten lässt.

»Was zur Hölle sollte das?« Ungehalten blitze ich ihn an. »Spielst du jetzt den Ritter in glänzender Rüstung, der kleine Mädchen vor bösen Jungs rettet? Du musstest das nicht tun, hörst du? Ich kann selbst auf mich aufpassen. Und abgesehen davon, ist Seth ein echt Netter.«

»Ach tatsächlich, ist er das?«

»Wir haben nur getanzt.«

Wir starren uns einige Sekunden an.

Ich würde mein letztes Hemd geben für seine Gedanken.

»Du solltest nicht hier sein«, sagt er plötzlich und fixiert mich, indem er mir beide Hände auf die Schultern legt. Ich kann die Hitze seiner Finger durch den dünnen Stoff meines Shirts hindurch auf meiner Haut brennen spüren. »Das ist kein Ort für ein Mädchen wie dich.«

Ein Mädchen wie mich?

»Für dich ist dieser Ort gut genug?«, kontere ich.

»Das ist nicht dasselbe.« Er lässt von mir ab, schüttelt den Kopf und starrt hinüber zum Lagerfeuer, wo sich bereits einige Leute zum Grillen eingefunden haben. Es duftet nach Holzkohle und gegrilltem Fleisch.

»Warum sollte ich nicht hier sein?«

»Weil ...« Er bricht ab und fährt sich mit fünf Fingern durchs Haar. »Lass uns ein paar Schritte gehen.«

Da ich keine Einwände habe, und er ohnehin der Grund ist, dass ich auf der Party aufgetaucht bin, entledige ich mich meiner Sandaletten und folge ihm. Mein Herz klopft erwartungsvoll. Mit baumelnden Schuhen in den Händen stapfe ich die nächsten Minuten schweigend neben Ace durch den noch warmen Sand. Für ein paar Momente sind das Wispern des Windes im Seegras, das Rauschen der Brandung und das Gelächter der Gruppe am Lagerfeuer unsere einzigen Begleiter – abgesehen von den vereinzelten Musikfetzen und dem Dröhnen des Basses aus der Richtung des Hauses. Sonnenstrahlen zaubern glitzernde Goldflecken auf das schaumgekrönte Wasser, und Möwen segeln über unseren Köpfen. Unsere Arme berühren sich hin und wieder beim Gehen und jedes Mal springt ein elektrischer Funke von ihm zu mir über und setzt einen Schwall Endorphine in mir frei. Weil ich nicht weiß, wohin mit meinen Gefühlen, bücke ich mich nach einer Muschel, die die zurückweichende Brandung freigelegt hat, und bleibe stehen.

»Schau mal, ist sie nicht wunderhübsch?« Auf der flachen Hand haltend präsentiere ich ihm das schillernde, von Wind, Sand und Gezeiten modellierte Stück Perlmutt.

»Ist sie.« Sein Blick hält meinen fest.

»Du siehst ja gar nicht hin.«

»Und ob ich das tue.« Der raue, dunkle Klang seiner Stimme sendet einen Gänsehautschauder über meinen Körper.

Mein Herz schlägt in der Grube meiner Kehle und das Blut rauscht wie ein Lavastrom in meinen Ohren, als er eine Hand hebt und mit der Daumenkuppe den Schwung meiner Unterlippe nachfährt. Seine Lippen verziehen sich zu einem schiefen, sexy Lächeln. »Und genau das ist mein Problem.«

Bevor ich ihn fragen kann, was er damit meint, schiebt er seine Finger in mein Haar und zieht mich an seinen harten Körper.

Dann küsst er mich.

Er streichelt mit seinem Mund über meinen, sanft und zärtlich, als sei ich etwas Zerbrechliches, das er auf keinen Fall zerstören möchte. Ich schmecke das Salz des Meeres auf seinen Lippen, spüre den Druck seiner Fingerspitzen, die sich in meine Hüften graben.

Kurz bin ich überfordert mit dem Moment, mit all den Gefühlen, Fragen und Gedanken, doch dann entspannt sich etwas in mir.

»Du bist so verflucht sexy«, murmelt Ace in den Kuss hinein. »Diese süßen kleinen Hotpants rauben einem Mann den Verstand.«

Mein Verstand ist ebenfalls nicht mehr in der Lage, klar zu denken.

Oh Himmel, wie sehr ich mich nach diesem Mann sehne! Voller Verlangen dränge ich mich an seinen festen Körper. Aces Hand rutscht tiefer, umfasst meinen Hintern und presst mich gegen seinen Schritt. Er ist hart. Ich kann seinen Schwanz durch den Stoff seiner Jeans spüren. Erregung flutet jede meiner Zellen von der kleinen Zehe bis zum Scheitel. Ein Seufzen schlüpft aus meiner Kehle, als er an meiner Unterlippe knabbert, an ihr zupft und mit der Zunge auffordernd gegen meine stupst. Als ich meine Lippen einen Spalt weit öffne, nutzt er die Gelegenheit, um in mich einzudringen. Sein Kuss ist neckend, verzweifelt und fordernd zugleich. Er foltert mich mit seiner Süße.

Seine Lippen sind warm und weich, seine Zunge spielt ein verlockendes Spiel mit meiner. Bartstoppeln kratzen über meine Haut und unsere Münder verschmelzen miteinander. Ich erschaudere vor Wonne, denn seine Finger gleiten unter den Saum meines Shirts und erkunden mich streichelnd, während sich seine Hüften sinnlich an meinem Becken bewegen – und ich hatte absolut recht, was seine Lippen anbelangt. Der Mann kann verflucht gut küssen!

»Ace«, stöhne ich in seinen Mund, wölbe mich ihm entgegen und reibe mich sehnsüchtig an der harten Ausbuchtung seiner Jeans.

Seine Hand gleitet an meiner Seite nach oben. Ich wimmere, als sein Daumen meinen Nippel findet und aufreizend über den Satinstoff meines BHs streicht. Augenblicklich richten sich meine empfindsamen Brustspitzen auf und recken sich seiner Berührung entgegen. Oh Gott, ich will mehr, so viel mehr! Ich möchte endlich wissen, wie es sich anfühlt, von einem Mann in Besitz genommen zu werden. Will wissen, wie es ist, von Ace geliebt zu werden.

Er streichelt, neckt und küsst mich wie ein Verhungernder. Sein Kuss ist wild und voller Leidenschaft. Ich fühle einen Schwall Feuchtigkeit mein Höschen benetzen. Ein Stöhnen entweicht meiner Kehle.

Ich keuche leise auf, als er sich von mir löst und sich mit allen Fingern durchs Haar fährt.

»Heilige Scheiße, Elfe, was machst du mit mir?« Er sieht mich an, in seinen dunklen Augen liegt ein seltsames Glitzern. »Fuck. Fuck, ich muss verrückt sein«, murmelt er gegen den Wind.

Die Gitarrenklänge von *Riptide* wehen aus Richtung des Lagerfeuers zu uns herüber.

»Du bist mit Sicherheit die verrückteste, süßeste Stalkerin, die mir je untergekommen ist.«

Ich nehme das mal als Kompliment, entscheide ich, während ich eine Handfläche gegen die Brust drücke, um meinen rasenden Puls unter Kontrolle zu bringen. »Du denkst also ...« ... *dass ich dich stalke?*, will ich ihn fragen. Doch die Worte bleiben mir auf der Zunge liegen, als unvermittelt lautes Gelächter und schrilles Kreischen unsere Aufmerksamkeit erregen.

In einigen Metern Entfernung rennen ein paar Leute splitterfasernackt in den Atlantik. Die Mädchen lachen, kichern und schreien auf, als sich die schaumgekrönte Brandung an ihren nackten Hüften bricht.

»*Skinny Dipping*. Das wollte ich schon immer mal machen«, erkläre ich, noch ein wenig atemlos. Dieser Punkt steht definitiv auf meiner Bucket-List.

»Echt jetzt?« Aces Augen funkeln abenteuerlustig und fast glaube ich, so etwas wie Erleichterung über diesen Themenwechsel aufblitzen zu sehen. »Dann los!« Mit einem breiten Grinsen zieht er sich das Shirt über den Kopf und lässt es in den Sand fallen. Anschließend macht er sich an den Knöpfen seiner Jeans zu schaffen und präsentiert mir dabei einen perfekt trainierten Oberkörper. Jeder Muskel ist konturiert, seine gebräunte Haut schimmert im Licht der untergehenden Sonne.

»Elfe?«

Ich sehe an ihm hoch und bemerke, wie seine Mundwinkel zucken. »Was zögerst du?« Er macht eine Kinnbewegung. »Die anderen sind längst im Wasser.«

»Ich meinte, irgendwann. Nicht jetzt.«

»Kleiner Feigling.«

»Bin ich nicht.«

»Bist du doch.«

»Wer von uns beiden hat soeben den Kuss abgebrochen?«

»Hätte ich das nicht getan, würdest du jetzt unter mir im Sand liegen. Ohne Höschen.«

Was für eine verlockende Vorstellung. Von eventuellen Sandkörnchen in bestimmten intimen Stellen mal abgesehen. »Ich habe schon Schlimmeres erlebt.«

»Du stellst mich gern auf die Probe, hm?« Mit einem Glucksen bückt er sich und macht Anstalten, sich das Shirt wieder über den Kopf zu streifen.

»Warte.« Ich beiße mir auf die Unterlippe. »Wer zuerst drin ist ...«, fordere ich ihn heraus und schlüpfe aus meinem Top.

Seine Augen weiten sich, dann schleudert er das Shirt zurück in den Sand und knöpft die letzten zwei Knöpfe seiner Jeans auf. Während wir um die Wette strippen, sehen wir uns unentwegt an.

Ich wage es nicht, den Blick zu senken. Je mehr Kleidungsstücke fallen, desto befangener werde ich.

Ace ist zuerst fertig. Mit einem breiten Grinsen stürmt er auf das Wasser zu.

Ich schicke ein kurzes Stoßgebet in den Himmel, dann renne ich todesmutig hinterher in die weiße Gischt. Die Kälte trifft mich wie ein Schlag. »Shit, shit!«, rufe ich entsetzt.

Ace wirft lachend den Kopf zurück. Ihm scheint das kalte Wasser nichts auszumachen. »Komm her, ich wärme dich!« Er streckt eine Hand nach mir aus und zieht mich an sich.

Für einen kurzen Moment vergesse ich alles um mich herum. Die anderen Leute, die Schreie der Seevögel, das Rauschen der Brandung. Die Kälte. Alles, was ich wahrnehme, ist Aces warmer Körper an meinem, seine wunderschönen braunen Augen und seine sinnlichen Lippen, die sich zu einem Lächeln verziehen.

»Elfe«, flüstert er, neigt sich herab und ich spüre seinen Atem über meine Haut streifen.

Zwei Sekunden später schlägt neben uns jemand mit einer Arschbombe im Wasser auf und wir fahren auseinander.

Einige Mädchen kommentieren das Szenario mit lautem Gekreische und ich muss ebenfalls kichern. Die Situation wirkt surreal. Und elektrisierend. Ich kann tatsächlich einen Punkt meiner Liste abhaken. Langsam mutiere ich zur Draufgängerin – und wer trägt wieder mal einen Teil dazu bei?

»Nichts wie raus hier.« Ace durchbricht meine Gedanken und zwinkert mir lachend zu, während ich über meine mit Gänsehaut bedeckten Armen streiche. »Oder wie siehst du das?«

»Das ist die beste Idee, die ich seit Langem gehört habe!«, rufe ich ihm über das Gekreische der anderen hinweg zu.

Wir rennen zurück an den Strand, und mein ganzer Körper ist noch immer mit Gänsehaut überzogen, während ich zitternd in meine Sachen schlüpfe. Dennoch fühle ich mich verdammt wohl in meiner Haut.

»Lass uns ans Lagerfeuer gehen, damit wir uns aufwärmen können«, schlägt Ace vor.

»Nichts lieber als das«, stimme ich ihm zähneklappernd zu und streiche mir das nasse Haar hinter die Ohren.

Er läuft dicht neben mir und berührt dabei flüchtig meinen kleinen Finger mit seinem. »Magst du etwas essen? Wir könnten uns ein Grillwürstchen besorgen?«

»Ich esse kein Fleisch.«

»Vegetarierin?« Er hebt eine Braue.

Ich zucke mit einer Schulter. »Aus Überzeugung.« Vermutlich wird er sich darüber lustig machen. Ich habe es oft genug erlebt. Jayke zum Beispiel hatte damit ein Riesenproblem.

»Okay, und wie sieht's mit einem gerösteten Marshmallow aus?«

»Das wiederum klingt himmlisch«, versichere ich ihm, während ein Lächeln meine Lippen dehnt. Je mehr Seiten ich an Ace entdecke, umso besser gefällt er mir. Davon abgesehen mag ich auch die neue India sehr gern, die neben ihm immer wieder zum Vorschein kommt.

Am Lagerfeuer wird Ace mit überschwänglichem Hallo und ein paar schlüpfrigen Anspielungen begrüßt. Vielleicht stellt er mich deshalb als eine *Freundin von Sami* vor. Um sich aus der Schusslinie zu nehmen.

»Keine Sorge, die sind immer so drauf«, versichert er mir zwinkernd. »Schmutzige Fantasie. Hat nichts zu bedeuten.«

Aus einer mit Eis gefüllten Badewanne, in der ein gefühlter Jahresvorrat an Bier lagert, organisiert er für jeden von uns eine Coke, und wir setzen uns zu den anderen ans Feuer. Ace mit den Händen im Sand abstützt, ein Bein ausgestreckt, das andere angewinkelt. Ich lasse mich dicht neben ihm im Schneidersitz nieder.

Wir quatschen und lachen mit den anderen, sehen den züngelnden Flammen zu und allmählich trockne ich bis auf die Knochen durch.

Den Kerl, der auf der Gitarre herumklimpert, habe ich bereits oben auf dem Sonnendeck spielen sehen. Als ich die ersten Zeilen von *Hey There Delilah* erkenne, kann ich nicht anders und singe leise mit. Die *Plain White T's* gehören zu meinen Lieblingsgruppen.

»Das klingt hübsch«, raunt Ace beiläufig gegen mein Haar, was prompt bewirkt, dass mir Hitze in die Wangen schießt.

Mein ganzer Körper kribbelt, und ich habe das Gefühl, dass ich in Flammen stehe, nicht nur weil die Hitze des Feuers über meine Haut tanzt.

Ace spricht eins der anwesenden Mädchen an und bittet sie, ihm ihr geröstetes Marshmallow zu überlassen.

Sie streift mich mit einem Seitenblick. »Klar.« Mit dem Kinn deutete sie auf eine Plastiktüte neben sich. »Bedient euch, die sind für alle da.«

»Machen wir, danke.« Mit einem Lächeln nimmt er ihr den Stock aus der Hand und reicht ihn an mich weiter. »Vorsicht, heiß.«

Seine Aufmerksamkeit richtet sich auf meine Lippen, als ich erst über das Marshmallow puste und dann vorsichtig von dem klebrig-süßen Schaum abbeiße.

Unsere Blicke treffen sich. Ungesagtes schwebt in der Luft. Mein Herz schlägt ein paar Takte schneller und mein Atem beschleunigt sich.

Aces Kiefermuskeln arbeiten. »Und? Ist es lecker?« Seine Stimme klingt plötzlich heiser.

Ich nicke, da ich gerade nicht fähig bin, zu sprechen. Ich denke an unseren Kuss. Meine Wangen glühen, und schuld daran ist nicht die Hitze des nahen Feuers.

Er nimmt mir den Stock aus der Hand und holt ein weiteres Marshmallow aus der Tüte, um es für mich über dem Feuer zu rösten. Unsere Finger berühren sich, als er es mir kurz darauf überreicht. Dabei rutscht er ein Stückchen näher. Sein Oberschenkel presst nun gegen meinen, und in mir kribbelt es wie tausend Ameisen.

Aces Sitznachbarin verwickelt ihn in ein Gespräch, und ich werde unterdessen von einem Typen namens Darren angesprochen. Er ist unkompliziert und nett, wenn auch ein wenig blau. Das stört mich jedoch nicht, ich genieße die angeheiterte, lockere Stimmung. Die ganze Zeit über bin ich mir Aces Gegenwart und seiner Nähe überdeutlich bewusst. Alle meine Antennen sind auf ihn gerichtet.

Bei *Sweet Home Alabama* wird laut und ziemlich schräg mitgesungen. Einige springen auf, um zu tanzen. Jemand fordert mich auf und nach kurzem Zögern lasse ich mich hochziehen.

Lachend und singend hüpfen wir herum, schwingen die Hüften und drehen uns, bis mir fast schwindelig wird. Mein Tanzpartner hat bereits mehrere Biere intus und ist nicht mehr sicher auf den Beinen, was bei mir zu Lachanfällen führt. Immer wieder blicke ich verstohlen zu Ace und ertappe ihn dabei, wie er mich studiert.

Ein jäher Windstoß fegt vom Meer über uns hinweg und lässt einen Funkenregen aufstieben. Unser Gitarrist schlägt die ersten Akkorde von *All I Want Is You* an. Mitten im Tanzen bleibe ich stehen, streiche mir das Haar aus dem Gesicht und sehe Ace über das knisternde Feuer hinweg in die Augen.

Ich will dich.

Seine Lippen bewegen sich lautlos, doch ich höre die ungesagten Worte.

Ich bin wie hypnotisiert. Er hält meinen Blick gefangen. Hält mich gefangen, als er aufsteht und sich durch die ausgelassene Meute schiebt. »Komm mit, Elfe.«

Ich frage nicht, wohin wir gehen. Ich frage nicht, was er im Sinn hat. Ich folge ihm einfach.

Denn er ist alles, was ich will.

Wir kehren dem Lagerfeuer den Rücken zu und verlassen den Strand. Schweigend laufen wir über den Holzpfad zwischen den Dünen zurück zum Haus.

15. KAPITEL

India

Im obersten Stockwerk des Hauses sind wir allein. Musik und Gelächter dringen von draußen durch die offenen Türen, sowie das Dröhnen der tiefen Bässe, das ich unter meinen nackten Fußsohlen auf dem polierten Hartholzboden spüre. Ein Echo meines schnellen Herzschlags.

Ich sehe das wilde Verlangen in seinem Blick, der sich verdunkelt, als er auf meine Lippen fällt.

»India«, sagt er. Nur *India*, und ich liebe es, wie er meinen Namen ausspricht, liebe jede einzelne Silbe, die seinen Mund verlässt. Er wischt mit dem Daumen über meine Unterlippe. »Du machst mich komplett verrückt, weißt du das?«

»Tue ich das?« Meine Frage ist nur ein Flüstern. Seine Finger an meinem Gesicht lösen ein Kribbeln an meinem ganzen Körper aus.

»Jedes Mal, jedes verdammte Mal, wenn wir uns begegnen, stellst du mich auf die Probe«, knurrt er.

Ich schmiege meine Wange an seine Brust und kann nichts gegen das kleine Lächeln tun, das sich in mein Gesicht schleicht. Es gefällt mir, dass er so etwas sagt. Genauso gefällt mir, wie er riecht. Nach Seife, frisch gewaschener Wäsche und nach Mann. Sein Duft entzündet all meine Nervenenden. Verzückt schließe ich die Augen und presse meine Nase in eine der verführerischen Wölbungen seiner Muskeln, über die sich der Stoff seines Shirts spannt.

Seine Finger schieben sich in meine Haare. »Was mache ich nur mit dir?« Gequält stöhnt er auf.

Ich muss den Kopf in den Nacken legen, um ihm ins Gesicht zu sehen. »Oh, ich wüsste da etwas.«

Sein Blick heftet sich auf meine Lippen und springt wieder zurück zu meinen Augen. »Dich anzusehen und zu wissen, dass ich die Hände von dir lassen sollte«, weicht er mir aus, »ist die reinste Folter.«

»Du sprichst in Rätseln.«

Seine Lippen verziehen sich zu der Andeutung eines Lächelns. »Du bist eindeutig mein Verderben. Zum Teufel.«

»Das bin ich ge...« Luft entweicht meiner Lunge, als er mich packt und gegen die Wand presst. Meine Sandaletten gleiten aus meinen Fingern, ich öffne meine Lippen aus Überraschung.

In dem dunklen Braun seiner Augen sprühen Goldfunken. »Weißt du, was mit kleinen Mädchen geschieht, die mich herausfordern?«, knurrt er, seinen Schenkel zwischen meine Beine zwängend.

»Ich bin kein kleines ...«, protestiere ich und drücke meine Hände gegen die harten Wölbungen seiner Brustmuskeln, doch er erstickt meinen Satz mit seinen Lippen. Ein Stöhnen schlüpft aus meiner Kehle, als er mit der Zungenspitze meine Lippen teilt, um meinen Mund zu erobern.

Seine Zunge beginnt einen wilden, fordernden Tanz mit meiner. Gänsehaut überläuft mich, kribbelt bis in meine Zehenspitzen. Ich will nicht, dass er jemals wieder aufhört, mich zu küssen. Ich brauche das, brauche ihn, und dränge mich ihm fast schon verzweifelt entgegen.

Er versteht das wohl als Aufforderung, denn er schiebt seine Hände unter den Bund meines Sweatshirts. Rau fahren seine Finger über meine Haut, nehmen jeden Zentimeter von mir in Besitz. Ich erschaudere, grabe meine Fingerspitzen in seine harten Rückenmuskeln, als er eins meiner Push-up-Körbchen hochzerrt. Er stupst gegen meinen Nippel, zupft daran, und die Berührung fährt direkt in das Lustzentrum zwischen meinen Beinen. Ich stoße ein hilfloses Wimmern aus und spüre, wie ich feucht werde.

Unerbittlich nagelt er mich an die Wand, presst sein Becken gegen mich, um seine Erektion an mir zu reiben.

Unsere Zungenspitzen necken sich, und ich keuche frustriert auf, als er abrupt von mir ablässt. Schon wieder.

Seine Brust hebt und senkt sich in schnellen Zügen und seine Augen, wild und dunkel vor Verlangen, fixieren mich. »Wenn du gehen willst, dann tu es besser jetzt«, bietet er mir mit rauer Stimme an. »Wenn nicht«, sein Blick wandert kurz zu einer der Holztüren auf dieser Etage, »kann ich für nichts garantieren. Ich kann dich nicht immerzu nur ansehen. Oder küssen. Das ist nicht genug.«

Er will mich.

»Ich möchte nicht gehen.« Meine Stimme ist nur ein Flüstern.

Meine Haut geht in Flammen auf, als er mit einer Fingerspitze den Ausschnitt meines Shirts entlangfährt. »Bist du sicher, Elfe? Denn wenn wir eine dieser Türschwellen überschritten haben, gibt es kein Zurück mehr.«

»Ich bin mir sicher.«

Ich habe kaum ausgesprochen, da presst er seinen Mund auf meinen. Seine Zähne fahren über meine Unterlippe, gefolgt von seiner Zunge. Bereitwillig öffne ich mich ihm, und ein sehnsüchtiger Laut entschlüpft meiner Kehle, als er seine Finger über meine Hüften gleiten lässt und meine Pobacken umfasst. Er hält mich in seinen Armen und diese intime Berührung schickt Blitze der Lust durch meinen Unterleib. Erregung flirrt heiß durch meinen Körper, als er mich mit einer kreisenden, sinnlichen Bewegung seines Beckens wissen lässt, wie scharf er auf mich ist.

16. KAPITEL

Ace

Mein Verstand sagt mir, dass ich das hier besser beenden soll. Vorzugsweise sofort. Denn mir ist klar, was mir droht, sollte irgendjemand Wind von dieser Sache bekommen. Ich bin froh, dass bis auf Nash und Remy niemand etwas von meinen Auflagen weiß. Andererseits hätte ich mich nicht mal mit India auf der Party blicken lassen können. Das Risiko bleibt dennoch bestehen, dass ich auffliege, trotzdem bin ich gerade im Begriff, etwas sehr Idiotisches zu tun. Schon wieder. Leider ist mein Schwanz ganz anderer Meinung. Und tja, was soll ich sagen? Es scheint, dass er die Führung übernommen hat. Jedenfalls kann ich nicht mehr aufhören, über Indias schlanken Körper zu streicheln.

Ich kapituliere.

Ich bin im Arsch.

Ganz und gar.

Ich werde also mit der Elfe schlafen. Ein einziges Mal. Und dann hoffen, dass wir das Interesse aneinander verlieren. Ich werde sie bitten, sich mich aus dem Kopf zu schlagen.

Entschlossen greife ich nach einem Türknauf, drehe ihn und stoße die Tür mit meinem Fuß auf. Diesmal schließe ich ab. Uns küssend und gegenseitig berührend stolpern wir ins Zimmer. Glücklicherweise hält sich niemand darin auf. Und wenn es so gewesen wäre, hätte ich demjenigen angeraten, sich auf der Stelle zu verziehen. Mein Verlangen ist drängend. Ich bin scharf wie schon lang nicht mehr. Ich will die kleine Elfe haben. Vielleicht werde ich sie auf diese Weise aus dem Kopf bekommen.

Wir reißen einander die Kleider vom Leib, ungeduldig, atemlos. Ich schubse India auf das Bett, klettere ihr nach und schiebe mich über sie. Während ich meine Lippen über ihre Kehle wandern lasse, fahre ich mit den Fingerspitzen ihren Schenkel hinauf und wieder nach unten. Verflucht, sie riecht so gut. Ich erkunde mit den Lippen, den Zähnen und der Zunge jeden köstlichen Zentimeter ihrer weichen Haut und mit den Fingerspitzen die sanften Hügel, geschwungenen Linien und Vertiefungen ihres süßen, sexy Körpers. »Du fühlst dich gut an«, murmle ich an ihrem Mund, ehe ich sie kurz küsse. »Verdammt gut.«

»Du dich auch«, entgegnet sie ein wenig schüchtern, und ich genieße es, wie sie unter meinen Berührungen erzittert.

Sie hat kleine Brüste, kleiner als ich es gewohnt bin, aber heilige Scheiße: Ihre sanften Rundungen sind perfekt geformt, ihre Nippel leuchten wie dunkle Kirschen gegen die zarte, weiße Haut. »Mal sehen, ob du auch so gut schmeckst«, raune ich, rutsche an ihr hinab und stupse mit der Zunge gegen einen der aufgerichteten Nippel, bevor ich ihn in den Mund nehme und sanft daran sauge.

India drückt aufstöhnend den Rücken durch, und ihre Lider flattern zu. Bei Gott, sie ist bezaubernd, und ich will nichts mehr, als sie glücklich zu machen.

Ineinander verschlungen streicheln wir uns gegenseitig, erkunden uns, zunächst sanft und zärtlich, dann immer drängender. Ich setze eine Spur brennender Küsse auf ihre Haut, die auf dem kleinen, braunen Herz hinter ihrem Ohrläppchen endet. Ich lasse meine Lippen ihre suchen und unsere Münder verschmelzen zu einem heißen, langen Kuss. Verdammt, das hier fühlt sich besser an, als alles, was ich seit Langem gefühlt habe. So viel besser.

Ich schenke den leisen Alarmglocken in meinem Inneren keine Beachtung. Viel zu sehr bin ich damit beschäftigt, alle meine Sinne auf India zu richten. Auf ihren Duft, wie ihre Hände mich anfassen, auf dieses niedliche Grübchen, das sie immer wieder hervorblitzen lässt, und das Gefühl ihrer weichen Lippen auf meinen. Und plötzlich ist India nicht mehr schüchtern. Ihre Hand gleitet zwischen unsere Körper und sie umfasst meinen Ständer und beginnt, mich zu reiben.

Ich stoße ein tiefes Knurren aus. »Ich werde nicht lang durchhalten, wenn du so weitermachst.«

»Dann nimm mich«, flüstert sie und lächelt an meinem Mund.

»Ich will dich endlich in mir spüren, Ace.«

»Hör zu, das hier ... das ist eine einmalige Sache, okay?«, bringe ich keuchend hervor. Ich will sichergehen, dass sie das auch versteht.

Sie leckt sich über die Lippen und nickt. »Lass mich nicht warten.«

Ich drücke ihr einen Kuss auf die Stirn, steige vom Bett, wühle hektisch in den Taschen meiner Jeans. Habe ich ...? Ich habe keines eingesteckt. Wozu auch? Doch dann ... verdammt. Erleichterung durchströmt mich, als ich aus der linken hinteren Tasche ein Plastiktütchen hervorziehe. Eine gewisse Schlampigkeit hat doch was Gutes. Ungeduldig reiße ich die Packung mit den Zähnen auf, während ich meinen Schaft umfasse.

»Darf ich das machen?« India beobachtet mich. Ihre Augen sind groß und dunkel, als sie mich erwartungsvoll anblickt.

Wortlos umrunde ich das Bett, bleibe vor ihr stehen und lege ihr das Kondom in die geöffnete Handfläche. Doch sie nimmt sich erst Zeit, mich zu erkunden, und ich verbeiße mir ein Lächeln, als sie fast andächtig über meine Bauchmuskeln streicht und der schmalen Linie aus dunklen Haaren bis hin zu meiner Erektion folgt. Ihre Finger schließen sich um meine Peniswurzel, streicheln und erforschen mich. Das Gefühl ihrer zarten, kleinen Hände an mir, wie sie sich auf und ab bewegen, ist unbeschreiblich. Sie wirkt nicht sonderlich erfahren und das macht mich unglaublich an, zu denken, dass sie noch nicht mit vielen Kerlen intim war.

India hebt den Blick und sieht mich an, als würde sie um Erlaubnis fragen.

Ich schüttle den Kopf, obwohl mein Puls hektisch pocht und mein Schwanz vor Verlangen schmerzt. Der Gedanke, mich von ihr verwöhnen zu lassen, ist verdammt verführerisch. Dennoch möchte ich *sie* glücklich machen. »Zieh es mir über«, bitte ich sie rau.

Ich presse meine Kieferknochen aufeinander, als sie das Gummi über meine Eichel rollt und dann über die Länge meiner Erektion streift. Verflucht, mit dieser Geste bringt sie mein Blut erneut zum Kochen. »Leg dich zurück«, fordere ich sie schwer atmend auf und klettere zu ihr auf die Matratze. »Spreiz deine Beine für mich und winkle deine Knie an.«

Sie befolgt meine Anweisung, doch ich sehe Unsicherheit in ihrem Blick aufflackern.

Es ist extrem heiß, wie unschuldig und zerbrechlich sie wirkt und gleichzeitig genau zu wissen scheint, was sie will.

Ich schiebe mich zwischen ihre offenen Schenkel und sie gibt ein kleines Seufzen von sich, als ich erst ihren hübschen, perfekt geformten Nabel küsse und dann mit meiner Zunge eine glühende Spur über ihren flachen Bauch ziehe, um mit meinen Lippen über ihren Venushügel zu streifen.

»Ace ...«

Meine Zunge taucht in ihr bebendes Fleisch, und ich fühle India erzittern, als ich über ihre pochende Perle lecke. Oh verdammt, sie schmeckt unglaublich gut. Ich schmecke ihre Lust auf meiner Zunge, was mein eigenes Verlangen um das Hundertfache multipliziert. Leise knurrend schließe ich die Lippen um ihre Klitoris und sauge sanft. Wir stöhnen beide auf.

Am Rande bemerke ich, wie India ihre Finger ins Laken krallt, bevor sie sie in mein Haar schiebt und verzweifelt daran zieht. »Ace«, ruft sie und windet sich unter meiner Folter, doch ich mache unbeirrt weiter, lecke, küsse und sauge ihre empfindlichste Stelle, bis sie an meinem Mund krampft und sich ihre Muskeln rhythmisch zusammenziehen.

Sie explodiert mit einem kleinen Schrei und bäumt sich auf, gräbt ihre Nägel in meine Schultern, während sie sich an mir festhält, wie an einem Anker, damit sie nicht ertrinkt.

Ich trage sie küssend durch die Wellen ihres Orgasmus' hindurch, dann erhebe ich mich, um mich links und rechts ihres Kopfes mit meinen Händen abzustützen.

India ist verflucht hübsch mit ihren langen Wimpern und dem dunklen Haar, das sich wie ein schwarzer Wasserfall über dem Kissen ergießt. Lächelnd sinke ich auf sie hinab und dringe mit der Spitze in sie ein. Zum Henker, sie ist eng. Und es fühlt sich unglaublich an. Sanft streichle ich mit meinen Lippen über ihre.

Ihre Augen öffnen sich, spiegeln Verwunderung wider und Verlangen. Sie wirkt verdammt süß und auch verdammt unschuldig – und das macht mich total an. Dennoch dringe ich so langsam wie möglich in ihre samtige Hitze ein, und sie kommt mir entgegen, indem sie ihr Becken hebt.

»Schling deine Beine um meine Hüften, Elfe«, bitte ich sie und sie tut mir den Gefallen. Ein Zittern läuft durch meinen Körper, und ich beiße mir auf die Unterlippe, als ich tiefer und tiefer in sie sinke, und sie mich mit ihrer feuchten Hitze empfängt. Noch nie zuvor hat es sich so gut angefühlt, in einer Frau zu sein. Verdammt!

Sie wimmert, dreht den Kopf weg, sodass meine Lippen über ihr Kinn streichen, und flüstert meinen Namen.

»Bist du okay?« Meine Stimme bricht.

Sie nickt und stöhnt, und mir entschlüpft ebenfalls ein heiserer Laut. Ich kann mich nicht länger zurückhalten, das Verlangen, sie zu spüren, ist übermächtig. Ich nehme sie schneller und härter, verliere die Kontrolle. »Du bringst mich um den Verstand«, knurre ich.

Dieses Mädchen macht mich fertig.

Unsere Körper gleiten übereinander, während ich sie in Besitz nehme, und die Reibung dort, wo wir miteinander verbunden sind, steigert meine Lust ins Unermessliche. Erneut fange ich ihren Mund ein, fahre mit der Zunge ihre Lippen entlang und grabe meine Zähne in ihre Unterlippe. Mit einer wilden Verzweiflung erwidert sie meinen Kuss, bewegt sich im Takt mit mir, und das hölzerne Bettgestell unter uns ächzt, als ich härter und immer schneller in sie stoße.

India zittert am ganzen Leib, sie krallt ihre Finger in meine Schultern, kratzt über meine verschwitzte Haut.

Sie schreit meinen Namen, aber vielleicht bilde ich mir das auch nur ein, denn jetzt spüre ich das vertraute Kribbeln aufsteigen, ein Kribbeln wie von tausend Stromstößen, spüre, wie es sich intensiviert und mir heiß in die Lenden schießt. Ich explodiere in ihr, lasse mich von meinem Orgasmus überrollen und breche anschließend mit einem lauten Stöhnen über ihr zusammen.

Es dauert eine Weile, bis ich wieder zu Atem komme.

»Du bist wunderschön«, murmle ich an Indias Schläfe. Ich hebe den Kopf und suche nach ihrem Blick, weil sie einen kleinen, verlorenen Laut von sich gibt. »Bist du okay? War es gut für dich?«, frage ich und küsse ihr die eine Träne weg, die von ihrer Wange rollt. Sie sieht umwerfend aus. Ihre Augen glänzen, ihre Wangen glühen und ihre Lippen sind geschwollen von meinen Küssen.

»Es war unglaublich«, wispert sie und das offensichtliche Vertrauen in ihren dunklen Augen zieht mir den Boden unter den Füßen weg.

Mit einem Arm um ihre Taille geschlungen warte ich darauf, dass sich mein Herzschlag verlangsamt. Eins ihrer Beine ist mit meinen verschlungen. Ich halte sie fest, die kleine Elfe, und genieße ihre süße, schwere Wärme. In mir sind so viele widersprüchliche Empfindungen, die ich versuche, zu entwirren, doch weil es mir nicht gelingt, gebe ich schließlich auf. Das hier war nur ein One-Night-Stand. Ein Abenteuer, ein kurzes Vergnügen. Nicht mehr und nicht weniger. Und nur, weil es sich anders angefühlt hat, als alles andere, was ich je zuvor erlebt habe, heißt das nicht, dass es von Bedeutung wäre.

Ich drücke ihr einen Kuss auf die Stirn und ziehe mich aus ihr zurück, um das Kondom zu entsorgen.

Heilige Scheiße! Da ist Blut!

»Was zum Teufel ...?« Ich richte meinen Blick auf India. »Warum hast du nichts gesagt? Warum zum Henker hast du nicht gesagt, dass du noch nie ...« Ich unterbreche mich und balle meine Hände zu Fäusten. Hitze schießt durch mich hindurch, gefolgt von einem tiefen Frösteln und ich hoffe inständig, dass es eine andere Erklärung gibt, doch India bestätigt meine Vermutung.

Ihre Wangen färben sich knallrot. Sie setzt sich auf und zieht sich hektisch das Laken vor die Brust. »Was hätte das für einen Unterschied gemacht?«

Mit einem bitteren Lachen werfe ich den Kopf zurück. »Verdammt, Mädchen, ich ... schlafe nicht mit Jungfrauen.«

»Ach, ist das so eine Art ungeschriebenes Gesetz von dir, oder was?« Trotzig reckt sie das Kinn.

»Du hättest es mir sagen müssen. Verfickte Scheiße.« Mit einem frustrierten Laut drehe ich mich weg und kneife mir in die Nasenwurzel. Ich weiß nicht, warum mich das dermaßen aufregt, aber das tut es. Verdammt!

»Ich sehe nicht ein, wozu das hätte gut sein sollen«, kontert India. »Du hast mir auch keine Liste all der Mädchen gegeben, mit denen du es getrieben hast, bevor wir, bevor du ...«

»Bevor ich dich entjungfert habe. Sprich es ruhig aus«, knurre ich. Schnellen Schrittes steuere ich auf das kleine, dem Zimmer zugehörige Bad zu. Eine völlig irrationale Wut kommt in mir hoch. Ob sie auf India gerichtet ist oder bloß auf mich selbst, kann ich nicht sagen. Ich bin einfach wütend.

Im Bad atme ich einige Male tief durch und versuche, etwas runterzukommen. Ich wasche mich und schlinge mir ein Handtuch um die Hüften, ehe ich zu India zurückgehe und mich zu ihr auf das Bett setze. Ich lege ihr beide Hände auf die Schultern. Mein Herz hämmert wie bescheuert, während ich in ihrem Gesicht forsche. »Habe ich dir wehgetan?«

»Nein.« Sie schüttelt den Kopf. »Ich bin okay, wirklich.«

Ich kann es nicht fassen.

Hätte ich es nicht bemerken müssen? Dass sie noch unberührt war? Nicht nur, dass ich gegen eine meiner Auflagen verstoßen habe, aber die Erkenntnis, dass ich Indias Erster gewesen bin, ist schwer zu verdauen. Ich will diese Verantwortung nicht tragen. Ich kann nicht. Aber vor allem will ich ihr nicht wehtun. Weiß der Teufel, was sie sich mit uns erhofft hat.

Das Licht der Nachttischlampe fängt sich in meinem Ring, als ich ihr eine Haarsträhne von der Wange streiche. »Verdammt, Elfe. Ich habe Scheiße gebaut.«

»Nein, hast du nicht.« Ein winziges Lächeln stiehlt sich in ihre Mundwinkel.

»Glaub mir, ich stecke sogar knöcheltief darin.« Eine Grimasse schneidend, fahre ich mir mit einer Hand durchs Haar. Ich habe diese Sache nicht gut genug durchdacht. Was, wenn India jemandem davon erzählt? Es war ihr erstes Mal, sie wird es vielleicht nicht an die große Glocke hängen, das traue ich ihr nicht zu, aber es genügt, wenn es die falsche Person erfährt. Fuck.

»Ace.« India zeichnet die geschwungenen Linien meiner Tattoos mit dem Zeigefinger nach. »Mach dir keine Gedanken. Es war wunderschön für mich. Du hast nichts falsch gemacht.«

Du hast ja keine Ahnung.

»Ich brauche einen Drink«, erkläre ich, obwohl ich es besser wissen müsste. Aber ich habe ja auch mit ihr geschlafen, obwohl ich es hätte besser wissen müssen. Ich habe meinen Vorsatz gebrochen, habe etwas getan, von dem ich gewusst habe, dass ich es nicht hätte tun sollen. Ein, zwei Drinks machen da keinen Unterschied mehr. »Magst du auch? Vielleicht fühlst du dich dann besser.«

Wieder lächelt sie. »Ich fühle mich gut. Aber ja, bring mir etwas mit.« Sie sieht mich mit diesen riesigen, dunklen Augen an, in deren Tiefe ich zu versinken drohe.

Ich brauche definitiv einen Drink.

Ich schlüpfe in meine Boxershorts, um die gläserne Bar unter dem Flat-Screen zu durchstöbern, und organisiere uns zwei Gläser. Der dazugehörige Minikühlschrank spuckt sogar ein paar Eiswürfel aus. »Bourbon?«, schlage ich vor, weil die Auswahl an Spirituosen im Zimmer überschaubar ist.

India streicht sich das Haar hinter die Ohren. Sie zuckt mit den Achseln. »Egal.«

Mit den Drinks in den Händen kehre ich zu ihr zurück und reiche ihr eins der gut gefüllten Gläser. Wir trinken schweigend, jeder von uns hängt seinen Gedanken nach. Obwohl mir mein Verstand sagt, dass ich genug habe, hole ich Nachschub. An diesem Abend breche ich sämtliche Vorsätze. Es ist, als könnte ich nicht damit aufhören.

India hingegen winkt ab, als ich ihr Glas nachfüllen möchte. »Ich hatte vorhin bereits ein paar Shots«, erklärt sie und mir kommt es vor, als würde sie etwas schwer sprechen. »Mir ist ein bisschen schwindelig.« Ihre Augen wirken glasig. Vielleicht hätte sie den Whiskey nicht mehr trinken sollen. Das Glas war ziemlich voll.

»Komm her.« Mit dem Rücken gegen das Kopfpolster gelehnt ziehe ich sie an mich und lege einen Arm um ihre Schultern. »Besser?«

Sie nickt.

Irgendjemand dreht die Musik lauter, und von draußen dringen die ersten Takte von *A Sky full of Stars* ins Zimmer.

India vergräbt leise aufstöhnend ihre Nase an meinem Hals.

»So schlimm?«, necke ich sie, um die angespannte Stimmung zu lockern, und gleite mit meinen Lippen über ihren Scheitel. Verflucht, sie riecht gut, stelle ich bestimmt zum tausendsten Mal an diesem Abend fest. Ich könnte mich an diesen Duft gewöhnen. »Ich dachte immer, bei Chris Martin schmelzen alle Mädchen dahin.«

Sie bleibt ungewöhnlich still, deshalb stelle ich mein Glas ab und lege zwei Finger an ihre Wange, damit ich ihr ins Gesicht sehen kann. »Was ist los?«

Ihre Augen glitzern verräterisch. »Nichts«, sagt sie, und dreht ihren Kopf weg.

Fuck. Ich habe sie doch verletzt. Habe ihr wehgetan. Sie steckt ihr erstes Mal nicht so einfach weg, wie sie behauptet.

Sanft umfasse ich ihr Kinn, zwinge sie, den Blick zu heben. »Wenn es nichts wäre«, belehre ich sie und hoffe doch gleichzeitig, dass die Tränen nichts mit mir zu tun haben, denn das würde ich nicht ertragen, »würdest du nicht weinen.« Heilige Scheiße, ich kann keine Tränen sehen. Nicht bei Frauen. Das löst Gefühle in mir aus. Gefühle, die ich nicht zulassen möchte. Besonders nicht in ihrem Fall.

I want to die in your arms ... Einige Mädchen singen ausgelassen und aus voller Kehle mit.

India entschlüpft ein Laut, der sich verdächtig nach einem Schluchzen anhört.

Weil sie sich mir entziehen möchte, halte ich sie fest. »Komm schon, sag mir, was du hast«, bitte ich sie, denn offensichtlich scheint etwas ganz und gar nicht in Ordnung zu sein. Vielleicht bereut sie tatsächlich, mit mir geschlafen zu haben – obwohl sie nicht den Eindruck vermittelt hat, es zu tun. Bis vor wenigen Augenblicken zumindest. »Sprich mit mir, India.«

Ein leises Zittern durchläuft ihren Körper, als sie den Blick auf mich richtet. »Dieses Lied ...«

»Lied?«

Sie nickt wieder.

»Was ist damit?«

Sie schluckt und ich sehe, wie eine Vene in ihrer Schläfe pocht, während sie offensichtlich damit kämpft, mir etwas anzuvertrauen. Etwas, wovon ich mir nicht sicher bin, dass ich es hören möchte.

»Und?«, hake ich vorsichtig nach. Ich ahne instinktiv, dass das, was sie jetzt sagen wird, mir irgendwie nicht gefallen wird.

»Meine Mutter hat ihn sich gewünscht. Zu ihrer Beerdigung.«

In der darauffolgenden Stille hämmern die Beats des Songs in meinem Kopf. In meiner Brust. In meinem Herzen.

»Wann?«, breche ich schließlich das Schweigen.

Sie seufzt und löst den Blick von mir, um ihn zur Zimmerdecke zu richten. »Vor einem halben Jahr«, sagt sie so leise, dass ich Mühe habe, sie zu verstehen.

Scheiße. Mit dieser Art von Schmerz kenne ich mich aus. Bei mir ist es jetzt gut drei Jahre her, dass mir das Universum einen Arschtritt verpasst hat. Man könnte sagen, ich sei darüber hinweg. In Wahrheit kommt man jedoch nie über das Arschloch Tod hinweg. Der Schmerz wird nicht leichter. Er vergeht nicht. Dass Zeit alle Wunden heilt, ist der größte Bullshit, den ich je gehört habe. Zeit heilt keine Wunden. Sie hilft lediglich, sich mit der Trauer zu arrangieren. Den Schmerz auszuhalten.

»Das tut mir leid. Sehr leid.« Unbeholfen streichle ich über ihre Wange und versuche ihr so zu zeigen, dass mich ihre Traurigkeit nicht kaltlässt.

Ich weiß genau, wie du dich fühlst, kleine Elfe.

Sie fährt fort, weiter an die Decke zu starren, während ich sie betrachte. Die steile Falte über der Nasenwurzel, die Art, wie ihr dunkles Haar über ihre Schultern fällt und den Schwung ihrer leicht geöffneten, vollen Lippen. Ich möchte meine darauflegen. Ihr diesen funkelnden Diamanten von der Wimpernspitze küssen. Ich möchte etwas sagen, etwas Tröstendes. Etwas, dass sie dazu bringt, mir dieses bezaubernde Grübchen von sich zu zeigen.

Sie versucht ein misslungenes Lächeln, bevor sie sich, das Laken um ihren Körper geschlungen, erhebt und dabei kurz mit dem Gleichgewicht zu kämpfen hat. »Mir ist nicht besonders gut. Ich denke, ich gehe besser nach Hause.«

»Hör zu, ich fahre dich, okay?« Ich springe ebenfalls vom Bett und schlüpfe in meine Jeans. Auf keinen Fall kann ich sie so gehen lassen. Nicht in diesem Zustand.

»Nicht nötig«, wehrt sie ab. »Ich frage Sami oder Paige, ob sie mitkommen.«

»Blödsinn. Die zwei werden heute Nacht nirgendwo mehr hingehen. So wie ich Nash einschätze, wird er seine Zelte hier aufschlagen, genau wie Paige. Und deine Freundin Sami wirkte das letzte Mal, als ich sie sah, ziemlich happy, wenn du mich fragst. Ich denke nicht, dass du sie von hier loseisen können wirst. Ich bringe dich nach Hause.« Entschlossen werfe ich mir mein T-Shirt über. Ich will sichergehen, dass sie gut zu Hause ankommt. Und gleichzeitig, dass sie nicht der halben Welt erzählt, was zwischen uns vorgefallen ist.

»Wenn du darauf bestehst«, meint sie und sammelt ihre Klamotten zusammen, noch immer dieses dumme Laken gegen ihre Brust gepresst, und sie schwankt leicht. »Ich verschwinde rasch ins Bad.«

»Ich gehe nicht weg«, versuche ich mit einem schiefen Grinsen, die Atmosphäre aufzuheitern, was leider nicht die erhoffte Wirkung erzielt, denn sie verzieht keine Miene. Sekunden später ist sie im angrenzenden Bad verschwunden.

Ich halte die Luft an, als wir wenig später gemeinsam das Zimmer verlassen. Es wäre extrem ungeschickt, wenn uns jemand dabei erwischen würde. Glücklicherweise schaffen wir es, ungesehen die Treppe hinunter in den Flur zu gelangen.

»Warte kurz«, bitte ich India, die sich am Ende des Treppengeländers abstützt. Sie wirkt ziemlich betrunken und ich stoße innerlich einen Fluch aus, ihr dieses Glas eingefüllt zu haben. »Ich organisiere mir rasch meine Lederjacke und den Helm aus dem Wohnzimmer.«

Sie nickt. Ich kann sehen, dass es ihr nicht gut geht. Mein Blick fällt auf ihre nackten Füße. »Wo sind deine Schuhe?«

Sie sieht an sich hinab, als würde ihr erst jetzt auffallen, dass sie barfuß ist. »Keine Ahnung. Ich habe sie irgendwo liegen lassen«, sagt sie langsam.

»Oben im Zimmer?« Ich erinnere mich dunkel, dass sie ihre Schuhe noch in der Hand gehalten hat, als wir nach oben geschlichen sind.

»Keine Ahnung.«

»Lass mich nachsehen. Vielleicht haben wir Glück.«

Oben im Korridor werde ich tatsächlich fündig. Ihre Sandaletten liegen nur wenige Meter entfernt von der Tür des Zimmers, in dem wir ...

Nicht darüber nachdenken, Tremaine.

Ich schnappe sie mir und laufe zurück nach unten, wo ich mir meine Jacke und meinen Helm organisiere. »Du hast keine Jacke dabei?«, will ich von India kurz darauf wissen, während sie sich an mir abstützt, um in ihre Schuhe zu schlüpfen.

Sie schüttelt den Kopf. »Dumm von mir, ich weiß. Irgendwie habe ich nicht daran gedacht.«

»Kein Problem. Zieh meine an. Es ist kühl geworden draußen.« Ich helfe ihr, in meine Jacke zu schlüpfen, die ihr einige Nummern zu groß ist und an ihrer zierlichen Gestalt hängt wie ein flatternder Umhang an einer Vogelscheuche. Immerhin werde ich mit einem winzigen Lächeln von ihr belohnt.

»Danke, Ace. Es tut mir leid, dass du jetzt wegen mir die Party verlassen musst.«

»Schon in Ordnung«, versichere ich ihr. In Wahrheit bin ich erleichtert, meinen Arsch von hier fortschaffen zu können. Normalerweise sind solche Events total mein Ding, doch anstatt mich auf das zu besinnen, was mir wichtig ist, habe ich mich von einem hinreißenden Grübchen und einem süßen Knackarsch aus der Spur bringen und mich zu etwas hinreißen lassen, was niemals hätte passieren dürfen.

Auf dem Weg nach draußen läuft uns jemand vom Team vor die Füße. Er hält eine kichernde und offensichtlich sturzbesoffene Blondine im Arm. Er stutzt, als er uns sieht und bleibt stehen. Na super, das hat mir gerade noch gefehlt.

»Tremaine, mein Bester, hast du schon wieder eine an der Angel?«, will er mit schlurfender Aussprache und einem Seitenblick zu India wissen.

»Ich fahre sie nach Hause, sie fühlt sich nicht gut«, stelle ich richtig, damit er keine falschen Schlüsse zieht, wobei ich nicht weiß, warum ich ihm überhaupt antworte.

Er zwinkert India zu und beugt sich vor. »Pass auf, Süße, der Mann will in dein Höschen. Vor ihm ist keine sicher.«

»Kümmere dich lieber um deine eigenen Angelegenheiten«, weise ich ihn zurecht.

Es ärgert mich, dass er in Indias Anwesenheit so über mich spricht. Und dies wiederum verwirrt mich. Bislang hat es mich nie gestört, wenn die anderen aus dem Team mich als Frauenheld und Aufreißer abgestempelt haben, denn ich habe gewusst, sie tun es mit einem Augenzwinkern oder manchmal auch mit leiser Bewunderung.

Ich schüttle das Gefühl des Unbehagens von mir und lege meine freie Hand an Indias Rücken, um sie an meinem Teamkollegen und seiner albern kichernden Begleitung vorbei nach draußen zu dirigieren.

Eine frische Brise lässt uns erschaudern, als wir zu meinem Bike laufen. Es ist kalt geworden; unter dem dünnen Stoff meines Shirts bildet sich sofort Gänsehaut. Ich mag mir nicht vorstellen, wie es India in ihren Hotpants gerade geht, zumal sie sich offensichtlich beschissen fühlt. Über uns funkeln Sterne im nachtschwarzen Himmel, und das Wummern der Bässe mischt sich mit Musikfetzen und dem Rauschen der Brandung von der Bucht. Ich drückte India meinen Helm in die Hand. »Probiere mal, ob er dir passt.«

Ihre Augen, die im diffusen Licht der Außenbeleuchtung des Hauses schimmern, werden groß. »Aber du kannst doch nicht ohne Helm fahren.«

»Mir passiert schon nichts«, versichere ich ihr, als neben einem der geparkten Wagen eine Zigarettenspitze aufglimmt und verglüht.

Remy löst sich aus der Dunkelheit und kommt auf uns zugelaufen. »Hey Leute«, begrüßt er uns und klatscht mich ab. »Seid ihr im Aufbruch?«

»Jepp.« Ich mache eine Kinnbewegung. »Ich fahre India nach Hause, es geht ihr nicht besonders.«

»Du kommst zurück? Ich bin unten am Lagerfeuer, falls du mich suchst.«

»Hört sich gut an, aber ich denke, für mich war's das heute, sorry«, erkläre ich und bücke mich, um mein Bike aufzuschließen.

Verdutzt blicke ich auf, als Remy mich unvermittelt an meinem Shirt packt, hoch- und beiseitezieht. »Du hast getrunken, oder?«, raunt er mir zu, sodass India ihn nicht hören kann.

Ja, verfluchte Scheiße. Ich habe getrunken, obwohl ich dem Coach versprochen hatte, sauber zu bleiben. Aber wer ist Remy? Mein verdammter Aufpasser? Will er mich ans Messer liefern? Verärgert zucke ich mit einer Schulter. »Nicht der Rede wert«, gebe ich mit ebenso leiser Stimme zurück.

»Tu das nicht, Tremaine.«

»Ich kann sie nicht so gehen lassen.« Ich mache eine winzige Kopfbewegung. »Ich muss wissen, dass sie okay ist.«

Remy zieht seine Brauen zusammen. Dann scheint er zu begreifen. »Ich verstehe dich, Mann. Aber dann bleibt einfach hier. Tu es nicht«, flüstert er noch einmal, bevor er sich von mir wegdreht und das Haus ansteuert. Sekunden später hat ihn die Dunkelheit verschluckt.

Heilige Scheiße.

Mir wird schlecht, als mir klar wird, dass ich dabei gewesen bin, einen großen Fehler zu begehen. Einen Fehler mit möglicherweise fatalen Folgen. Ich muss ziemlich durcheinander sein, um mir der Gefahr nicht bewusst gewesen zu sein. Ich danke dem Schicksal, oder wer auch immer da soeben seine Hände im Spiel gehabt hat, dass Remy mir den Kopf zurechtgerückt hat. Ich habe bereits genug Scheiße gebaut. Es wird Zeit, dass ich mich am Riemen reiße.

»Was ist los?« India mustert mich abwartend und mit glasigen Augen. »Stimmt etwas nicht?«

Kann man wohl sagen. Es stimmt so einiges nicht.

»Wir bleiben hier«, erkläre ich knapp. Ich könnte auch ein Taxi verständigen, aber die brauchen hier raus ewig.

Es muss India wirklich schlecht gehen, denn sie protestiert nicht, als ich ihre Hand nehme und meine Finger mit ihren verschränke. Wir gehen zurück ins Haus und folgen der Treppe hoch in den ersten Stock. Zurück in das Zimmer, das wir vor wenigen Augenblicken erst verlassen haben.

»Warum sind wir wieder hier?« India bleibt schwankend stehen, während ich nachdrücklich die Tür hinter uns schließe.

»Wir haben beide getrunken. Ist besser, wenn wir uns in diesem Zustand nicht aufs Bike schwingen«, sage ich ruhig. Ich dirigiere sie zum Bett, wo sie sich anstandslos die Jacke und die Sandalen ausziehen lässt.

Sie gähnt und schnieft leise. »Okay.«

»Warum legst du dich nicht ein bisschen hin?«, schlage ich vor. »Dann geht es dir bestimmt besser.«

»Du bist süß«, sagt sie wenige Augenblicke später und schlingt flink ihre Arme um meinen Hals, um mich zu sich aufs Bett hinabzuziehen und mir durchs Haar zu wuscheln, während ich dabei bin, die Decke über ihr auszubreiten.

Süß.

Verflucht, nein, das bin ich nicht. Kuschelige Teddybären, kleine Schwestern mit blonden Zöpfen oder *Hershey's Kisses* sind süß. Ich möchte nicht, dass sie mich so bezeichnet. Aber dann möchte ich auch nicht, dass sie mir auf diese vertraute, liebevolle Weise durchs Haar fährt, wie sie es gerade tut. Fast so, als seien wir ein Paar. Als seien wir zusammen. Ich hätte mit ihr nicht in dieses Zimmer zurückgehen sollen. Doch es gibt keine Alternative. Sie nach Hause zu bringen, ist keine Option, zum Laufen ist es viel zu weit. Hier draußen fährt um diese Uhrzeit auch kein Bus mehr. Und niemand, der sich auf der Party befindet, ist auch nur ansatzweise nüchtern genug, um India zu fahren.

»Es ist besser, du versuchst jetzt, ein wenig zu schlafen«, rate ich ihr und löse mich sanft aus ihrem Griff. Obwohl mir nicht klar ist, wie das bei dem Lärm, der zu uns hochdringt, überhaupt möglich sein soll. Doch wir sind beide hier gestrandet und müssen irgendwie das Beste daraus machen.

Ich habe das Bedürfnis, allein zu sein. Vielleicht sollte ich zurück an den Strand gehen. Irgendwohin, wo es still ist. Ich will nachdenken. Über das, was heute Nacht geschehen ist. Warum ich es offensichtlich nicht fertigbringe, standhaft zu bleiben, wenn es um dieses Mädchen geht. Warum es ihr immer wieder gelingt, mich herauszufordern. Ich bin extrem angepisst.

»Bleibst du bei mir, Ace?« Indias leise Stimme zerrt mich aus meinen Grübeleien in die Gegenwart zurück. »Lass mich nicht allein, bitte.«

Ich sinke auf die Bettkante und kneife mir in die Nasenwurzel. Da sind Schatten unter Indias Augen. Sie sieht fertig aus. Genauso fertig, wie ich mich fühle. »Eigentlich wollte ich hinunter an den Strand«, gestehe ich. »Nachdenken.«

»Das kannst du doch auch hier«, sagt sie und bevor ich es verhindern kann, greift sie nach meiner Hand und hält sie fest.

Sie wirkt zerbrechlich zwischen meiner großen. Zerbrechlich und klein. Irgendwie fühlt es sich gut an, ihre Hand zu halten, und das sollte es nicht. Unbehaglich verlagere ich mein Gewicht. »India, hör zu ...«

»Ace?«, unterbricht sie mich und versucht vergeblich, ein Gähnen zu unterdrücken.

»Hm?«

»Ich glaube, ich habe mich in dich verliebt«, sagt sie und ihre Lider flattern kurz, bevor sie ganz zufallen.

17. Kapitel

India

Ace hält mir mit einer Hand die Haare aus dem Gesicht, während ich über der Kloschüssel hänge und mir die Seele aus dem Leib kotze. Es ist mir furchtbar peinlich, dass er mich so erlebt. Genauso peinlich, wie die Tatsache, dass ich ihm meine Gefühle gestanden habe. Was habe ich mir nur dabei gedacht? Gütiger Himmel! Ich bin tausend peinliche Tode gestorben, als ich mich beim Aufwachen an meine Worte erinnert habe. Er hat mich wie ein froschgrünes Alien, das soeben mit seinem Raumschiff auf der Erde gelandet ist, angesehen. Das Entsetzen war ihm sprichwörtlich ins attraktive Gesicht geschrieben. Als hätte ich vorgehabt, ihn bei lebendigem Leib zu verspeisen. Oder den wilden Löwen zum Fraß vorzuwerfen. Es war nicht nötig, dass er etwas entgegnete, denn ich habe seiner erschütterten Miene deutlich ablesen können, wie ihn meine Worte geschockt haben. Wie unangenehm ihm mein Geständnis gewesen ist. Und dass er meine Gefühle auf keinen Fall erwidert. Nicht im Geringsten.

Hinter meiner Stirn wüten Dämonen und mein Körper wird von einem weiteren Würganfall geschüttelt. Ich kralle mich an den Rand des Emaillebeckens. Etwas Ekelhaftes steigt meine Speiseröhre herauf und ich muss mich erneut übergeben. Mein Magen krampft, ich krümme mich wimmernd, während mein Körper offenbar darum bemüht ist, alles, jeden noch so winzigen Rest, der sich in meinem Inneren befindet, loszuwerden. Ich werde nie wieder Shots trinken. Niemals wieder. Niemals wieder Tequila oder Bourbon ...

Oh lieber Himmel, ist mir schlecht. Ich möchte sterben.

Ace streichelt mir in kleinen Kreisen über den Rücken, und ich wünsche mir, er wäre nicht hier. Wünsche mir, er würde mich nicht so sehen. Dieses Bild von einer kotzenden India wird sich in seine Netzhaut brennen, wird sich in seiner Seele verewigen, und er wird niemals mehr in der Lage sein, mich zu betrachten, ohne an das hier zu denken. Er wird niemals in der Lage sein, etwas für mich zu empfinden.

Dieser Gedanke ist zu viel für mich. Tränen schießen mir in die Augen. Sie tropfen von meinen Wangen hinab auf meine bloßen Arme, die diese Schüssel wie einen verdammten Rettungsring umklammern. Ich fange unkontrolliert zu zittern an, und meine Kniescheiben auf den harten Fliesen schmerzen.

»Versuche, ruhig zu bleiben«, höre ich Aces dunkle Stimme wenige Zentimeter neben meinem Ohr sagen, »es ist gleich vorbei.«

Woher will er das wissen? Das Grauen hat doch soeben erst begonnen. Ich habe einem Mann, dem ich absolut nichts bedeute, meine Jungfräulichkeit geschenkt – wobei das das geringste Übel ist, denn darauf habe ich es ja angelegt. Ihm gesagt, dass ich mich in ihn verliebt habe, was bei ihm lediglich blankes Entsetzen hervorrief. Und vor genau diesem Mann sitze, oder besser gesagt, *liege* ich nun, halbnackt und lediglich mit einem Slip bekleidet über einer Kloschüssel und breite vor ihm meinen gesamten Mageninhalt aus. Denn leider habe ich mein Oberteil vollgekotzt, bevor ich es ins Bad geschafft habe. Ganz nach dem Motto, wenn India etwas macht, dann macht sie keine halben Sachen. Wenn das nicht der Beginn einer wunderbaren Lovestory ist, weiß ich auch nicht.

Ich würge erneut. Mein Hals brennt, und ich kämpfe gegen das Bittere an, das in mir hochkriecht. »Ich ... kann ... nicht mehr ...«, schluchze ich. Noch nie in meinem Leben habe ich mich so elend gefühlt. Noch nie zuvor mich so geschämt, noch mich so sehr danach gesehnt, mich augenblicklich in Luft aufzulösen.

Der Druck seiner Hand auf meinem Rücken verstärkt sich. Dann lässt er mich los. Er steht auf und betätigt die Toilettenspülung. Er hat genug gesehen. Hat genug von dieser Show und sieht nun zu, dass er schnell von hier verschwindet, schlussfolgere ich, als ich noch einmal trocken würge und mir einen schnellen Tod wünsche.

Ich hätte niemals auf diese Party kommen sollen. Niemals mit Buck oder Seth oder wem auch immer flirten oder tanzen und auch niemals trinken sollen. Und mir unter keinen Umständen Ace Tremaine als gute Wahl für mein erstes Mal einreden sollen. Mit jedem anderen Kerl wäre diese Peinlichkeit nur halb so schlimm. Es scheint, als sei dieser Abend, diese Nacht, eine Aneinanderreihung von Fehlentscheidungen gewesen.

Sis, du bist zu naiv für diese Welt.

Es ist fast, als könnte ich Alex' Stimme hören. Alex, die immer der Meinung gewesen ist, ich müsse tougher, raffinierter und abgebrühter werden. Ansonsten könne ich verletzt werden. Tja, liebste Schwester. Scheint so, als müsste ich noch eine ganze Menge lernen.

Entnervt schließe ich die Augen und lasse die Stirn auf einen meiner Arme sinken. Um mich von meiner Misere abzulenken, konzentriere ich mich auf die Geräusche, die zu mir ins Bad dringen. Irgendwo schlägt eine Tür, jemand lacht. Es ist die helle Stimme eines Mädchens, gefolgt von einer tieferen, dunklen Stimme. Gelächter und Musikfetzen vermischen sich mit dem Plätschern von Wasser, und ein Duft, der angenehm nach Sommerblüten und nicht nach Kotze riecht, steigt mir in die Nase. Ich würde jetzt gern zurück ins Bett kriechen, da mich bleierne Müdigkeit überfällt. Außerdem friere ich auf dem kalten Steinboden, doch ich bin viel zu kraftlos, um mich zu erheben. Viel zu müde ... viel zu schwach. Vielleicht bleibe ich einfach sitzen, umarme diese Kloschüssel und sterbe.

Überrascht zucke ich zusammen, denn unvermittelt schieben sich warme Hände in die Höhlen meiner Achseln und ich werde sanft hochgehoben. Sekunden später fühle ich mich in der Umarmung starker Arme geborgen.

»Ich habe dir ein Bad eingelassen.« Aces tiefe Stimme gleitet wie Samt über meine Haut, sodass sich alle meine Körperhärchen aufstellen.

Wie schön, ich träume. Ich glaube sogar, ich lächle im Schlaf.

»Danach wird es dir viel besser gehen, glaube mir.«

Ich öffne meine Augen, als ich in warmes, nach Rosenblättern duftendes Wasser gleite und begreife, dass ich nicht schlafe. Das ist real. Es passiert wirklich.

Ace hält mich fest, bis ich mit einem leisen Seufzen gegen das weiche Polster des Wannenrandes sinke.

Er ist noch da? Und er hat ein Schaumbad für mich gemacht? Wie in Trance bewege ich meine Finger unter dem mit dickem Schaum bedeckten Wasser, spüre die Wärme in jedes einzelne meiner Glieder zurückkehren. »Ace, wieso tust du das? Was machst du hier?« In meinem Kopf wirbeln die Gedanken umher. Vergeblich versuche ich, die Puzzleteile zusammenzusetzen.

Er sieht müde aus, sein dunkles Haar ist zerzaust. »Frag mich nicht. Vermutlich bin ich masochistisch veranlagt.«

Ich hebe eine Hand und streiche mir eine Haarsträhne aus dem Gesicht. »Danke, dass du das für mich tust.«

Er zuckt mit einer Schulter. »Kein Ding.« Er sagt das so, als würde er jeden Tag betrunkene Mädchen retten und ihnen das Haar aus dem Gesicht halten, während sie sich wie im *Exorzisten* die Seele aus dem Leib kotzen.

»Wie spät ist es?« Ich habe jegliches Zeitgefühl verloren.

»Es wird bald hell. Die meisten haben sich zum Feiern an den Strand verzogen, minus der paar Alkoholleichen draußen auf der Veranda und im Haus«, lässt er mich mit einem vieldeutigen Zwinkern wissen.

So wie ich, meint er wohl. Als wäre mir die ganze Angelegenheit nicht schon peinlich genug. »Es ist fast Morgen? Was ist passiert? Ich kann mich an nichts erinnern.« Ich bete, dass ich nicht rot werde. Natürlich weiß ich noch genau, was passiert ist. Und natürlich werde ich niemals vergessen, wie ich Ace gestanden habe, dass ich mich in ihn verliebt habe. Und wie das darauf folgende Schweigen in meinen Ohren dröhnte. Was das *Danach* allerdings betrifft, besteht meine Erinnerung aus einem einzigen unbeschriebenen weißen Blatt. Ich erinnere mich erst wieder an den Moment, als ich mit hämmernden Kopfschmerzen aufgewacht bin und den Drang verspürt habe, mich sofort meines Mageninhalts entledigen zu müssen.

»Du bist quasi ins Koma gefallen, nachdem ich dich ins Bett verfrachtet habe. Dann hast du geschlafen.«

»Und du bist die ganze Zeit bei mir geblieben?«

»So weggetreten wie du warst, konnte ich dich nicht guten Gewissens allein lassen. Schließlich habe ich dich zum Trinken animiert – also fühle ich mich auch zum Teil mitverantwortlich für deinen ... äh ... Zustand.« Er wirkt fast ein wenig verlegen, als er sich mit allen Fingern durch die Haare fährt.

Wow. »Danke«, wiederhole ich, doch dieses kleine Wort trifft nicht einmal ansatzweise, was ich gerade empfinde.

Er räuspert sich. »Ich besorge dir jetzt ein Wasser, denn du brauchst unbedingt Flüssigkeit. Ach ja, und India?« Seine Stimme klingt seltsam rau.

»Hm?«

»Du solltest in Zukunft vielleicht lieber die Finger vom Bourbon lassen.«

Mein Magen rebelliert flüchtig, als er das B-Wort ausspricht. »Oh Himmel«, ich verdrehe die Augen, »bitte erinnere mich nicht daran.« Beschämt schüttle ich den Kopf, bevor ich feststelle, dass es eine sehr dumme Idee ist, diesen zu bewegen. Hinter meiner Stirn setzt prompt wieder dieses furchtbare Hämmern ein. »Normalerweise trinke ich nie so viel, und schon gar nicht durcheinander.« Er ahnt ja nicht, dass meine Nervosität, ihn wiederzusehen und mit ihm reden zu müssen, der Grund für diese Maßlosigkeit und mein unvernünftiges Verhalten gewesen ist. Ich hätte das erste Glas bereits ablehnen sollen. Im Nachhinein betrachtet, war es ziemlich unklug, es nicht zu tun. »Ab sofort werde ich nichts mehr trinken«, mache ich ihm im Brustton der Überzeugung klar.

Er zieht eine dunkle Braue hoch.

»Zumindest nicht mehr so viel«, revidiere ich kleinlaut und schneide eine Grimasse, da das Teufelchen hinter meiner Stirn nicht müde wird, mich an seine Anwesenheit zu erinnern. »Ace?«

»Hm?«

»Meinst du, du kannst irgendwo ein Aspirin organisieren?«

Sein linker Mundwinkel zuckt. »Dröhnschädel?«

Ich nicke. Ganz vorsichtig. »Ein bisschen.«

Sein Grinsen wird breiter und in seinen espressobraunen Augen tanzen Fünkchen der Belustigung. »Arme, kleine Elfe. Dann will ich mal unten mein Glück versuchen. Ich bin mir sicher, ich werde irgendwo Kopfschmerztabletten auftreiben. In der Zwischenzeit entspannst du hier, okay?« Er legt den Kopf schief. »Ich kann dich allein lassen?«

»Aye, aye, Käpten«, ulke ich, weil mich plötzlich trotz der Schmerzen und des Grummelns in meinem Bauch ein unerklärliches Glücksgefühl durchströmt. Es gelingt mir sogar, ihm ein kleines Lächeln zu schenken, als er mir einen letzten Blick zuwirft, bevor er sich in Bewegung setzt und durch die Badezimmertür verschwindet.

Ich lege seufzend den Kopf zurück und starre an die Decke. Dabei versuche ich, meine Gefühle zu ergründen. Herauszufinden, ob ich bloß zu betrunken war, um nicht zu wissen, was ich Ace gestehe oder ob ich tatsächlich ... verliebt in den Kerl bin.

Ich befürchte, ich war nicht betrunken genug, um meine Worte als Blödsinn vor mir abzutun ...

Na herrlich, India Reynes, verliebe dich in den größten Frauenheld Rockfords!

18. Kapitel

Ace

Unten in der Küche angekommen, durchwühle ich sämtliche Schränke auf der Suche nach Schmerzmitteln. Die Party hat sich inzwischen so ziemlich aufgelöst. Nur noch vereinzelt hocken Leute zusammen, die Musik ist abgedreht. Unter dem Küchentisch liegt ein Kerl auf dem Boden, der offensichtlich seinen Rausch ausschläft. Und zwar lautstark und mit offenem Mund, was ihn als Lebenden identifiziert, obwohl er wie ein Zombie aussieht.

Auch ich bin fix und fertig von den Ereignissen dieser Nacht und stehe kurz davor, aufzugeben, als ich schließlich in einer der unteren Schubladen doch noch fündig werde. Aus einer angebrochenen Packung Tylenol drücke ich eine Tablette aus der Folie und stecke sie mir in die Gesäßtasche, ehe ich den Raum verlasse, um mich auf dem schnellsten Weg wieder nach oben zu begeben. Ich lasse India in diesem Zustand nur ungern allein. Ich fühle mich dafür verantwortlich, immerhin hätte ich ahnen müssen, dass sie nichts verträgt. Genauso, wie ich hätte ahnen müssen, dass sie noch Jungfrau war. Verdammte Scheiße. Innerlich verdrehe ich die Augen. Meine Gedanken fahren seit Tagen Karussell. Vielleicht sollte ich langsam mal ans Aussteigen denken und keine neuen Fahrkarten kaufen. *Das wäre ziemlich klug, Tremaine.*

Ich durchquere den dunklen Flur Richtung Treppe, als ich plötzlich mit der Schulter gegen ein Hindernis stoße. Ich bleibe stehen, um mich bei der Person zu entschuldigen, als mir klar wird, dass es sich um Marietta handelt. Sie wirkt etwas zerzaust und auch nicht sonderlich erfreut, mich zu sehen.

Was zur Hölle macht sie überhaupt noch hier? Und warum von allen Menschen muss ich ausgerechnet auf sie treffen?

Danke, Universum. »Hi, Marietta.« Ich zwinge mich zu einem freundlichen Gesichtsausdruck und mache Anstalten, mich an ihr vorbeizuschlängeln.

»Fick dich.« Marietta schießt mir einen vernichtenden Blick aus ihren Amberaugen zu.

»Du bist immer so bezaubernd«, gebe ich zurück, weil ich keine Lust habe, ihre Spielchen mitzuspielen.

Sie zieht eine Braue hoch, stellt sich mir in den Weg und stemmt die Fäuste in die Taille. »Du hältst dich wohl für besonders witzig, oder?«

»Nun ja ...«, beginne ich und mache einen Schritt zur Seite, da sich in diesem Moment ein Typ an mir vorbeidrängelt.

»Und für unwiderstehlich.«

»Jetzt, wo du es sagst.«

Scheiße, Tremaine, du weißt auch nicht, wann es genug ist.

Ich könnte meinen Mund halten, aber ich bin es leid, dass sie mich jedes verdammte Mal, wenn sich unsere Wege kreuzen, mit ihrer miesen Laune traktiert. Mir ist bewusst, dass ich mit ihr Scheiße gebaut habe, doch irgendwann sollte es mal gut sein. »Ich muss weiter, entschuldige mich«, beende ich unser Gespräch.

Sie hindert mich am Weitergehen, indem sie ihre Finger in meinen Unterarm krallt und mich festhält. So eine Kraft hätte ich ihr nicht zugetraut.

»Wenn ich es mir recht überlege«, sie taxiert mich von Kopf bis Fuß, »gibt es da noch etwas, das ich mit dir bereden wollte.«

Nun bin ich es, der eine Braue hebt.

»Ich weiß zufällig, dass du die kleine Tussi fickst.«

Ihre Worte treffen mich mit der vollen Wucht eines durch die Eishalle sausenden Pucks.

»Keine Ahnung, woher du diese Information beziehst, aber sie ist falsch.«

»Vielleicht gibt sie dir ja das, was du anscheinend bei mir nicht finden konntest«, sagt sie mit so viel Schmerz in der Stimme, dass ich weich werde.

»Es tut mir leid, Marietta, falls ich dich verletzt haben sollte. Ich hätte dir von Anfang an sagen sollen, dass ich kein Kerl für etwas Festes bin.«

»Hoffentlich weiß das die kleine Schlampe auch«, zischt sie.

Was für ein Miststück. Beinah wäre ich auf sie reingefallen.

»Sprich nicht so über India«, knurre ich.

Mariettas Augen werden für wenige Sekunden groß vor Überraschung und verengen sich schließlich zu Schlitzen. »Hoppla, Tremaine. Klingt fast, als würde dir das Mädchen etwas bedeuten. Ach und ...«, sie schenkt mir ein zuckersüßes Lächeln, das im krassen Gegensatz zu der eisigen Kälte in ihren honigfarbenen Augen steht, »hätte ich es nicht schon geahnt, hätte ich spätestens jetzt erfahren, dass du sie fickst.«

Innerlich verpasse ich mir einen Arschtritt. Ich vergesse immer wieder, wie raffiniert das weibliche Geschlecht sein kann.

»Ach ja, du kleiner Klugscheißer und woher willst du das wissen?«, fordere ich mein Glück heraus und spüre, wie ich immer wütender werde. Auf mich. Auf Marietta. Auf diese gesamte, beschissene Situation.

»Ich habe euch gesehen«, klärt Marietta mich auf. »Wie du mit ihr über der Schulter wie ein Bekloppter zum Strand gestürmt bist. Und wie ihr später zusammen die Treppe hochgeschlichen seid. Sie in deiner Lederjacke und du mit deinem Arm um ihre Schultern. Und ich bin nicht blöd, da habe ich eins und eins zusammengezählt. Außerdem hast du gerade meinen Verdacht bestätigt. Du Riesenarsch«, setzt sie nach.

Fuck.

Ich schätze, es zu leugnen, bringt nun auch nichts mehr.

Einen derben Fluch unterdrückend kneife ich mir in die Nasenwurzel. »Was genau willst du eigentlich von mir?«

»Gib die Kleine auf. Hör auf, sie zu vögeln.«

»Ich wüsste nicht, was dich meine Angelegenheiten angehen.«

Ihr Lippenpiercing blitzt im Licht auf, als ein triumphierendes Lächeln um ihre Mundwinkel spielt. »Zufällig ist mir zu Ohren gekommen, dass dir dein Coach den Arsch aufreißen wird, falls du während deiner Bewährungszeit ein Mädchen flachlegen solltest. Dann heißt es bye-bye Karriere, wenn ich das richtig verstanden habe.«

Ein Schlag ins Gesicht.

Schachmatt.

Es verschlägt mir die Sprache.

»Keinen Alkohol, keine ausschweifenden Partys, keine Frauengeschichten«, zitiert sie Manager Casey und stößt das Messer damit bis zum Anschlag in meine Brust.

»Woher zum Teufel ...?« Wie in aller Welt kann sie wissen, welche Worte Casey zu mir gesagt hat? Den genauen Wortlaut habe ich nur zwei anderen Menschen erzählt. Und das waren ...

»Nash hat es mir gesteckt«, klärt sie mich auf und bestätigt meinen Verdacht.

Ich erstarre innerlich. Zur Hölle, ausgerechnet Nash, von dem ich gedacht habe, dass er mein Freund ist?

»Du kannst den Mund wieder schließen, Tremaine.« Der stahlharte Klang in Mariettas Stimme reißt mich aus meiner Schockstarre. »Ich schlage also vor, du behältst deinen Schwanz in der Hose, was dir erfahrungsgemäß nicht leichtfallen wird«, sie stößt ein verächtliches Schnauben aus, »was du aber unbedingt tun solltest, wenn du weiterhin planst, bei den *Legends* zu spielen.«

»Du bist doch komplett irre.« Fassungslos starre ich das Mädchen an, mit dem mich nicht mehr verbindet, als ein paar Nächte mit heißem, schnellem Sex. Wir hatten Sex, wir hatten Spaß. Das war's. Wieso verdammt kommt sie damit nicht klar?

Sie streicht sich eine hellblonde Strähne hinters Ohr. »Irre oder nicht, ich bin jedenfalls nicht diejenige, die in Schwierigkeiten steckt. Aber du, mein Freund.« Sie macht einen Schritt auf mich zu und bohrt mir ihren spitzen Zeigefingernagel in die Brust. »Mach dich lieber mit dem Gedanken vertraut, es dir künftig selbst zu besorgen. Trenn dich von der Kleinen. Ansonsten verrate ich dem Trainer, was da auf Sawyers Abschiedsparty gelaufen ist.« Sie verzieht ihre Lippen zu einem diabolischen Lächeln. »Und dass du dabei bist, alles dafür zu tun, deine Karriere zu ruinieren.«

19. KAPITEL

India

Ace parkt das Motorrad vor dem Wohnheim, bleibt jedoch darauf sitzen.

Ich steige ab, ziehe seinen Helm und seine Jacke aus und reiche ihm beides. Mein offenes Haar flattert ihm Wind. »Magst du noch auf einen Sprung mit hochkommen?«, frage ich höflicherweise, obwohl ich mich viel lieber in Luft auflösen würde – und die letzte Nacht gleich mit dazu, samt Kater und jedem peinlichen Moment. Ich will nur noch unter die Dusche und in mein Bett, wo ich in aller Würde sterben und über meine Worte nachdenken kann, die ich Ace um die Ohren geworfen habe.

Seine Augen sind dunkel und unergründlich, als er mich sekundenlang mustert. Seit er mich im Strandhaus mit einer Schmerztablette versorgt und mir aus dem Bad geholfen hatte, war er merkwürdig einsilbig. »Meine Familie wartet auf mich.« Er schenkt mir ein winziges Lächeln, dann stülpt er sich den Helm mit geöffnetem Visier über, befestigt den Gurt unter seinem Kinn und schlüpft in seine Jacke. »Du bist okay?«, will er wissen.

»Es geht mir gut«, versichere ich ihm lächelnd. »Vielen Dank fürs Fahren.« Ich reibe mir über die Arme. Ohne seine Jacke fröstelt es mich.

»Kein Ding.« Er nickt mir zu und bevor ich Gelegenheit habe, noch etwas zu sagen, hat er die Maschine wieder angeworfen. Ich trete zurück, als er geschickt wendet und mit einem letzten Blick in meine Richtung und röhrendem Motor davonbraust.

Sami wirft ihr Smartphone beiseite und springt vom Bett, kaum dass ich unser gemeinsames Zimmer betrete. »Da bist du ja endlich!« Sie kommt auf mich zu und schließt mich in ihre Arme. »Alles gut bei dir?«

Sie duftet gut, stelle ich fest, als sie mich hält, und ich das Gefühl ihrer Wärme genieße. Nach Duschgel, Parfüm und frischer

Wäsche. Wohltuend gut – und nicht nach Alkohol oder Erbrochenem. Es geht mir zwar um Welten besser als noch vor wenigen Stunden, aber ein wenig flau ist mir noch immer in der Magengegend. Möglicherweise rührt dieses Gefühl aber auch vom Motorradfahren her, denn ich habe noch nie zuvor auf einem Bike gesessen. Obwohl Ace, als ich ihm dies gestand, die Maschine behutsam durch die Kurven gelenkt hatte, kam ich mir teilweise vor wie in einer Achterbahn. »Du tust ja geradezu so, als sei ich verschollen gewesen.«

»Warst du ja auch. Irgendwie. Keiner wusste, wo du warst«, schmollt sie an meinem Ohr.

»Autsch.« Ich löse mich von ihr und presse meine Handballen gegen die Schläfen. Eine Schmerztablette war vermutlich nur ein Tropfen auf dem heißen Stein.

»Was ist los, Süße? Und vor allem, wo warst du? Ich habe mir ernsthaft Gedanken gemacht. Du hast nicht einmal auf meine WhatsApp-Nachrichten geantwortet.« Ihr Blick gleitet über das viel zu große graue Sportshirt, das Ace für mich aus Sawyers Schrank organisiert hat.

»Entschuldige.« Ich deponiere meine Handtasche auf meinem unberührten Bett und werfe das in eine Plastiktüte eingepackte, vollgekotzte Top auf den Boden vor dem Badezimmer. Im Moment fühle ich mich nicht bereit, mir den Beweis meines ausschweifenden Alkoholkonsums vor Augen zu führen, deshalb entscheide ich, mir das Oberteil zu einem späteren Zeitpunkt vorzunehmen. »Ich habe es gestern mit dem Alkohol ein wenig übertrieben. Mir war kotzübel, ich habe mich übergeben und die meiste Zeit sterbend in einem der Zimmer verbracht«, gestehe ich Sami freimütig, bevor ich es mir im Schneidersitz auf meinem Bett bequem mache.

Sami setzt sich neben mich auf meine Tagesdecke und zupft an einem losen Fädchen herum. »War bei diesem Sterbeprozess zufällig ein gewisser heißer Eishockeyspieler zugegen?«

»Möglich.« Ein winziges Grinsen zerrt an meinen Lippen.

Sami stupst mich mit dem Ellenbogen in die Seite. »Ich habe euch zusammen ins Haus verschwinden sehen. Marietta übrigens auch«, fügt sie mit unheilvoller Miene an.

»Ach du Scheiße«, entfährt es mir. »Ernsthaft?«

Sami nickt. »Jepp. Sie wollte wissen, ob ihr zwei was am Laufen habt.«

»Und was hast du gesagt?«

»Dass ich mir nicht sicher bin.« Sami schiebt sich eine Locke hinters Ohr. »Hör zu, es tut mir leid, aber Marietta ist meine Freundin, ich möchte sie nicht anlügen.«

»Schon gut, das verstehe ich.« Nachdenklich kaue ich auf meiner Unterlippe herum. »Es ist mir aber unangenehm, dass sie uns erwischt hat. Ich habe ja mitbekommen, dass sie noch an der Sache mit Ace zu knabbern hat.«

»Und? Was ist jetzt zwischen dir und *Mister Hot as Hell*?«

Ich hebe den Blick und sehe Sami ins Gesicht. »Gute Frage. Ich weiß es nicht. Wir haben nicht darüber gesprochen.«

»Aber ...?«, versucht sie, mir weitere Details über den gestrigen Abend zu entlocken.

»Wir haben miteinander geschlafen.« Ich kann nicht verhindern, dass sich bei der Erinnerung daran erneut ein Lächeln in meine Mundwinkel stiehlt – obwohl danach wieder alles den Bach runterging.

»Oh mein Gott!« Sami packt meine Arme und kraust ihre Nase vor Begeisterung. »Du hast es getan! Dein erstes Mal!«

Ich nicke lachend und presse anschließend einen Handballen gegen meine Stirn. »Autsch.«

»Warst du betrunken?«

»Etwas angesäuselt«, gestehe ich ein. »Jedoch im Vollbesitz meiner geistigen Kräfte. Den Rest hat mir erst der Bourbon gegeben. Ich wollte es. Genau wie er. Und es war wunderschön.« Hitze schleicht sich in meine Wangen, als ich daran denke.

»Er wurde also seinem Ruf als talentierter Lover gerecht, hm?«

»Sami.« Ich schieße ihr einen bedeutungsvollen Blick zu.

»Man wird doch wohl mal fragen dürfen.«

»Um deine Neugier zu befriedigen, ich habe nichts zu meckern. Er hat tatsächlich all meine Erwartungen übertroffen. Und als es mir später dreckig ging, hat er sich wirklich lieb um mich gekümmert.« Sonst wäre ich vermutlich gestorben.

»Wow. So etwas hätte ich ihm gar nicht zugetraut. Nicht nachdem er Marietta ...« Sie schlägt eine Hand vor den Mund. »Entschuldige. Das war gedankenlos.«

Ja, richtig, Ace ist kein Mann für eine Beziehung. Er ist ein Player, ein Womanizer. Inzwischen bin ich auch im Netz fündig geworden, wo ich etliche Artikel über seinen ausschweifenden Besuch in dieser Nachtbar entdeckt habe. Kein Zweifel, er wird seinem Ruf gerecht. Ich habe ihn jedoch auch anders kennengelernt. Und ich bin sicher, dass dieser Mann eine Seite hat, die kaum einer kennt. Unter seiner harten Schale steckt ein weiches Herz. Egal, wie sehr er sich bemüht, es zu verbergen. »Sami?« Ich entknote meine Beine und springe vom Bett. Ich bin einfach zu unruhig, um still dazusitzen, also fange ich an, durchs Zimmer zu laufen.

»Was ist los, Süße?«

Abrupt bleibe ich stehen und umschlinge meinen Oberkörper mit den Armen. Noch immer stecke ich in dem fremden Shirt. »Das ist noch längst nicht alles. Ich war ... sogar schon bei ihm zu Hause«, gestehe ich ihr.

Sami sieht mich überrascht an. »Was? Wann ist das denn bitte passiert?«

»An dem Sonntag nach der Gala, als ich allein spazieren gegangen bin und mir das Bein aufgeschürft habe. Erinnerst du dich?« Ich versorge sie mit einer Kurzversion, inklusive der Tatsache, dass er mich anschließend aus seiner Wohnung hinauskomplimentiert hatte.

»Und das erzählst du mir erst jetzt?«

»Es tut mir leid, Sami. Ich musste das erst einmal mit mir selbst ausmachen. Ich hatte gehofft, dass ich auf der Strandfete herausfinde, warum er sich an jenem Tag so seltsam verhalten hat.«

»Und? Hast du?«

Ich schüttle den Kopf. »Leider nein. Stattdessen habe ich ihm gestern Nacht gestanden, dass ich mich in ihn verliebt habe.« Nachdem ich sicher bin, tatsächlich Gefühle für ihn zu haben, sollte ich darüber nachdenken, was ich nun tue.

Samis Augen werden groß. Sie öffnet den Mund, aber es kommt nichts heraus.

»Sami, sag doch etwas.« Vielleicht habe ich einen Riesenfehler begangen, indem ich ihm mein Herz geöffnet habe. Immerhin hat er sich nicht dazu geäußert, er hat meine Aussage einfach stehenlassen, und wir haben später auch nicht darüber gesprochen. Möglicherweise hat es nichts zu bedeuten, dass er an meiner Seite geblieben ist, als es mir elend ging. Möglicherweise wollte er nur nett sein. Gänsehaut überzieht meinen Rücken, als ich plötzlich anfange zu frieren. »Ich brauche eine heiße Dusche«, verkünde ich und stapfe Richtung Badezimmer davon.

»Warte doch mal!« Sami springt ebenfalls vom Bett, kommt auf mich zu und legt mir einen Arm um die Schultern. »Was hat Ace geantwortet? Wie hat er reagiert?«

»Gar nicht.« Ich schüttle den Kopf. »Das ist es ja. Er hat mein Geständnis unkommentiert gelassen.«

»Scheiße.«

Treffender hätte ich es nicht ausdrücken können. Aber was habe ich auch erwartet? Ja, da war Anziehung zwischen uns, er wollte mich ebenso, aber das bedeutet im Umkehrschluss nicht, dass auch er mehr für mich empfinden würde.

Ich löse mich von Sami und trete ans Fenster, um hinaus auf das Campusgelände zu blicken. Dorthin, wo Ace mit seiner Maschine stand. Ich befinde mich auf einer Gefühlsachterbahn. In der einen Sekunde bin ich euphorisch, erfüllt von Glücksgefühlen, in der nächsten fühle ich mich verdammt mies.

Ich drehe mich zu Sami um. »Ehrlich gesagt weiß ich nicht, was in Ace vorgeht. Er ist nett zu mir, fürsorglich. Stell dir vor, er bestand darauf, dass ich seinen Helm und seine Jacke auf der Heimfahrt trage, obwohl mir beides viel zu groß war. Und er hat mich auf der Strandhausfete keine Minute allein gelassen, als es mir so schlecht ging. Aber dann wiederum«, ich zucke mit den Achseln, »verstehe ich sein merkwürdiges Verhalten von neulich absolut nicht. Und all diese Andeutungen. Dass aus uns nichts werden wird, weil das im Moment keine Option für ihn sei. Dass er nicht gut für mich sei und er die Hände von mir lassen sollte. Es macht mich verrückt, nicht zu wissen, was er damit meint.«

»Dann solltest du der Sache nachgehen und herausfinden, was in ihm vorgeht. Und ob auch er Gefühle für dich hat.« Sie legt den Kopf schief. »Oder gibst du auf?«

»Niemals.« Dafür stecke ich schon viel zu tief in dieser Sache drin. Ich werde herausfinden, wie er zu mir und zu dem, was da zwischen uns passiert ist, steht. Egal, was dafür nötig ist. Irgendwie habe ich den Eindruck, dass mehr hinter all dem steckt. »Aber jetzt verrate du mir mal, was es eigentlich mit diesem bärtigen Ungeheuer auf sich hat, das dich gestern Abend nicht mehr aus seinen Fängen ließ?«, versuche ich, diesmal etwas aus meiner Freundin herauszukitzeln.

Sami winkt ab. »Das war lediglich ein kleiner Flirt. Matt ist total süß, aber weder er noch ich sind auf was Festes aus, wir hatten einfach nur eine gute Zeit miteinander. Hör zu, wollen wir rüber zu *Dunkin' Donuts*, etwas frühstücken? Dort, wo sich normalerweise mein Magen befindet, ist ein großes schwarzes Loch.«

Obwohl ich nicht wirklich Lust auf etwas Süßes verspüre, erkläre ich mich einverstanden. Vielleicht wird ein starker Kaffee meine Kopfschmerzen vertreiben. »Wartest du kurz?«, bitte ich Sami. »Ich will mich rasch frisch machen und umziehen.«

Wenige Minuten später habe ich mich in bequeme Jogginghosen, Sneakers und ein Hoodie geworfen und mir die Haare zu einem Pferdeschwanz zusammengebunden. Bevor wir unser Zimmer verlassen, schnappe ich mir noch meine Laptoptasche und hänge sie mir quer über die Schulter.

»Was willst du denn damit?«, fragt mich Sami mit hochgezogener Braue, während sie in ihre Jeansjacke schlüpft. »Du willst dich nicht ernsthaft am Sonntag mit Unikram befassen, oder?«

»Habe ich nicht vor«, entgegne ich und gebe der Tür mit meiner Hüfte einen Schubs, damit sie hinter uns zufällt. »Ich will ein bisschen im Internet recherchieren.«

»Ach ja?«

»Jepp. Ich denke ...« Ich trete zur Seite, da ein Mädchen in Sporthosen und einem durchgeschwitzten T-Shirt, das ich zu einem der Zimmer weiter hinten in unserem Flur einordne, an uns vorbeijoggt. Sie hebt grüßend eine Hand, und wir grüßen zurück. »Also«, fahre ich fort, nachdem wir wieder unter uns sind, »ich denke, ich sollte mich vielleicht mal ein wenig weiterbilden, was einen gewissen Sport angeht.«

Sami begreift sofort. »Sag nicht, du interessierst dich auf einmal doch für Eishockey.«

»Vielleicht«, gebe ich grinsend zu. Die Sohlen meiner Sneakers quietschten auf den Steinfliesen, als wir die Treppen hinunterlaufen. »Es kann zumindest nicht schaden, wenn ich bei Ace mit meinem frisch erworbenen Wissen glänzen kann, wenn wir uns das nächste Mal über den Weg laufen.«

»Kluges Mädchen«, kommentiert Sami mein Vorhaben mit einem Augenzwinkern und stößt die zweiflüglige Tür auf, die nach draußen führt.

20. KAPITEL

Ace

Es ist Montagnachmittag, was bedeutet, dass wir heute wieder trainieren. Ich sitze in der Umkleide auf der Holzbank und massiere mir die Schläfen, obwohl ich mir längst die Polster hätte anziehen und die Schlittschuhe zubinden hätte müssen. Stattdessen sitze ich da und starre Löcher in die Luft. Als würden dort die Antworten auf meine unausgesprochenen Fragen herumschweben.

Ich bin stinksauer auf Nash und kapiere einfach nicht, wieso er mich verraten hat. Ich kann den Mann kaum ansehen, ohne den drängenden Wunsch zu verspüren, sein Gesicht mit meinen Fäusten bekannt zu machen. Da ich die Situation vor dem Training nicht eskalieren lassen möchte, habe ich mir vorgenommen, ihn mir später vorzuknöpfen und mir ein paar Minuten Zeit genommen, um herunterzukommen.

Remy, bereits in voller Montur, stapft auf Kufen über die Fliesen zu mir und tippt mich mit der Kelle seines Schlägers an. »Hey, Ace, was ist los? Beeil dich lieber«, drängelt er. »Die anderen sind schon in der Halle. Das Training startet jede Sekunde. Oder bist du etwa scharf auf einen Rüffel vom Coach?«

Mit Sicherheit nicht. »Ich mach ja schon«, gebe ich grummelnd zurück und erhebe mich.

Es ist das erste Mal, seit ich denken kann, dass ich keine rechte Vorfreude auf das Training verspüre. Ich habe massives Schädeldröhnen, das vermutlich von Schlafmangel herrührt, denn seit Samstagnacht habe ich kaum ein Auge zugemacht. Durch meinen Kopf zieht sich ein undurchdringliches Knäuel, ein Gedankengeflecht, das mich wach gehalten und beschäftigt hat. Mit Dingen, die nichts mit Eishockey zu tun haben. Zudem lebe ich in der ständigen Sorge, Marietta könnte beim Coach plaudern. Das nagende, ungute Gefühl in meiner Magengrube will nicht verschwinden.

Seitdem ich India mit dem Bike zurück auf den Campus gebracht habe, habe ich nichts mehr von ihr gehört. Ich habe keine Ahnung, ob ich das als gutes Zeichen werten soll, als Zeichen dafür, dass sich die Angelegenheit somit erledigt hat und ich sie zu den Akten legen kann. Im Laufe des gestrigen Tages habe ich immer wieder mit dem Gedanken gespielt, sie zu besuchen, um sicher zu gehen, dass sie okay ist. Dann habe ich die Idee verworfen. Ich mag dieses Mädchen, aber mir ist bewusst, dass ich mit dem Feuer spiele. Es ist definitiv besser, mich völlig zurückzunehmen. Außerdem will ich bei ihr keinen falschen Eindruck erwecken. Sie hat mir gestanden, dass sie sich in mich verliebt hat, und ich will sie nicht ermutigen, indem ich ungefragt bei ihr aufkreuze.

Scheiße, sie hat sich in mich verliebt.

Wie konnte das passieren?

Diesen Brocken muss ich erst verdauen. Er liegt mir im Magen, wie ein zentnerschwerer Stein.

»Ace?«, erinnert mich Remy daran, dass ich lieber einen Zahn zulegen soll.

»Alles klar, ich bin gleich so weit«, versichere ich ihm. Ein genervtes Brummen ausstoßend, setze ich meinen Helm auf und schnappe mir meine Handschuhe.

»Wollen wir nach dem Training bei West vorbeischauen?«, schlägt er beiläufig vor, während wir Richtung Eishalle stapfen. »Er hat sich irgendein cooles neues NFL-Spiel für die Playstation besorgt. Wir könnten ein bisschen zocken und vielleicht erzählst du mir dann, was oder wer dir seit Sawyers Abschiedsfete die Laune verhagelt. Obwohl ich es mir denken kann. Es ist India, diese dunkelhaarige Schönheit, richtig?«

Remy trifft mal wieder ins Schwarze.

Ich gebe ein undefinierbares Knurren von mir, das er als Eingeständnis wertet.

»Ihr habt ja fast die halbe Nacht da oben im Zimmer miteinander verbracht.«

»Ihr war schlecht. Sie hat sich übergeben«, stelle ich klar. Nur damit er nicht sonst was annimmt. Obwohl ich Remy vertraue –

oder zumindest glaube, ihm vertrauen zu können –, widerstrebt es mir, ihm jedes Detail von dieser Nacht zu erzählen. Es käme mir wie ein Verrat an India vor.

»Verstehe.«

»Keiner darf davon erfahren«, warne ich ihn nichtsdestotrotz. »Du weißt, was für mich auf dem Spiel steht.«

»Ehrensache, Bro. Ich kann schweigen wie ein Grab.« Er legt mir zur Bestätigung seine behandschuhte Pranke auf die Schulter. »Also, wie sieht's aus? Fahren wir später rüber zu West?«

»Mal sehen«, gebe ich vage zur Antwort. Es könnte sein, dass Paige dort aufkreuzt. Sie ist nie weit, wenn sich die Jungs vom Team irgendwo treffen. Und wo sich Paige aufhält, könnte auch India in der Nähe sein. Im Moment weiß ich noch nicht, wie ich ihr begegnen soll.

Als wir die Eishalle erreichen, haben sich die anderen bereits eingefunden. Ich vermeide es, Nash anzusehen, nehme einen tiefen Atemzug und fülle meine Lunge mit der kalten Luft. Vielleicht ist sie in der Lage, meine dröhnenden Kopfschmerzen zu vertreiben. Und vielleicht komme ich beim Training endlich mal auf andere Gedanken. Es ärgert mich, dass die Elfe mein ganzes Denken beherrscht, ebenso wie die Angst, aufzufliegen, falls Marietta ihren Mund nicht hält. Was für eine beschissene Situation. Ich will Eishockey spielen, verdammt noch mal. Meine Karriere vorantreiben und mich nicht in abstruse Grübeleien verstricken. Ich möchte mein ohnehin schon kompliziertes Leben nicht noch mit einer Affäre verkomplizieren, die ich ohnehin nicht haben sollte.

Coach Bara verfolgt unser verspätetes Eintreffen mit zusammengezogenen Brauen, aber immerhin enthält er sich eines Kommentars, und ich stoße im Stillen ein Dankgebet aus.

Entschlossen schiebe ich sämtliche Gedanken, die mit India und der Fete am Samstagabend zu tun haben, von mir und konzentriere mich auf das, was in der Halle stattfindet.

Nach dem üblichen Aufwärm- und Konditionstraining lässt Bara uns verschiedene Angriffsvarianten trainieren. Danach üben und feilen wir an unserer Schusstechnik.

Als wir zum Abschluss ein Trainingsspiel machen, sind meine Kopfschmerzen Gott sei Dank so gut wie verschwunden. Ich fliege über die spiegelglatte Oberfläche, die schwarze Scheibe fest im Blick, die Remy mir soeben zugeschossen hat. Weston kommt angerast, versucht, mir den Puck abspenstig zu machen. Unsere Schläger krachen aneinander, wir ringen miteinander, keiner von uns gewillt, dem anderen das Ding zu überlassen. Einige Jungs feuern mich an, aber West gelingt es schließlich, die Hartgummischeibe zu erobern und mit einem Fluch jage ich neben ihm her.

»Ist das alles, was du draufhast, Tremaine?«, donnert Coach Baras Bassbariton durch die Halle. »Komm schon, krieg endlich deinen verdammten Arsch hoch!«

Ich stoße einen weiteren Fluch aus. Verdammt, ich bin angepisst. Kann nicht glauben, dass ich mir das Teil habe abjagen lassen. Wenigstens einmal, ein einziges Mal, möchte ich heute einen Treffer landen. Ich will es dem Coach beweisen. Ich will es mir beweisen, dass ich es noch immer draufhabe und nicht wie eine Pussy beim kleinsten Problem in die Knie gehe.

West skatet wie der Teufel übers Eis, das Tor im Visier, aber da schießt Remy hinter der blauen Linie hervor. Und Remy wäre nicht Remy, wenn er sich nicht die Scheibe holen würde. Er befördert sie zu Buck, der von Nash belagert wird und sie an Fraser weitergibt. Langsam nimmt das Spiel an Fahrt auf.

»Los Fraser«, brülle ich, »rüber zu mir!«

Nash kommt mir ins Gehege, wir prallen aneinander, sodass ich hart gegen die Bande krache.

»Arschloch«, stoße ich zwischen zusammengepressten Zähnen hervor. Diesmal gelingt es mir jedoch, den Puck zu verteidigen. Adrenalin pumpt durch meine Adern, und ich stürme vor, als hinge mein Leben davon ab. Nun ja, irgendwie tut es das auch. Mit der Scheibe auf der Schaufel skate ich über die glitzernde weiße Fläche und das Eis spritzt unter den scharfen Kufen hinweg. Der Goalie hat sich im Butterfly-Stil positioniert, deshalb hole ich aus und feuere einen nach oben gerichteten Schuss aufs Tor. Mein Herz rast, als der Puck an seinem ausgestreckten Handschuh vorbeisurrt und in der rechten oberen Ecke im Netz landet.

Treffer versenkt.

»Verfluchte Scheiße, ja!« Triumphierend stoße ich eine Faust in die Luft.

Die Jungs, die zu meinem Angriffsteam gehören, brechen in begeistertes Gebrüll aus. Remy klopft mir anerkennend auf die Schultern, während der Coach das Spiel abpfeift.

»Gut gemacht, Leute!« Er sieht mich an und nickt kaum merklich.

Wow.

Ich schätze, ich darf diese Andeutung von einem Nicken als Geste der Anerkennung werten.

Mein Leben hat wieder einen Sinn.

Sawyer rast auf mich zu, um mit quergestellten Kufen dicht vor mir abzubremsen und reißt seinen Gesichtsschutz hoch. »Nicht übel, Mann, nicht übel. Du hast mir den Arsch aufgerissen. Dafür gibst du mir das nächste Mal im *Hell's* einen aus.«

»Davon träumst du«, ziehe ich ihn auf und wende mich ab. »Was hängst du hier überhaupt noch herum?«, rufe ich meinem Mitbewohner zu, bevor ich davonskate. »Ich dachte, wir hätten etwas vor!« Scheiß drauf, falls ich India bei West begegnen sollte. Ich bin bereit, mich sämtlichen Herausforderungen zu stellen.

Nachdem ich mich in Windeseile geduscht und umgezogen habe, passe ich Nash ab. »Auf ein Wort, Kincade.« Ich mache eine Kopfbewegung, damit er mir aus der Umkleide folgt.

Ich steuere die Toiletten an und schlage die Tür hinter uns mit einem Krachen zu. Hier sind wir unter uns. Zumindest für den Moment.

»Worum geht's?«, will er wissen und strubbelt sich durchs Haar.

»Das weißt du verdammt genau.« Mistkerl. Ich fixiere ihn aus schmalen Augen und vergrabe die Hände in den Hosentaschen.

Seine Kiefermuskeln mahlen. Er zieht es vor zu schweigen.

»Ich habe nicht gewusst, dass du so ein Arschloch bist.«

»Worauf spielst du an?« Seine Miene bleibt unbeweglich, aber in seinen Augen flackert Unsicherheit auf.

»Du hast geplaudert. Du hast Marietta von meinen Auflagen erzählt.« Ich erwarte, dass er leugnet, doch zu meiner Überraschung nickt er plötzlich.

»Stimmt. Das habe ich.«

Ein paar Sekunden verstreichen, in denen ich ihn nur anstarren kann, dabei wäge ich innerlich ab, ob ich meine Wut kontrollieren kann. Dann versetze ich ihm einen Stoß vor die Brust, der ihn hart gegen den Waschbeckenrand schubst. Ein wenig Dampfablassen tut verdammt gut. »Weißt du, was ich nicht kapiere? Ich kapiere nicht, wie du das tun konntest. Ich bin davon ausgegangen, dass wir Freunde wären, Nash.« Ich betone seinen Namen auf eine Weise, die ihm verdeutlichen soll, wie verachtenswert ich sein Verhalten finde. »Wie scheißnaiv von mir, oder? Du hast dir sicher ins Fäustchen gelacht. Arschloch.« Ich bin drauf und dran, dem Scheißkerl eine zu verpassen. Es juckt mir in den Fingern, doch wenn ich mir eins nicht leisten kann dann weitere Schwierigkeiten. Davon habe ich mir bereits mehr als genug aufgehalst.

Stattdessen werfe ich meinem Teamkollegen einen vernichtenden Blick zu. »Du bist echt das Letzte, Nash Kincade.«

Ich wende mich ab und will gehen, aber Nash hält mich zurück. »Warte, Ace. Bitte«, setzt er nach, da ich zunächst keine Anstalten mache, mich umzudrehen.

Als ich es schließlich doch tue, steht er mit gesenktem Kopf da. »Es gibt keine Entschuldigung für meine miese Aktion. Es tut mir echt leid.« Er hebt den Blick und sieht mir in die Augen. »Es ist nur so ... Du bist ins Team gekommen und warst sofort der Liebling des Coachs. Alle haben dich gemocht, du bist sofort mit jedem klargekommen. Die Frauen fliegen auf dich. Sogar Paige schwärmt unablässig von dir.« Er stößt ein Schnauben aus. »Einmal, als wir ...«, er räuspert sich, »als wir gevögelt haben, hat sie deinen Namen geschrien.«

Heilige Scheiße.

Einen Moment verschlägt es mir die Sprache. Das ist wirklich ... beschissen.

Ich kann verstehen, dass ihn das zur Weißglut gebracht haben muss. Dennoch kein Grund, seinen Frust an mir auszulassen. »Ich habe dein Mädchen niemals angerührt«, stelle ich mit fester Stimme klar. Im Gegensatz zu ihm halte ich mich an den Freundschaftskodex. »Und ich würde es auch niemals tun. Die Freundinnen meiner Teamkollegen«, ich verwende das Wort *Freunde* bewusst nicht, »sind für mich tabu.« Außerdem gibt es nur ein einziges Mädchen, das momentan alle meine Gedanken beherrscht. »Paige mag vielleicht gern flirten, aber sie vergöttert dich, du Idiot.«

»Nicht mehr. Sie hat mich um eine Auszeit gebeten.«

Es wäre übertrieben, zu behaupten, dass mir diese Neuigkeit eine gewisse Genugtuung gibt, aber dennoch empfinde ich kein Mitleid für Nash. Es existiert wohl doch so etwas wie Karma. »Nichts von dem, was ich dir oder Remy anvertraut habe, war je für andere Ohren bestimmt. Du hast mein Vertrauen missbraucht.«

»Hör zu, mir ist klar, dass ich Scheiße gebaut habe, Ace. Es tut mir echt leid. Mir liegt daran, dass wir im Team weiterhin gut auskommen. Kann ich irgendetwas tun, um es wiedergutzumachen?«

Ich schüttle den Kopf und will gehen, doch dann drehe ich mich noch einmal zu ihm um. »Sorge dafür, dass Marietta die Klappe hält.« Immerhin hat er mir die Scheiße eingebrockt. Zumindest die Scheiße mit Marietta.

»Wie soll ich das bitte anstellen?«

Ich zucke mit den Schultern. »Ist mir scheißegal. Lass dir was einfallen.«

Mit meiner Sporttasche über der Schulter und einem gewissen Gefühl der Erleichterung trete ich aus der Tür des Arenakomplexes und steuere den Parkplatz an, auf dem meine Harley auf mich wartet. Ich habe mit Remy verabredet, dass wir uns bei West treffen. Zuvor möchte ich noch bei Mom und Carly nach dem Rechten sehen.

Ich hänge mir die Tasche quer über die Schulter, stülpe mir den Helm über und schiebe meinen Hintern aufs Bike. Mit einem schnellen Kick starte ich den Motor. Scheiße, wie ich dieses Vibrieren liebe, und das tiefe, satte Röhren.

Ich bin im Begriff, Gas zu geben und loszufahren, als ich in den Augenwinkeln jemanden auf mich zulaufen sehe.

India.

Was zum Henker macht sie hier? Mit einem unterdrückten Fluch stelle ich die Maschine ab, schiebe das Visier meines Helms hoch und blicke ihr entgegen.

Sie sieht hübsch aus in diesem pastellfarbenen Blusenshirt, dessen Stoff sich an ihre sanften Kurven schmiegt, engen Jeans und Sneakers. Ihre Haare hat sie zu einem seitlichen Zopf zusammengefasst und über der Schulter hält sie eine Sweatjacke.

In ihre Mundwinkel stiehlt sich ein Lächeln, als sie vor mir stehen bleibt. »Hi.«

Ich ziehe den Helm vom Kopf und deponiere ihn vor mir auf dem Tank. »Du warst nicht zufällig in der Gegend, oder?«

»Nein.« Ihr Grübchen, dieses verfluchte, sexy Grübchen vertieft sich.

Habe ich auch nicht angenommen. »Was tust du hier?« Mein Blick irrt hinüber zum Gebäude, wo gerade zwei Teamkollegen herauskommen. In Kürze wird der Rest folgen. Ganz schlechter Zeitpunkt für ein Plauderstündchen. »Geht es dir wieder besser?«, frage ich aus reiner Höflichkeit.

»Alles wieder im grünen Bereich«, bestätigt sie mit einem Nicken. »Ich wollte dir nochmals danken ...«

»Nicht nötig«, versichere ich ihr. »Das hätte jeder getan.« Ich bemerke, wie etwas in ihren Augen erlischt.

Manchmal kann ich ein richtiges Arschloch sein.

Scheiße, ich möchte sie nicht verletzen. Allerdings bin ich auch nicht scharf drauf, von den Jungs oder vom Coach mit ihr ertappt zu werden. »Hör zu, wie wär's, wenn wir von hier verschwinden und in Ruhe reden?«, schlage ich vor. Wenn wir diese Sache, die da zwischen uns ist und die genau genommen nichts ist, nicht schnellstens klären, werde ich mich noch ewig mit der Sorge herumschlagen, dieses Mädchen könnte sich weiterhin Hoffnungen machen. Außerdem ist es ihr gegenüber nur fair, wenn ich ihr begreiflich mache, dass jeglicher Versuch ihrerseits, mit mir anzubandeln, nur in einer Sackgasse enden kann.

»Reden?«, wiederholt sie überrascht. Sie schluckt und fährt mit der Zungenspitze über ihre vollen Lippen.

Diese Geste lässt meinen Schwanz zum Leben erwachen. Offensichtlich ist er vom *Reden* genauso wenig begeistert wie India. Tja, da habe ich schlechte Neuigkeiten für ihn. In der nächsten Zeit wird erst einmal nicht mehr gevögelt. Definitiv nicht. »Ich muss dir etwas sagen.«

Sie reckt das Kinn. »Um die Ecke ist ein *Fifty's Diner*, die machen legendär gute Milkshakes. Lass uns dorthin gehen, ich treffe mich da später noch mit jemandem.«

»Warum nicht«, stimme ich zu, obwohl ich mir nichts aus Milchshakes mache. Gruseliges Zeug. Wichtig ist jedoch nur, dass dort niemand von den *Legends* herumhängt. Wir können also offen sprechen. »Wir sollten uns beeilen, ich hab nicht viel Zeit.« Ich schätze, das hätte ich nicht sagen sollen. Der Blick, den India mir daraufhin zuwirft, schickt mir einen kalten Schauder über die Wirbelsäule. »Das hat aber nichts mit dir zu tun, okay?«, versuche ich zu beschwichtigen, denn ich kann in ihren Augen sehen, dass ich sie mit meiner Äußerung verletzt habe. Ich steige vom Bike. »Ich kann manchmal ein ziemlicher Idiot sein«, gebe ich achselzuckend zu.

Zumindest entlocke ich ihr damit ein kleines Lächeln. »Was du nichts sagst.«

Nachdem wir eine von den mit rotem Leder bezogenen Sitzecken im *Fifty's Diner* in Beschlag genommen haben, kramt India in ihrer Handtasche und zaubert das Shirt hervor, das ich ihr am Sonntagmorgen organisiert hatte. »Hier, ich wollte dir das heute unbedingt zurückgeben. Es ist sauber, gewaschen und gebügelt.«

»Und gefaltet.« Mit einem Grinsen nehme ich es ihr ab und lege es auf meine Tasche. »Wenn ich gewusst hätte, dass du den vollen Service anbietest, hätte ich dir noch ein paar Sachen von mir mitgegeben.«

»Idiot«, kontert sie gutmütig.

Eine kaugummikauende Kellnerin kommt an unseren Tisch. Sie wirft mir einen interessierten Blick zu und spielt mit einem Kettchen, das in der Vertiefung ihrer in der Vintage Uniform gekonnt in Szene gesetzten Brüste baumelt, bevor sie uns fragt, was sie uns bringen darf. Wir bestellen – der Höflichkeit halber – einen einfachen Milchshake für mich und für India einen Strawberry Cheesecake.

»Hör zu, India«, beginne ich, sobald uns die Kellnerin den Rücken zuwendet, »ich muss dir ...« Verdammt, ich habe doch sonst kein Problem damit, Tacheles mit den Ladys zu reden. »Das mit uns«, ich räuspere mich, »das war eine ...«

»Einmalige Sache?« Sie legt den Kopf schief und knabbert an ihrer Lippe.

Ich nicke. »Jepp. Das war dir doch sicher kl...«

»Kein Thema«, unterbricht sie mich. »Hab auch nichts anderes erwartet. Aber mal was anderes, du ...« Sie strahlt mich an und da ist es wieder, dieses verfluchte Grübchen. »Du bist linker Flügelstürmer, richtig?«

»Bin ich«, entgegne ich, überrascht über den plötzlichen Themenwechsel.

»Also Angriffsspieler«, legt sie nach.

»Das ist richtig.« Ich kneife mir in die Nasenwurzel. Bemühe mich, dieses sexy Grübchen zu ignorieren. Was zum Teufel wird das? Ich mache ihr klar, dass ich nichts von ihr will, und sie plaudert einfach cool weiter. Dieses Mädchen verwirrt mich.

»Da sich während des Spiels die Positionen verändern, übernimmst du hin und wieder die Aufgaben des Mittelstürmers, stimmt's?«

Ich nicke. Schnappe mir ein paar von den Bierdeckeln auf dem Tisch, um damit herumzuspielen, weil ich meine Hände irgendwie beschäftigen muss.

»Ich weiß, dass die Außenstürmer offensiver agieren als die defensiveren Mittelstürmer«, ergänzt sie und schafft es fast, dass ich vergesse, meinen Mund zu schließen.

»Worauf willst du hinaus?«

»Wolltest du denn schon immer Flügelstürmer sein? Liegt dir das mehr, als im Center zu spielen?«

»Mir war nicht klar, dass du dich für Eishockey interessierst«, weiche ich ihrer Frage aus. Ich beuge mich vor und schiebe ihr den dicken Zopf von der Schulter. Anscheinend kann ich meine Hände nicht von ihr lassen. Ich sollte mich wirklich zusammenreißen.

»Samis Bruder spielt Hockey, wie du ja weißt«, sagt sie. »Und Sami ist meine Freundin, also ...« Sie zuckt mit den Schultern. »Da ist es nur natürlich, dass ich mich dafür interessiere.« Sie senkt den Blick, um ihre Fingernägel zu betrachten, und ihre langen Wimpern legen sich wie Kränze auf ihre Wangen.

Verflucht, sie ist hinreißend.

Die Kellnerin kommt und bringt uns die Milchshakes.

Ich lasse meinen unangetastet stehen, aber India greift sich ihr Glas, schiebt sich den Strohhalm zwischen die Lippen und saugt.

Heilige Scheiße.

Ich beobachte, wie sich ihre Lippen bewegen. Und stelle mir vor, wie sich diese um meinen Schwanz ... Nein. *Reiß dich zusammen, Tremaine.* Ich habe mich nicht mit der Elfe getroffen, um mir vorzustellen, wie sie mir einen bläst. Auch wenn die Vorstellung verdammt verlockend ist. Ich lasse meinen Blick tiefer wandern, an ihrer Kehle hinab zu ihrem spitzenbesetzten Ausschnitt. Nicht viel besser, denn als sie sich vorbeugt, blitzt der Ansatz ihrer wunderhübschen Brüste in dem Push-up auf. Ich erinnere mich daran, wie ich ihre kirschroten Nippel gestreichelt habe. Wie ich sie geküsst und geleckt habe, wie weich ihre Haut ist und wie gut sie duftet. Mein Schwanz drängt gegen die enge Jeans, und meine Hoden ziehen sich vor Verlangen zusammen. Ich löse meine Aufmerksamkeit von ihren Brüsten und richte sie zurück auf ihren Mund. Blut schießt heiß in meine unteren Regionen. Ich bin steinhart. Fuck. Ich bin in ernsthaften Schwierigkeiten. »India«, höre ich mich mit seltsam belegter Stimme sagen, »du musst damit aufhören. Sofort.«

Ihre dunklen Augen schimmern unschuldig, als sie den Blick hebt, um mich anzusehen. »Ich muss aufhören?«

Gütiger Gott. Diese sexy Mischung aus Naivität und erotischer Ausstrahlung. Sie macht mich fix und fertig. Ich möchte India sagen, dass sie aufhören soll, ihre Lippen in dieser Weise zu bewegen. Dass sie aufhören muss, mich in dieser Weise anzusehen. Und dass wir uns definitiv nicht mehr treffen werden.

»Sofort«, bestätige ich nickend. Ich erhebe mich, krame hektisch in der rechten Gesäßtasche meiner Jeans, und fische schließlich ein paar Scheine heraus, die ich anschließend auf den Tisch werfe. Mein Schwanz bringt mich noch um.

India blickt mit großen Augen zu mir auf. Sie lässt den Strohhalm los und schiebt das halb leere Glas von sich. »Was ist los, Ace?«

Herr im Himmel, ich möchte sie packen, auf den Tisch werfen und auf der Stelle vögeln. Ich habe verdammt noch mal das Gefühl, dass dieses Mädchen gerade mit mir spielt. Wobei ich gleichzeitig nicht sicher bin, ob sie das tatsächlich bewusst macht.

Ich bin im Begriff, zu einer Antwort anzusetzen, als sich die Eingangstür mit einem Bimmeln öffnet. India löst ihren Blick von mir und winkt fröhlich.

»Hey Seth! Hier drüben!«

Ich drehe mich um und erblicke meinen Teamkollegen Buck. Was zur Hölle ...?

Mit einem fetten Grinsen kommt Buck auf uns zu. Er hält mir seine Faust für einen Check entgegen. »Tremaine, was machst du hier?«

»Dasselbe könnte ich dich fragen?« Mein Blick schwirrt zwischen ihm und India hin und her.

»Was soll ich sagen, anscheinend stehen wir beide auf Vintage Milchshakes«, ulkt Buck.

»Seth und ich sind verabredet«, schaltet sich India ein.

Scheiße, mir gefällt nicht, wie sie ihn anlächelt.

Und was soll überhaupt dieses alberne *Seth*? Der Mann heißt Buck!

Da ich wie ein belämmerter Vollidiot dastehe und dies offensichtlich alles ist, was ich an Information von den beiden erhalte, verabschiede ich mich. »Ich muss mal los. Man sieht sich«, murmle ich mit einem Nicken.

Ich sollte erleichtert sein, dass sich India schnell Ablenkung verschafft. Warum fühlt es sich dann so scheiße an? Ich bin alles andere als froh darüber, dass Buck hier aufgekreuzt ist. Dass die zwei sich *treffen*. Ein jäher Anflug von schlechter Laune erfasst mich, als ich Saywers, von India sorgfältig zusammengelegtes, Shirt in meine Tasche stopfe. Ich hänge sie mir quer über die Schulter und marschiere davon, ohne mich noch einmal umzudrehen.

Anscheinend stehen wir beide auf Vintage Milchshakes.

Was für ein Bullshit.

21. KAPITEL

India

Verdammt. Das ist nicht so gelaufen, wie ich mir erhofft hatte. Ace hat mir einen Korb gegeben. Es ist mir nicht leichtgefallen, meine Enttäuschung zu verbergen, doch ich hoffe, dass er mir meinen unbekümmerten Auftritt abgekauft hat. Ich zwinge mich, Ace nicht hinterherzusehen, sondern verdränge mein Gefühlschaos und konzentriere mich stattdessen auf Seth. »Schön, dass du da bist«, sage ich und meine es auch so. Er scheint wirklich ein netter Kerl zu sein.

»Danke, dass du dir Zeit für mich nimmst«, kontert er mit einem Lächeln und schiebt seinen Hintern auf das rote Lederpolster mir gegenüber. Zu engen, ausgewaschenen Jeans trägt er ein rauchblaues Footballshirt der *Georgia State University*, das perfekt die Farbe seiner Augen widerspiegelt. »Hör zu, die Sache hier bleibt unter uns, ja?« Er neigt sich über den Tisch in meine Richtung und senkt seine Stimme. »Ist mir lieber, wenn die Jungs vom Team keinen Wind davon bekommen.«

Seth lief mir gestern im *Rockford Barista* über den Weg und fragte mich, ob ich ihm für eine bevorstehende Prüfung in seinem Medienkurs helfen könnte. Auf der Fete am Samstag erzählte ich ihm von meinem Studium, was er anscheinend nicht vergessen hatte.

»Meine Lippen sind versiegelt«, verspreche ich ihm. »Aber warum wäre es schlimm, wenn jemand davon erfährt? Ich meine, es ist doch toll, dass du neben deiner Eishockeykarriere noch Abendkurse belegst.«

Er reibt sich über das kantige Kinn, auf dem ein leichter Bartschatten zu sehen ist, und ich merke, dass es ihm nicht leichtfällt, darüber zu sprechen. »Ich habe keinen richtigen Abschluss. Meine Familie ...« Er hält kurz inne. »Das ist alles ein wenig kompliziert. Mein Dad ist abgehauen, als ich mein erstes Semester an der Uni begonnen hatte. Ich musste abbrechen, um mich um die Rechnungen und meine kleinen Brüder zu kümmern. Es war ja sonst niemand da.«

»Deine Mom?«

Seth stößt ein bitteres Lachen aus. »Meiner Mom war lediglich wichtig, dass immer genügend Hochprozentiges im Schrank vorrätig war. Sie verschlief die Tage und trank sich durch die Nächte.«

Ein Anflug von Mitgefühl überfällt mich. Seth wirkt nicht wie jemand, den ein Windhauch aus den Socken hauen kann. Aber ich kann mir gut vorstellen, wie schwierig es werden kann, wenn es um das Wohl der Familie geht. »Oh Shit.«

»Das kannst du laut sagen. Ich bin nicht gerade stolz auf meine Herkunft. Aus diesem Grund ist es mir lieber, die Jungs erfahren nichts hiervon, verstehst du?« Er sieht mich an, und ich erkenne, dass es ihn Überwindung gekostet hat, mir die Wahrheit zu sagen. Er wirkte auf mich bisher immer sehr selbstsicher und unbekümmert, doch wie es scheint, hat jeder sein eigenes Päckchen zu tragen. Jeder.

Ich nicke. »Kein Thema. Ich helfe dir gern«, versichere ich ihm. »Du stammst aus den Südstaaten?«, will ich wissen und deute auf sein Shirt. Mein Blick wird automatisch auf seine kräftigen Unterarme gelenkt, als er seine Ärmel hochkrempelt.

»Greensboro, Georgia. Gut erkannt.«

Das erklärt den leichten Akzent, die sanfte, angenehme Aussprache, die mir bereits auf der Strandfete aufgefallen ist.

Ich möchte etwas entgegnen, aber in diesem Moment taucht die Kellnerin an unserem Tisch auf. Sie steckt sich die Geldscheine, die Ace liegenlassen hat, in ihr üppiges Dekolleté, bevor sie Seth anspricht. »Hey. Was kann ich dir bringen?«

Eine schokoladenbraune Haarsträhne fällt ihm in die Stirn. »Lass mal sehen, ein Root Beer Float? Habt ihr das?«

»Klar Süßer.« Sie zwinkert ihn an und zeigt ihm ihre Zähne. Inklusive des Kaugummis. »Für dich immer. Kommt sofort.«

Seth deutet mit dem Daumen über seine Schulter in ihre Richtung, nachdem sie uns verlassen hat. »Sie hat geflirtet, oder?«

Amüsiert nicke ich. »Ich denke, du hättest gute Chancen auf ein Date mit ihr.« Wie jeder andere Kerl, der so gut aussieht wie Ace oder Seth. Die Kellnerin scheint nichts anbrennen zu lassen.

»Sie ist nicht mein Typ.« In Seths Augenwinkeln tauchen winzige Lachfältchen auf.

Apropos Flirten. »Hör zu, Seth, ich bin nicht ...« Ich räuspere mich. Verflixt, das ist irgendwie peinlich, aber mir ist es lieber, wenn die Fronten zwischen uns von vorneherein geklärt sind.

»Entspann dich, India«, unterbricht er mich. »Alles gut. Ich bin tierisch froh, dass du mir mit meinem Kurs hilfst. Dafür hast du echt was gut bei mir.« Er hält mir seine Hand entgegen. »Freunde?«

Seth hat ein warmes Funkeln in den Augen, das mir gut gefällt. Ich schlage ein. »Freunde.«

Wir plaudern ein wenig belangloses Zeug, und er erzählt mir, dass er in seiner wenigen Freizeit gern surft, bis ihm die Kellnerin das gewünschte Root Beer Float bringt. Natürlich nicht, ohne ihm erneut bedeutungsvoll zuzuzwinkern.

»Hängst du öfter mit Ace ab?«, will Seth anschließend von mir wissen.

»Was?« Um ein Haar hätte ich mich an meinem Shake verschluckt. »Ähm, nein. Wir hatten nur etwas zu besprechen.« Ich gehe nicht weiter darauf ein, sondern belasse es dabei, denn mir ist nicht klar, in welcher Beziehung die beiden zueinander stehen. Auf der Strandparty wirkte es nicht gerade, als seien sie die besten Freunde. Andererseits war Ace offensichtlich angepisst, mich mit Seth tanzen zu sehen. Ich erinnere mich daran, wie er mich gepackt, über seine Schulter geworfen hatte und einfach mit mir davongestapft war. Eine ziemlich abgefahrene Aktion – ich müsste lügen, würde ich sagen, sein Verhalten hätte mir nicht gut gefallen. Umso mehr verwirrt es mich, dass er mir nun einen Korb verpasst hat.

»Du wirkst nachdenklich«, sagt Seth und holt mich zurück in die Gegenwart. »Ist es wegen Ace?«, forscht er nach, als ich nicht gleich antworte. Er lehnt sich zurück, legt einen Arm über die Sitzlehne und sieht mich abwartend an.

Ich zucke mit den Schultern, unsicher, inwieweit ich mich Seth anvertrauen soll. Im Grunde kenne ich ihn nicht.

»Mach dir keinen Kopf wegen ihm. Er ist öfter mal neben der Spur – im Augenblick zum Beispiel hat er dem Alkohol abgeschworen. Wir Jungs haben uns längst an seine Marotten gewöhnt.«

Er hat dem Alkohol abgeschworen? Dann muss er aber an dem Abend der Strandfete einen heftigen Aussetzer gehabt haben. Ich beschließe jedoch, diese Information für mich zu behalten. »Warum denkst du, ist er so komisch drauf?«

»Keine Ahnung. Vermutlich liegt es an dem Problem mit seiner Mom.«

»Was denn für ein Problem?«, frage ich neugierig geworden nach. Die Angelegenheit wird immer rätselhafter.

»Vor drei Jahren hat Ace knapp einen Autounfall überlebt, der seinem Dad das Leben gekostet hat«, erklärt Seth und runzelt angestrengt die Stirn.

Oh mein Gott! Ein Schauder huscht über meinen Rücken und ich halte meinen Milchshake fester. »War Ace der Fahrer?«

»Nein, sein Dad«, stellt Seth richtig. »Seine Mom sitzt seitdem im Rollstuhl und Ace bezahlt für sie und seine Schwester irgendwelche horrenden Therapiekosten. Er lässt sich nichts anmerken, aber ich glaube, die ganze Sache hängt ihm noch ziemlich nach.«

Himmel. Damit hätte ich nicht gerechnet. Ich bin baff und zugleich erschüttert. »Er ist ein feiner Kerl«, bemerke ich leise, an meinem Shake nippend und meine die Worte auch so. Auch wenn mich dieser *feine Kerl* gerade ohne mit der Wimper zu zucken abserviert hat, hat er sich jedes Mal rührend um mich gekümmert, wenn ich in emotionale Schwierigkeiten geriet. Ich denke an die Panikattacke auf dem Ball zurück und wie besorgt er war. Seine Worte, dass er gut verstünde, wie es wäre, anders zu sein, kommen mir in den Sinn – damals bin ich nicht näher darauf eingegangen, weil ich nicht über mich reden wollte. Nun wird mir klar, dass scheinbar auch er mit einigen Problemen klarkommen muss, die sein Leben und seine Entscheidungen beeinflussen. Vielleicht hat sein merkwürdiges Verhalten tatsächlich weniger mit mir als vielmehr etwas mit seiner Familiensituation zu tun.

Seth fährt sich mit gespreizten Fingern durch seinen Haarschopf und sieht mich zerknirscht an. »Scheiße, India, es tut mir leid. Mich geht das Ganze eigentlich überhaupt nichts an. Ace wäre sicher angepisst, wenn er wüsste, dass ich all das über ihn ausgeplaudert habe.«

Dieser Kerl sieht nicht nur gut aus, sondern hat auch noch ein Gewissen. Er wird mir immer sympathischer. »Ich verrate es ihm nicht«, versichere ich Seth. »Wir alle haben unsere eigenen Probleme, mit denen wir klarkommen müssen. Da brauchen wir nicht noch andere Leute, die darin herumstochern.«

»Da hast du recht. Gut, dass du das so siehst, India.« Seth deutet mit dem Kinn auf meinen leeren Becher. »Kann ich dir noch einen bestellen? Ich lade dich ein. Als kleines Dankeschön für deine Hilfe sozusagen.« Er schenkt mir ein Grinsen und schon ist jedes düstere Thema vom Tisch gefegt.

Ich grinse zurück. »Wenn das so ist, gern. Und jetzt sollten wir langsam mit der Arbeit anfangen, oder was meinst du?«

»Absolut«, pflichtet er mir bei und signalisiert der Kellnerin, an unseren Tisch zu kommen.

22. Kapitel

Ace

Warum musst du gehen, Ace?

Nein, Carly hat die Worte nicht ausgesprochen. Muss sie auch nicht. Sie stehen ihr überdeutlich ins Gesicht geschrieben, als ich mich von der Couch erhebe und mich anschicke, das Wohnzimmer zu verlassen.

Ich bin nach dem Training bei Mom und meiner Schwester auf eine Stippvisite vorbeigefahren. Es bricht mir das Herz, Carly so zu sehen. Wir haben Apfeltaschen verputzt, die ich von einem Fast-Food-Restaurant mitgebracht hatte, haben zusammen gemalt und ein paar Runden Mensch-Ärgere-Dich-Nicht gespielt, aber jetzt wird es Zeit für mich, die Zelte abzubrechen, denn ich habe mit Remy vereinbart, ihn nach meinem Besuch am Burbank Drive im *Hell's Kitchen* abzuholen. Vielleicht lenkt mich Remy etwas von meinen Gedanken um Buck und India ab. Ich kann es noch immer nicht fassen, dass die zwei daten, vermeide es aber tunlichst, meiner Vorstellungskraft freien Lauf zu lassen. Es ist besser so. Besser für alle Beteiligten.

Ich gehe in die Knie und greife nach Carlys Fingern, um sie mit meinen zu umschließen. Wie immer bin ich erstaunt, wie klein sich ihre Hand in meiner anfühlt. »Das Training heute hat mich geschafft, und ich will noch ein bisschen mit meinen Freunden abhängen, verstehst du?«

Sie schüttelt den Kopf. Nein, sie begreift es nicht. Abhängen könnte ich doch auch hier bei ihr. Ich verstehe die ungesagten Worte. Aber wie soll man einer knapp Zehnjährigen erklären, dass das Malen mit Wachsmalstiften und Mensch-Ärgere-Dich-Nicht-Spielen nach einer Weile ziemlich ermüdend ist und man sich nach Männergesprächen und dreckigen Witzen sehnt?

»Hey Cricket, weißt du was?« Ich habe es ihr zuvor noch nie gesagt, aber ich denke, der Zeitpunkt könnte nicht perfekter sein.

Carly schüttelt den Kopf.

Ich ziehe an einem ihrer geflochtenen Zöpfe. »Ich habe dir doch schon mal erzählt, dass ich bald zum ersten Mal in der *National Hockey League* spielen werde, erinnerst du dich? Und dass das ein Riesending ist, Cricket, denn wer dort mitmischt, hat es im Eishockey geschafft.« Die Saison wird am dritten Oktober mit dem Hissen des ersten Stanley Cup Championship Banners der *Washington Capitals* vor ihrem Heimspiel gegen die *Boston Bruins* in der Capital One Arena starten. Die *Legends* werden sich zur Feier des Tages im *Hell's Kitchen* versammeln, um das Event live auf den Bildschirmen zu verfolgen. Und um zu feiern, natürlich. Am zwölften Oktober wird es auch für uns endlich so weit sein, wenn wir gegen die *Red Wings* antreten. Mein Herz klopft schon jetzt rekordverdächtig, wenn ich nur daran denke. »Das ist eine wirklich große Sache für mich, Cricket«, wiederhole ich, um es meiner Schwester zu verdeutlichen.

Carly beißt sich auf die Unterlippe und nickt, aber ich sehe ihr an, dass sie nicht richtig weiß, was sie von meiner Ansprache halten soll.

»Und weil das alles so wichtig ist«, fahre ich ernsthaft fort, »möchte ich diesen Moment mit den liebsten Menschen, die ich habe, teilen. Deswegen werde ich dich und Mom dazu einladen. Ich werde euch Karten für die Tribüne besorgen. Ihr werdet dabei sein, und zusehen, wie ich mit den *Legends* spiele – mit all den anderen Fans im Stadion.« Natürlich werde ich auch die Fahrt mit dem Greyhound für meine Mutter und Schwester bezahlen und für eine entsprechende Unterkunft zum Übernachten in Detroit sorgen. Aber das erwähne ich Carly gegenüber noch nicht, ich möchte sie nicht überfordern. »Verstehst du, was ich dir sage, Cricket?«

Carlys Augen werden groß und rund wie Untertassen.

»Denkst du, dass du dich darüber freuen wirst, mich in der Arena spielen zu sehen?« Ich wickle mir einen blonden Zopf um den Finger. »Und ich verspreche dir, ich werde nur für dich spielen.«

Für dich, Mom und Dad. Vor allem auch für Dad.

Ich werde von der Wucht ihres kleinen Körpers fast umgehauen, als sie sich mir in die Arme wirft. »Wow, langsam, Cricket. Ich nehme das mal als Zustimmung dafür, dass du dich freuen wirst.« Meine Kiefermuskeln schmerzen, weil ich nicht mehr aufhören kann zu grinsen. Carly hält sich an mir fest. Ich küsse ihren Scheitel und drücke sie sanft, bevor ich mich von ihr losmache und mich erhebe.

Eine Bewegung in den Augenwinkeln veranlasst mich dazu, mich umzudrehen.

Es ist Mutter, die in ihrem Rollstuhl in der Tür verharrt. »Ist das wahr, Ace? Wir werden dich live in der NHL spielen sehen?« Sie knetet die Hände in ihrem Schoß und ihre sonst blassen Wangen sind vor Aufregung gerötet.

Ich mache einen Schritt auf sie zu. »Ja, Mom. Ich möchte dich und Carly einladen, mit mir nach Detroit zu kommen«, erkläre ich ihr mit einem breiten Grinsen und sage das nicht ohne Stolz. »Ich habe schon mal ein bisschen im Netz wegen einer Unterkunft recherchiert und denke, ich habe etwas Schönes gefunden. Und die Sache mit den Tickets ist auch schon angeleiert.«

Carly zupft an meinem Shirt. Ich kann die Aufregung in ihren leuchtenden Augen erkennen, als sie zu mir aufsieht.

»Wenn ich das nächste Mal vorbeikomme, zeige ich euch im Internet ein paar Bilder von der Frühstückspension in Woodbridge, die ich ausgesucht habe«, erkläre ich und nicke Mutter zu. »Von dort aus gibt es eine perfekte Busanbindung zur Little Caesars Arena, wo wir spielen werden, und natürlich ist die Pension auch rollstuhlgerecht ausgestattet.« Ich bin froh, dass ich an alles gedacht habe.

Mom schlägt sich eine Hand vor den Mund. »Oh du liebe Güte, Ace! Wenn nur dein Dad das noch erleben dürfte.« Ihre braunen Augen schimmern verdächtig. Sie streckt mir eine Hand entgegen, um mir zu zeigen, dass sie mich umarmen möchte.

Mit wenigen Schritten überbrücke ich die Distanz zwischen uns und nehme meine Mutter in den Arm.

»Ich bin so stolz auf dich, Darling«, murmelt sie an meinem

Ohr und streichelt dabei über meinen Rücken. »Unfassbar stolz. Du machst mich glücklich.« Sie löst sich von mir, und ich richte mich auf. Nachdenklich studiert sie mein Gesicht. »Dass du deinen Traum leben darfst; Dads Traum«, fügt sie leise an und schüttelt den Kopf, als könnte sie das alles nicht glauben, »lässt mich so manchen schlechten Tag überstehen, weißt du das?«

Ich schiebe meine Fäuste in die Vordertaschen meiner Jeans. »Ich weiß, Mom.« In meinem Hals bildet sich ein rauer Klotz, der mir das Schlucken erschwert. Ihre Worte verdeutlichen mir, dass ich das mit den *Legends*, geschweige denn mein Debüt bei der NHL, auf keinen Fall in den Sand setzen darf. Ein Scheitern meiner Karriere würde nicht nur mir den Boden unter den Füßen wegziehen.

Ich muss sie wohl irgendwie auf dem Schirm gehabt haben, denn kaum habe ich das *Hell's Kitchen* betreten, fällt mein Blick auf Marietta – und das, obwohl die Bar mal wieder rappelvoll ist. Sie und eine Freundin haben einen der vorderen Tische in Beschlag genommen, und ich mache drei Kreuze, als ich es schaffe, unbemerkt an den beiden vorbeizulaufen. Ich bezweifle, dass es mir gelingen würde, Marietta gegenüber auch nur ansatzweise höflich zu bleiben.

Ich steuere die Theke an, als ich Remy dort sitzen sehe. »Hey Remy, mein Freund. Bereit zum Abflug?«, frage ich und boxe ihm spielerisch gegen den Oberarm.

Remy macht eine Kinnbewegung in Richtung des freien Hockers neben sich. »Schwing deinen Arsch da drauf und lass mich mein Bier in Ruhe austrinken.«

»Meinetwegen. Weil du es bist.« Fünf Minuten werden mich nicht umbringen, entscheide ich und setze mich zu ihm an den Tresen.

»Cool.« Remy nickt mir grinsend zu. Seine Augen sind glasig, und ich habe den Eindruck, dass er ein bisschen über den Durst getrunken hat. Ich gönne es ihm, Remy ist jemand, der sich selten gehenlässt.

Als er schließlich seine Flasche abstellt und vom Hocker rutscht, atme ich dennoch erleichtert auf. »Kann's losgehen?«

Er hebt den Zeigefinger und gibt sich keine Mühe, einen ausgewachsenen Rülpser zu unterdrücken. »Moment noch. Muss mal eben kurz für große Panther«, sagt er und verschwindet Richtung Toilette.

»Hey Ace.« Cathy lächelt mich von der anderen Seite der Theke aus an. »Wie wär's mit einem Mountain Dew aufs Haus, während du wartest?« Anscheinend hat sie bemerkt, dass ich auf nichtalkoholische Getränke umgestiegen bin.

»Nett von dir, aber nein danke. Ich will gleich los«, erwidere ich freundlich.

Da Remy viel zu lange auf der Toilette braucht, beschließe ich, ihn dort aufzugabeln. Ich verabschiede mich von Cathy und schiebe mich durch das Gedränge.

»Ace, mein Guter.« Eine Hand legt sich auf meine Schulter und ich drehe mich um.

Buck steht grinsend vor mir.

Sofort fege ich seine Hand von mir. »Was soll das?«

Buck runzelt die Stirn und sieht mich verwirrt an. »Was ist dir denn über die Leber gelaufen? Du warst schon beim Training so aggressiv.«

Bucks fröhliche Miene geht mir tierisch auf die Eier. Als bestünde das Leben nur aus Sonnenstunden. »Kümmere dich um deinen eigenen Scheiß.«

»Alter. Alles gut.« Buck hebt beide Hände, um mich zu beschwichtigen.

»Wie war dein Date?«, entfährt es mir, bevor ich mich stoppen kann. Aber die Tatsache, dass ich nicht weiß, was zwischen ihm und India gelaufen sein könnte, macht mich verrückt.

»Mein ... Date?« Buck legt seine Stirn in Falten.

»Mit India, im *Fifty's Diner*. Schon vergessen?«, spöttle ich. Als wüsste er das nicht ganz genau.

Er mustert mich einen Moment, als hätte ich nicht mehr alle Tassen im Schrank. Dann zucken seine Mundwinkel und bringen meinen Wutpegel in einer Millisekunde zum Überlaufen. »Ach, darauf willst du hinaus«, sagt er und nickt mir zu. »India ist echt eine Kluge, weißt du? Nicht nur unglaublich hübsch, sondern sie hat auch was im Köpfchen. Wenn du mich fragst ...«

Ich frage gar nichts. Ich explodiere.

Meine Faust knallt krachend gegen Bucks Kieferknochen und etwas in mir freut sich tierisch über diesen Treffer. Ich spüre Erleichterung, während ich zwei Mädchen kreischen höre, die in diesem Moment an uns vorbeilaufen.

»Scheiße!« Buck reißt die Augen auf und hält seine Wange. »Drehst du jetzt komplett durch?«

Fuck, ja! Offensichtlich tue ich das!

Der ersten Genugtuung folgt ein schlechtes Gewissen. Ich fahre mir mit allen Fingern durch die Haare. »Verdammt, Buck, sorry. Es tut mir leid.«

Buck schüttelt den Kopf. Er wirkt völlig perplex. »Was zur Hölle ist in dich gefahren, Mann?«

»Keine Ahnung«, sage ich und Indias Gesicht blitzt vor meinem geistigen Auge auf. Ich beiße die Zähne aufeinander und verdränge es. Irgendwo in meinem Hinterkopf läuten Alarmglocken, die versuchen, mich wachzurütteln, aber auch die ignoriere ich gekonnt. Stattdessen versuche ich, die aktuelle Situation zu entschärfen, in die ich mich manövriert habe. »Tut mir leid, Mann«, sage ich zu Buck, der sich zum Gehen abwendet. »Ich weiß nicht, was in mich gefahren ist.«

Buck dreht sich noch mal zu mir um. Er fixiert mich nachdenklich, und ich entdecke einen Anflug von Verständnis in seinem Blick. »Dann solltest du das schleunigst herausfinden, Kumpel. Im Gegensatz zu dir, ist mir nämlich längst klar, welcher Teufel dich reitet.«

Damit lässt er mich stehen.

23. Kapitel

India

Ich bin mit Sami zum Lunch verabredet, was leider nicht allzu oft der Fall ist, da unsere jeweiligen Vorlesungspläne zu unterschiedlich sind. Umso mehr freue ich mich auf unser Treffen und einen gemütlichen Plausch und trabe nach meiner Publizistikvorlesung zielstrebig Richtung Mensa. Nach dem Korb neulich von Ace kann ich jede Menge Aufmunterung gebrauchen, das hat mir einen ganz schönen Tiefschlag verpasst.

Ich trete durch die gläsernen Flügeltüren und scanne die Kantine nach meiner Freundin ab. Fast im selben Moment entdeckt sie mich und winkt mir von einem Achtertisch aus zu. Schade, sie ist nicht allein. Allerdings war es auch ein wenig naiv von mir, anzunehmen, wir wären beim Lunch unter uns. Paige und Marietta sitzen bei ihr, die anderen drei am Tisch kenne ich nicht. Bei Mariettas Anblick sinkt prompt meine Laune. Ich habe keine Lust, mich mit ihr zu unterhalten. Vermutlich spuken ihr ähnliche Gedanken durch den Kopf, denn ihre Gesichtszüge entgleisen, kaum dass sie mich erspäht. Zwar hat sie sich rasch im Griff doch ich habe gesehen, dass sie ebenfalls nicht scharf auf meine Gesellschaft ist. Eine Sekunde lang zögere ich und überlege, ob ich mir einen anderen Platz suchen soll. Ich will meine Freundinnen jedoch nicht vor den Kopf stoßen und geselle mich zu ihnen, um meinen Rucksack auf den freien Stuhl neben Paige zu werfen.

»Hey Mädels«, grüße ich in die Runde, wobei ich bewusst den Blickkontakt mit Marietta meide. »Ich organisiere mir rasch mein Essen.«

Sami wirft mir eine Kusshand zu. »Bis gleich!«

Dank der relativ kurzen Schlange an der Essensausgabe kehre ich wenige Minuten später mit einem vollen Tablett zurück.

Paige rückt zur Seite, um mir Platz zu machen. »Hi India, alles klar?«

»Sicher.« Ich nicke und strahle sie an. Ich werde den Teufel tun und in Mariettas Gegenwart mein Seelenleben ausbreiten und schon gar nicht über Ace sprechen.

Sami schiebt sich eine Gabel voll Spaghetti in den Mund. »Ach India, ich habe übrigens heute früh beim Einkaufen Buck getroffen«, nuschelt sie. »Er lässt dir Grüße ausrichten.«

»Ach ja?« Unwillkürlich schleicht sich ein Grinsen auf mein Gesicht. Seth und ich hatten uns so angeregt im *Fifty's Diner* unterhalten, dass das Lernen dabei etwas zu kurz gekommen war. Deshalb hatte Seth mich gestern angeschrieben und gefragt, ob wir uns noch einmal zusammensetzen könnten, um das Thema seines Kurses zu vertiefen.

»Ihm ist rausgerutscht, dass ihr euch heute Abend im *Rockford Barista* treffen wollt.« Sami kraust ihre Nase und grinst. »Es machte ganz den Eindruck, als wäre es ihm irgendwie peinlich, nachdem er es ausgeplaudert hatte.«

Ich ringe mit mir, da ich nicht genau weiß, was ich darauf antworten soll. Immerhin hatte ich Seth versprochen, sein Geheimnis zu wahren. Bevor ich jedoch dazu komme, mich zu der Angelegenheit zu äußern, knallt Marietta ihr Besteck auf den Tisch.

»Echt jetzt, India? Erst krallst du dir Ace und jetzt auch noch Buck? Du wirfst dich wohl jedem Kerl an den Hals, oder?« Abschätzig funkelt sie mich aus ihren hellbraunen Augen an. »Was bist du? Ein verdammtes *Legends*-Flittchen?«

Schlagartig verstummen jegliche Gespräche an unserem Tisch. Sämtliche Augenpaare richten sich auf mich.

Verdammte Marietta! Was erlaubt sich dieses Mädchen? Hitze brennt auf meinen Wangen, als ich meinen Blick auf sie hefte. »Du meinst, über mich urteilen zu können, obwohl du mich überhaupt nicht kennst? Deine Worte, die du mir da eben an den Kopf geworfen hast, sagen so viel mehr über dich aus als über mich.« Ich zwinge mich, äußerlich ruhig zu bleiben, obwohl mein Herz wild gegen meine Rippen donnert, und wende meine Aufmerksamkeit wieder meinem Lunch zu.

Himmel, mir ist schlecht. Ich denke nicht, dass ich auch nur einen Bissen runterbekomme. Trotzdem beschäftige ich mich mit meinem Essen, als gäbe es nichts Interessanteres in diesem Moment. Auf keinen Fall will ich Marietta die Genugtuung geben, zu wissen, dass mich ihre Worte getroffen haben.

»Du bist echt das Letzte«, höre ich Sami zu Marietta zischen. »Drehst du jetzt komplett ab?«

Stuhlbeine schrammen über den Fliesenboden, als Marietta aufspringt. »Wisst ihr was? Ihr könnt mich alle mal. Und zwar kreuzweise!« Sie rauscht davon, und niemand hält sie zurück.

»Gut gekontert«, murmelt Paige neben mir und streicht mir dabei über den Rücken.

Ich fahre fort, in meinem Lunch zu stochern. An meiner linken Schläfe zuckt ein Nerv, aber das lästige Zucken ignoriere ich genauso wie das dumpfe, nagende Gefühl in meiner Magengegend. Eine Mischung aus Zorn, Wut und Betroffenheit.

»Wir alle kennen Mariettas spitze Zunge. Und dass sie oft Dinge sagt, die sie nicht so meint.« Sami lehnt sich über den Tisch hinweg und legt ihre Hand auf meinen Unterarm. »Aber das ... geht echt zu weit. Sorry, Süße.«

»Ich glaube nicht, dass Marietta und ich in diesem Leben noch Freundinnen werden«, stelle ich klar, und das ist die Untertreibung des Jahrhunderts. Normalerweise gebe ich jedem eine zweite und von mir aus auch dritte Chance, aber bei dem Mädchen weiß ich, dass ich sie künftig nur noch von hinten sehen möchte.

»Habt ihr zwei denn was am Laufen? Buck und du?«, forscht Paige nach.

Ich schüttle den Kopf. »Wir sind Freunde, das ist alles. Und es geht Marietta verdammt noch mal einen Scheiß an, mit wem ich mich treffe.« Verflixt, ich bin echt sauer.

»Sie hatte mal ein Auge auf Buck geworfen, konnte aber nie bei ihm landen«, klärt mich Sami auf.

»Ist doch nicht mein Problem.«

»Na ja, und dann hat sie mitbekommen, wie du mit Ace abhängst.« Sami und Paige tauschen einen vielsagenden Blick.

Ich zucke mit den Schultern. Zwischen Ace und mir läuft

nichts. Nada. Es ist eine geschlagene Woche her, dass ich mit ihm gesprochen habe. Seitdem habe ich weder etwas von ihm gehört noch bin ich ihm irgendwo über den Weg gelaufen. Auch im *Hell's Kitchen* ist er nicht aufgetaucht – zumindest war er nicht da, als ich mit Sami auf eine Stippvisite vorbeikam. Doch ich will das nicht an die große Glocke hängen, zumal nur Sami weiß, was in der Nacht im Strandhaus wirklich zwischen ihm und mir passiert ist. Dass ich kein Lebenszeichen mehr von ihm erhalte, zieht mich runter, und ich versuche, mich so gut wie möglich abzulenken. Deshalb hatte ich mich auch auf die Verabredung mit Seth heute Abend gefreut. Eigentlich.

»Lass dir nicht die Laune verhageln«, rät mir Sami. Als ob sie ahnt, was mir gerade durch den Kopf geht. Aber sie hat ja recht. Ich sollte mich weder von Ace noch von Mariettas dummem Gerede runterziehen lassen. Zumal Sami und Paige auf meiner Seite sind.

Ich raffe mich zu einem schiefen Lächeln auf. »Schon gut. Aber das nächste Mal, wenn wir uns zum Lunch verabreden, Leute, dann bitte unbedingt ohne ...«

»Marietta«, ergänzen Sami und Paige wie aus einem Mund.

»Ich werde ihr auf jeden Fall stecken, wie mies ich die Aktion heute von ihr fand«, verspricht Sami.

»Ich auch.« Paige nickt mir aufmunternd zu.

»Das ist süß von euch, aber ...«

»Kein Aber. Es gibt Sachen, die gehen gar nicht«, stellt Sami resolut klar.

Paiges Blick gleitet über mein Essen, das ich nicht angerührt habe. »Hey sagt mal, wollen wir nicht auf einen Sprung rüber zu *Dunkin' Donuts*? Ich habe plötzlich einen irrsinnigen Heißhunger auf was Süßes.«

Sami stöhnt und rollt mit den Augen. »Oh ja, ich brauche jetzt auch etwas Nervennahrung. Ich bin dabei, meine nächste Vorlesung beginnt erst in einer Stunde. Wie sieht's bei dir aus, India?«

Beide sehen mich abwartend an.

Obwohl mir nach Mariettas Verbalattacke der Appetit auf mein Mittagessen gründlich vergangen ist, habe ich tatsächlich auch nichts dagegen, zu sündigen. Außerdem ist mir klar, dass mich die beiden mit diesem Vorschlag ablenken wollen, und ich will keine Spielverderberin sein. Ich schenke den zweien ein Lächeln. »Wisst ihr was? Ich habe eigentlich gleich ein Medienrecht-Tutorium, aber wer kann schon dem Ruf der süßen Zuckerkringel widerstehen?«

Ich jedenfalls nicht.

Wir packen unsere Siebensachen zusammen, bringen die Tabletts zum Laufband und kehren der Mensa den Rücken.

Seth und ich haben das *Rockford Barista* als Treffpunkt auserkoren, weil das Café genau in der Mitte zwischen seinem Apartment und meinem Wohnheim liegt und wir es leicht und schnell zu Fuß erreichen können.

»Verdammt, mir schwirrt der Schädel.« Nach zwei Stunden Hardcore-Lernen strubbelt sich Seth durchs Haar und betrachtet mich mit einem schiefen Grinsen. »Ich muss sagen, du hast es wirklich drauf, India. Es war nicht gelogen, als ich letztens Ace gegenüber bemerkt habe, dass du echt klug bist.«

»Ach ja?« Bei der Erwähnung von Aces Namen setzt mein Herzschlag sekundenlang aus. »Und was hat er dazu gesagt?«

»Er hat sich mit einem Kinnhaken für meine Einschätzung bedankt.« Seths Grinsen wird breiter.

»Wie bitte?«

»Der Kerl steht auf dich.«

Ich verdrehe die Augen. »Sicher.«

»Ernsthaft.«

Ich ziehe eine Braue hoch. »Wenn das so sein sollte, hat er eine merkwürdige Art, das zu zeigen.«

»Du weißt doch, wie das ist. Wir Typen tun uns manchmal schwer mit Gefühlen.« Seth hebt die Schultern.

»Was du nicht sagst.« Hoffnung keimt wieder in mir auf wie ein zartes Pflänzchen. Vielleicht ist ja noch nicht alles verloren mit Mister *Hot as Hell* und mir? Wenn selbst Seth glaubt, dass

Ace etwas für mich übrighat, hat mich meine Intuition doch nicht getäuscht. Aber ich bin verwirrt, denn Seths Aussage und die Abfuhr von Ace passen wirklich nicht zusammen.

Ich werfe einen raschen Blick auf mein Handy und unterdrücke ein Gähnen. So gern ich mit Seth Zeit verbringe und ihm mit seinem Kurs helfe, bin ich jetzt doch müde geworden. Außerdem habe ich mich fast heiser geredet. »Hör zu, ich sollte langsam mal los«, weise ich ihn darauf hin, dass es spät geworden ist. Das Café müsste gleich schließen, wir sind tatsächlich die letzten Gäste.

Seth sammelt flink seine Unterlagen ein, um sie in eine lederne Umhängetasche zu stopfen. »Habe gar nicht bemerkt, dass die Zeit so verflogen ist. Das muss an der angenehmen Gesellschaft liegen.«

»Charmeur.«

Er zwinkert mir zu. »Kann ich dich nach Hause begleiten?«

Ich schüttle den Kopf. »Ich hab's nicht weit. Nur die Straße runter, dann bin ich schon auf dem Campus.« Normalerweise bin ich ein kleiner Schisser, was das Laufen in der Dunkelheit angeht, aber der East Market Drive ist gut beleuchtet und es sind etliche Leute unterwegs – ich werde also nicht allein unterwegs sein.

»Na gut.« Er steht auf und hängt sich seine Ledertasche quer über die Schulter. »Ich gehe rasch zum Bezahlen vor zur Theke. Bitte«, setzt er nach, als ich anfange zu protestieren, »lass mich das machen. Das ist das Geringste, was ich tun kann, um dir für deine Zeit und Hilfe zu danken.«

»Das habe ich gern gemacht, Seth. Aber wenn du darauf bestehst, mich einzuladen, sage ich nicht nein.« Ich nicke ihm zu und blicke seiner hochgewachsenen Gestalt hinterher. Nicht zum ersten Mal stelle ich fest, dass er ein echt netter Kerl ist. Gutaussehend dazu. Die Dinge wären vermutlich viel einfacher, wenn ich mich in Seth verlieben könnte. Warum kann ich das nicht einfach machen? Ich rolle innerlich mit den Augen. Weil mein Herz an Ace vergeben ist. Und da hat kein anderer Mann eine Chance. Leider.

Der Wind hat vom Meer her aufgefrischt und die Straßenlaternen leuchten, als wir das *Rockford Barista* verlassen. Ich ziehe den Reißverschluss meiner langen Strickjacke bis unters Kinn, bevor Seth und ich uns verabschieden und in unterschiedliche Richtungen davongehen. Ich bin völlig in Gedanken um Ace verstrickt, während ich den East Market Drive entlanggehe, sodass ich um ein Haar mit einem Skateboardfahrer zusammenstoße, der einen Tick zu flott den Gehweg entlangrollt. Er ruft mir ein *Sorry* zu und hebt zur Entschuldigung eine Hand. Kopfschüttelnd ermahne ich mich, besser aufzupassen und nicht in Tagträumereien zu versinken. Schließlich habe ich vor, an einem Stück wieder auf dem Campus aufzuschlagen. Trotzdem kann ich nicht verhindern, dass mir ständig Seths Worte in den Sinn kommen.

Der Kerl steht auf dich.

Schön und gut. Falls das wirklich stimmen sollte, bleibt noch immer die Frage, warum er vehement darauf besteht, dass mit uns nichts mehr laufen wird. Der Mann ist nach wie vor ein einziges Rätsel.

Ich bleibe an der letzten Kreuzung stehen, die mich vom Campusgelände trennt, da die Fußgängerampel auf Rot schaltet. So ein Mist. Inzwischen pfeift der Wind durch den Strickstoff meiner Jacke, und ich friere richtig. Ich kann es kaum erwarten, endlich zurück im Wohnheim zu sein, mich in bequeme, warme Klamotten zu werfen, und mit Sami zu quatschen. Vielleicht hat sie eine Idee, was die Auseinandersetzung mit Ace und Buck zu bedeuten haben könnte.

Ich stoße einen erschrockenen Laut aus, als jemand unvermittelt von hinten meine Arme packt. Bevor ich realisiere, was mit mir geschieht, drängen mich zwei fremde Männer vom Gehweg und zerren mich zu einer mit Büschen und Bäumen bewachsenen Grünfläche. Eine Hand presst sich auf meinen Mund, um meinen lautstarken Protest zu ersticken. Mein Herz donnert wild und das Blut rauscht in meinen Ohren.

Tausend Gedanken huschen mir durch den Kopf. Was in aller Welt geht hier vor sich? Werde ich ausgeraubt? Warum nehmen sie nicht einfach meine Tasche und hauen ab? Oder haben diese Männer vor, mich ... nein! Oh Gott, nein, ich kann die schreckliche Vorstellung nicht zu Ende denken! Ich hätte Seths Angebot annehmen sollen, mich nach Hause zu begleiten. Ich hätte nicht allein gehen sollen. Mom hat mich immer davor gewarnt, allein durch die Straßen zu gehen, sobald es dunkel ist. Aber verdammt, das war damals in Wichita, der größten Stadt in Kansas und nicht in Rockford, dem beschaulichen Unistädtchen!

»Hilfe, Hilfe!«, schreie ich aus vollem Hals, sobald einer der beiden Typen seine Hand von meinen Lippen nimmt. Meine Arme befinden sich in fester Umklammerung, aber meine Beine sind frei, deshalb trete ich dem anderen Mann todesmutig vors Schienenbein. Prompt fange ich mir dafür eine schallende Ohrfeige ein. Ein scharfer Schmerz schießt durch meine linke Gesichtshälfte und für einen kurzen Moment sehe ich Sterne aufblitzen.

Die Männer sind in dunkle Klamotten gekleidet, schwarze Hoodies verhüllen ihre Oberkörper. Die Kapuzen haben sie über ihre Köpfe gezogen, weshalb ihre Gesichter im Dämmerlicht so gut wie nicht auszumachen sind.

»Lasst mich los!« Mein Herz schlägt so rasend schnell, dass ich das Gefühl habe, es sprengt meinen Brustkorb. Warum kommt niemand vorbei? Warum ist in diesem Augenblick die Umgebung wie ausgestorben? Warum hört niemand meine Schreie? Ich habe eine Scheißangst wie noch nie zuvor, zittere heftig am ganzen Körper und bete zu Gott, dass mir zumindest eine Panikattacke erspart bleibt, die ich unter meiner Haut aufflammen fühle.

Der Größere greift in meine langen Strähnen und reißt so grob daran, dass mir Tränen in die Augen schießen. Er sagt kein Wort.

»Was wollt ihr?«, will ich mit dünner Stimme wissen.

Der Kleinere nimmt mein Kinn zwischen Daumen und Zeigefinger in den Schwitzkasten und zwingt mich, den Kopf zurückzulegen. Verzweifelt versuche ich, etwas von seinem Gesicht zu erkennen, scheitere aber. Es ist viel zu dunkel.

»Aufhören! Lass mich los!« Meine Stimme überschlägt sich. Ich winde mich vor Angst und Hilflosigkeit. Panik steigt in mir auf, da niemand etwas sagt. »Was wollt ihr von mir?«

Der größere Kerl reißt erneut an meinen Haaren und spuckt mir zur Antwort ins Gesicht. Angeekelt presse ich die Lider zusammen, versuche, mich zu befreien, doch sein Kumpel hält mich eisern an den Armen fest. Und noch immer erscheint niemand zu meiner Rettung.

Ich traue mich nicht mehr zu schreien. »Bitte«, flehe ich deshalb wimmernd. Die gesamte Situation wirkt surreal. Wie ein böser Albtraum. Plötzlich geben meine Beine nach, als ich einen derben Tritt in den verlängerten Rücken erhalte. Ein brennender Schmerz frisst sich meine Wirbelsäule entlang. Mit einem lauten Schluchzen falle ich. Überzeugt davon, dass sich die beiden an mir vergehen werden, knie ich auf dem mit Kieselsteinchen und Wurzeln bedeckten, wilden Rasen und schlage weinend die Hände vors Gesicht.

Ein paar Sekunden lang realisiere ich nicht, dass ich allein im Halbdunkel dasitze und weine. Ich lasse die Hände sinken und blicke mich um. Ungläubig rapple ich mich hoch ... und tatsächlich, die fremden Männer haben das Weite gesucht. Sie sind fort.

Ich kann kaum fassen, dass ich noch mal davongekommen bin! Aber bin ich das wirklich? Mein Herz schlägt schnell und hart, während ich noch einmal die Umgebung abscanne und versuche, wieder zu Atem zu kommen. Dann renne ich los. Zurück zur Straßenkreuzung. Dorthin, wo das Laternenlicht die Dunkelheit verdrängt. Ich habe keine Zeit für eine Panikattacke. Ich renne um mein Leben.

24. Kapitel

Ace

Satt und zufrieden lungern wir abends auf der Couch im Wohnzimmer unserer Männer-WG. Remy zieht sich irgendeinen Horrorstreifen rein, und ich stalke nebenbei Tyler Seguin auf Instagram. Vor uns auf dem Tisch stehen zwei Dosen Coors Light und im Raum hängt der Geruch nach Käse und Chili. Bevor er zu seiner Schicht in die Tapas-Bar aufgebrochen ist, hat uns Nicolás ein paar verboten scharfe Tacos serviert, und ich schicke ihm einen stummen Dank hinterher, während ich mir den letzten Soßenrest von der Lippe lecke. Ein Hoch auf unseren argentinischen Mitbewohner!

Als das typische Wasserrauschen einer Klospülung erklingt, hebe ich kurz den Blick vom Display. Verdammte Scheiße. Letzte Woche war es noch das Geräusch eines vorbeirasenden Güterzugs. Remy und seine Schwäche für absurde Klingeltöne.

Breit grinsend fischt er in seiner Gesäßtasche nach dem Smartphone, und ich wende mich kopfschüttelnd wieder Tylers letztem Beitrag zu, den ich angefangen hatte zu kommentieren.

»Jepp. Was gibt's?« Beiläufig bekomme ich mit, wie sich Remy mit einem Ruck aufsetzt. »Was? Moment mal, bist du das Paige? Jetzt mal langsam. Bitte hör auf zu weinen, ich kann dich kaum verstehen. Paige, ganz ruhig! Was ist passiert?« Jetzt hat er meine Aufmerksamkeit. Er wechselt einen alarmierten Blick mit mir. »Sie ist ... was? Verfickte Scheiße. Bitte beruhige dich. Richte Sami aus, dass ich vorbeikomme.«

Mich beschleicht ein verdammt ungutes Gefühl. »Was ist los, Mann?«, will ich wissen, als er sein Handy zurück in die Hosentasche steckt und dabei wirkt, als wäre er gerade Onkel Fester von der Addams Family begegnet.

»India ist überfallen worden.« Sichtlich geschockt steht er auf und fährt sich mit der Hand durch seinen Haarschopf.

»India?«, wiederhole ich tonlos. »Du machst Witze.« Ich lasse

Tyler links liegen und erhebe mich ebenfalls.

»Paige erzählte, Sami hätte sie total aufgelöst angerufen, weil India fix und fertig ist, aber nicht ins Krankenhaus gehen will. Die Mädchen wissen nicht weiter. India sitzt wie erstarrt auf ihrem Bett und lehnt jegliche Hilfe ab.«

Mir wird schlecht. »Scheiße, Remy.«

»Ich fahre zu ihnen auf dem Campus.«

»Nein, warte.« Ich halte ihn am Arm fest. »Lass mich das machen. Ich will nach India sehen.« *Ich muss wissen, was passiert ist. Muss wissen, wie es ihr geht.*

Ich warte nicht auf seine Antwort, sondern schnappe mir im Flur meinem Helm, die Lederjacke und meine Schlüssel und stürme aus der Wohnung.

Fünfzehn Minuten später stehe ich vor dem Wohnheim auf dem Campus und gehe die Reihe der Klingelschilder durch. Ich habe keine Ahnung, was mich erwartet.

»Ja, bitte?« Samis Stimme dringt blechern aus der Sprechanlage.

»Ich bin's, Ace.«

»Die Technik spinnt, warte, ich komme runter.«

Sekunden später öffnet sie mir die Tür und lässt mich rein. Sie trägt einen dunkelgrünen Jogginganzug und auf ihren Wangen leuchten rote Flecken. Sie wirkt aufgewühlt. Kein Wunder. »Gut, dass du da bist«, begrüßt sie mich. »India ist ziemlich fertig.«

Ich haste hinter ihr die steingeflieste Treppe hoch. »Ist sie verletzt?«

»Nein.« Sami wirft mir einen kurzen Blick über die Schulter zu. »Zum Glück nicht. Nur ein paar leichte Blessuren. Aber sie hat einen Schock.«

»Vielleicht sollten wir einen Arzt rufen?«

»Das will sie nicht.«

»Das habe ich schon gehört.«

Anscheinend haben wir das Stockwerk erreicht, in dem die beiden wohnen. Sami leitet mich durch einen langen Korridor, vorbei an etlichen, farbig lackierten Türen. Es ist zwar spät, doch hier und da dringt noch Musik oder Gelächter aus den Zimmern.

Schließlich bleibt sie stehen. »Ich habe versucht, sie zu überreden, Anzeige zu erstatten, aber im Augenblick will sie nichts als ihre Ruhe. Ich denke, es ist gut, dass du hier bist. Es liegt ihr etwas an dir.«

»Danke, dass ihr euch gemeldet habt, Sami.«

»Kein Thema. Ich habe alles versucht, aber irgendwie komme ich nicht an sie ran. Vielleicht schaffst du es.« Sie schließt die Tür auf und macht eine Handbewegung, um mich ins Zimmer zu bitten.

Ich sehe sie sofort. In ein überdimensionales T-Shirt und eine Leggins gekleidet, sitzt India auf ihrem mit einer hellblauen Tagesdecke und bunten, bestickten Kissen ausgestatteten Bett. Sie hält ein Kissen wie einen Schutzschild gegen ihren Bauch gepresst. Vermutlich hat sie geduscht, denn ihre langen Haare sind noch feucht. So, wie sie ins Leere starrt, wirkt sie verflucht verletzlich, verloren und mit ihren Gedanken meilenweit entfernt. Am liebsten möchte ich sie auf der Stelle in die Arme nehmen. Da ich sie jedoch nicht erschrecken will, halte ich mich zurück und richte meine Aufmerksamkeit auf Sami.

»Ich übernachte bei Paige.« Sie schultert einen prall gefüllten Rucksack und nickt mir aufmunternd zu.

»Du willst gehen?«

»Ich denke, du kannst mehr ausrichten als ich.« Sie drückt mir im Vorbeigehen kurz den Arm, bevor sie uns verlässt.

Die Sache mit dem Überfall beschäftigt mich zu sehr, als dass ich mir Gedanken um Samis überraschenden Abgang mache. Den Blick auf India geheftet, werfe ich meine Lederjacke über einen Stuhl, meinen Helm deponiere ich auf dem Fenstersims.

Sie sieht mich kurz an, als ich mich neben ihr niederlasse. »Ace«, sagt sie nur und es klingt hohl.

»Hallo, kleine Elfe.«

Pause.

»Was machst du hier?«, fragt sie teilnahmslos.

»Nach dir sehen.« Ich streiche über ihre Finger, die sich noch immer um das Kissen krallen.

»Das musst du nicht. Es ist alles gut.«

Es bricht mir das Herz, sie so zu sehen. »Nichts ist gut. Sami hat mir erzählt, was passiert ist.«

»Das hätte sie nicht tun dürfen.« India sieht mich nicht an, als könnte sie mich so aus allem ausschließen. Ich kann ihre innere Anspannung fast körperlich fühlen.

Ich sage nichts, sondern streiche weiter über ihre Finger und ihren linken Arm, bis sie sich etwas entkrampft und ihre Fingerknöchel nicht mehr weiß hervortreten. Es scheint eine kleine Ewigkeit zu dauern, bis sich diese enorme Spannung ein wenig verflüchtigt. Irgendwann stößt sie einen Schluchzer aus.

»Ich bin überfallen worden, Ace«, sagt sie mit dünner Stimme, als wird ihr erst jetzt bewusst, was passiert ist.

Ich schlucke hart. »Ich weiß. Es tut mir so leid.« Vorsichtig berühre ich mit dem Zeigefinger das dunkelrote Mal auf ihrem Wangenknochen. »Waren die das?«

Sie nickt. Sieht mich aber immer noch nicht an.

»Diese Schweine.«

Ich bin nicht vorbereitet, als sie unvermittelt anfängt zu weinen, als würden die Mauern, die sie um sich errichtet hat, einbrechen. Ihr gesamter Körper bebt, und ich kann nichts anderes tun, als meine Arme um sie zu schlingen und sie an mich zu ziehen. So sitzen wir eine zeitlang da, bis sie sich beruhigt und das Schluchzen verebbt.

»Bist du okay?«, will ich mit rauer Stimme wissen. »Haben sie dir ... etwas angetan?« Verdammte Scheiße, ich will nicht mal daran denken. Eine unglaubliche Wut ballt sich in mir zusammen. »Bitte sprich mit mir, India.«

Ihre schönen dunklen Augen schimmern voller Schmerz, als sie zum ersten Mal den Blick hebt und mich ansieht. »Sie haben ... sie waren grob zu mir. Haben mich an den Haaren gerissen und der eine Kerl hat mich geohrfeigt und getreten.«

Was für ein Arschloch! »Und?«, forsche ich nach und streiche ihr behutsam eine Haarsträhne von der tränennassen Wange. Ich bin wütend und zugleich erleichtert, dass sie sich mir öffnet.

»Ich hatte Angst, sie würden mich ...«, sie bricht ab. Ihre Unterlippe zittert. Sie scheint es nicht fertig zu bringen, die Worte auszusprechen.

»Vergewaltigen?«, beende ich für sie den Satz. Meine Kiefermuskeln verspannen sich. »Aber sie haben es nicht getan«, füge ich an und bete, dass diese Aussage stimmt.

Sie schüttelt den Kopf. »Nein, aber sie haben mich grausam behandelt. Als wäre die Situation mit Marietta heute Mittag in der Mensa nicht schon genug Mist für einen Tag gewesen.« Ein kleiner Schluchzer schüttelt ihren Körper.

Zuerst verwirrt mich der rasche Themenwechsel, doch dann horche ich auf. »Marietta?« Verständnislos starre ich India an. Dann stehe ich auf und laufe zum Fenster, wo ich mich mit den Händen auf dem Sims neben meinem Helm abstütze. Ich brauche den Abstand, damit ich klar denken kann.

»Sie ist voll ausgerastet, als sie hörte, dass ich mich mit Seth zum Lernen getroffen habe.«

»Zum Lernen?« Es scheint, als müsste ich jede ihrer Aussagen wiederholen, um zu begreifen. Andererseits spricht die kleine Elfe gerade in Rätseln und die Informationen sind ziemlich verwirrend.

Wieder nickt sie. »Sie meinte, ich würde mir wohl jeden Kerl krallen. Dabei läuft zwischen Seth und mir nichts. Überhaupt nichts. Wir sind nur Freunde.«

Meine Gehirnwindungen laufen auf Hochtouren, während ich versuche, mir alles zusammenzureimen. India und Buck haben sich zum Lernen getroffen. Wobei sich mir die Frage aufwirft, wer hier wem beim Lernen geholfen hat. Und wobei zur Hölle? Seit wann versteht Buck etwas von Medienrecht? Doch abgesehen davon daten sich die beiden also nicht. Das ist die gute Nachricht, die mich trotz der Umstände etwas beruhigt. Aber irgendetwas irritiert mich noch immer ...

»Marietta hat dich heute in der Mensa beschimpft?«

»Ja.«

Ein schrecklicher Verdacht steigt in mir hoch.

Bullshit.

Unsinn, Tremaine. Das ist absurd. Völlig abstrus. Du hast dir in deiner Jugend definitiv zu viele Folgen Law & Order *angeschaut.*

Ich schiebe die lächerlichen Gedanken von mir und schüttle sie ab wie ein Hund die Regentropfen. »Komm her zu mir, Elfe.«

Sie folgt meiner Aufforderung, und ich ziehe sie zu mir hoch, lege mein Kinn auf ihren Scheitel und halte sie fest.

»Du solltest die Typen anzeigen«, sage ich und starre hinaus in die Nacht. »Sie sollten nicht ungestraft davonkommen.«

»Ich überlege es mir«, flüstert sie, die Nase in meinem Shirt vergraben.

Wir stehen schweigend da, aneinandergeschmiegt und genießen die Nähe des jeweils anderen. Ich merke, wie auch der Rest der Anspannung von ihr abfällt. Wie sie immer mehr in das Hier und Jetzt zurückfindet und sich der Schreck des Abends von ihr löst, der ihr in den Knochen steckte.

Irgendwann nehme ich ihr Gesicht in beide Hände und wische sanft mit dem Daumen eine Träne fort. »Es tut mir so unendlich leid, dass dir das widerfahren ist. Bitte sag mir, wenn ich irgendetwas für dich tun kann.«

Sie schenkt mir ein winziges Lächeln. Oder vielmehr die Andeutung eines Lächelns. »Du tust es bereits.« Mit einem leisen Seufzen schmiegt sie sich an mich und schlingt die Arme um meine Taille. »Ich bin froh, dass du vorbeigekommen bist, Ace. Ich habe dich vermisst.«

Und ich dich erst.

»Ich bin ja jetzt da. Und ich gehe auch nicht fort.« Zumindest nicht heute Nacht. Und vielleicht bleibe ich auch länger. Vielleicht finde ich eine Möglichkeit, die Sache mit India und meiner Karriere unter einen Hut zu bekommen. Ich denke an Marietta und daran, was sie mir angedroht hat. Wenn sie mit all diesen Aktionen bezwecken wollte, einen Keil zwischen mich und India zu treiben, hat sie heute genau das Gegenteil erreicht. Ich war ein Idiot, mich von Marietta in die Ecke drängen zu lassen.

»Du gehst nicht?« India hebt den Kopf, um mich anzusehen.

Verflucht, sie ist so unglaublich hübsch. So verletzlich. Ich möchte sie beschützen. Auf sie aufpassen. Und jeden zu Kleinholz verarbeiten, der ihr auch nur ein Haar krümmen möchte. »Nope.« Ich drücke ihr einen Kuss auf die Stirn. »Deine Freundin war so rücksichtsvoll, uns allein zu lassen.«

»Okay.« Wieder seufzt sie leise und lässt ihre Finger über meinen Rücken wandern. Die zarte Berührung sendet einen wohligen Schauder durch mich hindurch. Ich habe mich nach der kleinen Elfe gesehnt. Nach ihrer Berührung, nach ihrem Duft.

Ich ziehe sie noch ein wenig fester an mich. Sie hebt mir ihre Lippen entgegen und ich lege meine darauf, gleite sanft und zärtlich über ihre Mundwinkel.

Heilige Scheiße, wie sehr habe ich das vermisst.

25. Kapitel

India

Seine Zähne ziehen an meiner Unterlippe, er leckt und neckt mich und erforscht mit der Zunge jeden Zentimeter meines Munds.

Ich kralle mich an seine Schultern, biege mich ihm entgegen, voller Verlangen die schrecklichen Erinnerungen aus meinem Kopf zu vertreiben. »Ich muss dich spüren«, flüstere ich.

Ace hält inne, löst sich von mir, um mir ins Gesicht zu sehen. »Bist du sicher? Nach allem, was heute Abend geschehen ist?«

Genau deswegen.

Ich nicke. »Ich brauche dich. Ich brauche das hier.«

Er küsst mich. Liebevoll und unendlich zärtlich. »Ich will dir nicht wehtun.«

»Tust du nicht. Ace, mach Liebe mit mir«, fordere ich ihn noch einmal auf. Ich brauche seine Berührung. Mehr als alles andere.

Ein erwartungsvoller Schauder überläuft mich, als er meine Arme hebt, damit ich aus meinem Oberteil schlüpfen kann. Flink öffnet er den Verschluss meines BHs und lässt ihn zu Boden gleiten. Andächtig und zart küsst er jede meiner Brustspitzen und streichelt über die sanften Rundungen. Als wolle er so den Schmerz auslöschen, der mir zugefügt wurde.

»Ist es okay für dich?«, fragt er, meinen Blick suchend.

»Es ist schön, wenn du mich berührst«, versichere ich ihm. Ich genieße das Gefühl seiner Hände auf meiner Haut. Ich habe es so sehr vermisst.

Noch einmal küsst und liebkost er meine Brüste, bevor er mir langsam und behutsam meine Leggins von der Hüfte streift, und ich in nichts weiter als in meinem weißen, mit rosa Herzen bedruckten Stringtanga dastehe.

Sein Blick fällt auf mein Höschen.

Er hebt eine Braue.

»Na und?«, verteidige ich meinen Geschmack und kann zum ersten Mal wieder lachen. Ich liebe es, wenn er mich neckt. »Hast du irgendetwas dagegen einzuwenden?«

»Gott, du bist so ein Mädchen«, murmelt er, sich ein Grinsen verbeißend.

Er hält meinen Blick, als er seine Hände auf meinen Po legt, um mich an sich heranzuziehen. Die harte Ausbuchtung in seiner Jeans, die genau wie das verräterische Glitzern seiner dunklen Augen sein Verlangen verrät, presst sich gegen meinen Bauch. Augenblicklich richten sich meine Nippel auf. Das Wissen, dass dieser Mann mich begehrt, erfüllt mich mit einem warmen, tiefen Glücksgefühl.

Ich erschaudere, weil die Art, wie er federleicht und zart seine Lippen über meinen Hals wandern, wie er süße Küsse auf mein Dekolleté, mein Schlüsselbein, meine Schultern regnen lässt, ein lustvolles Prickeln in mir auslöst. Gänsehaut überzieht meinen Körper und all die schlechten Gefühle, die Panik, die Angst verschwinden. Treten in den Hintergrund. Weil Ace mich berührt.

Ich seufze vor Wonne, als er mit der Zungenspitze eine glühende Spur an meiner Kehle malt. Ich liebe seine Liebkosungen, seine zärtlichen Streicheleinheiten, aber ich will mehr. Ich will ihn spüren, nackt und ganz nah bei mir. »Du bist an der Reihe, mir dein heißes Höschen zu zeigen«, fordere ich ihn auf. »Zieh dich aus, Ace Tremaine.«

»Erledige du das für mich.« Seine Pupillen verdecken fast das dunkle Braun seiner Iriden, als er meine Hände nimmt und sie flach auf seine Brust legt.

Ich spüre sein Herz unter meinen Händen hämmern. Die Hitze seiner Haut. Er hilft mir, sein T-Shirt über den Kopf zu ziehen. Lieber Himmel, er ist wunderschön. Andächtig fahre ich mit den Fingerspitzen über die verführerischen Wölbungen seiner Muskeln, spüre jede Vertiefung, jede Erhebung. Ich berühre seinen Bizeps, zeichne jede einzelne Kurve seiner unnachgiebigen Bauchmuskeln nach. Den Wulst der dicken Narbe, die sich von seiner linken Schulter seitlich bis unter die kleine, harte Brustwarze zieht.

»Was ist da passiert?«, traue ich mich jetzt, ihn danach zu fragen.

»Autounfall«, murmelt er knapp, und instinktiv spüre ich, dass er nicht bereit ist, darüber zu sprechen. Ich erinnere mich an das, was Seth mir erzählt hat und dass ich versprochen habe, Ace nichts von diesem Gespräch zu verraten.

»Tut es weh?« Ich drücke einen sanften Kuss auf das Wundmal.

»Mein Schwanz tut weh, weil du ihn nicht beachtest«, lenkt er mit einem schiefen Grinsen ab.

»Du bist schlimm.« Leise kichernd mache ich mich an den Knöpfen seiner Hose zu schaffen, und er knurrt, weil es ihm zu langsam geht.

»Zieh sie hinunter«, sagt er heiser, als er schließlich in seinen schwarz glänzenden Boxershorts vor mir steht.

Mein Puls beschleunigt sich.

Seine Erektion schnellt hervor. Ich kann meinen Blick nicht abwenden, kann nicht aufhören, seinen Penis anzustarren und lecke mir unbewusst über die Lippen, als ich behutsam über die zarte Haut und die eine dicke Vene streichle. Ace stöhnt auf, sein Schwanz wippt und zuckt unter meiner Berührung, und ich finde es wundervoll, dass ich ihm diese Reaktion entlocke.

»Er ist schön«, entfährt es mir beinah ehrfürchtig, bevor ich mich stoppen kann.

Ace lacht leise. »Du bist unglaublich. Du bist ... einfach umwerfend.« Seine Augen funkeln. »Du kannst ihn anpacken, Elfe. Er ist nicht zerbrechlich.«

Eine Aufforderung, dass ich ihn diesmal verwöhnen soll? Ich gehe in die Knie und umfasse ihn an der Wurzel, führe seine Spitze an meine Lippen, um mit meiner Zunge über die samtige Eichel zu lecken und über seine ganze Länge zu fahren. Ich habe noch nie einen Mann in den Mund genommen. Das ist eine ganz neue Erfahrung für mich. Ich schließe meinen Mund um seine pralle Spitze und sauge sanft daran, lasse meine Zunge kreisen. Er schmeckt herb und ein bisschen salzig, und ich liebe seinen Geschmack. Durch Aces Körper läuft ein Zittern, knurrend schiebt er seine Finger in mein Haar, als ich ihn tiefer in mich aufnehme. Mein Körper reagiert auf seine wachsende Lust. Meine Pussy wird heiß und zuckt, und Feuchtigkeit sammelt sich zwischen meinen Beinen.

»Zum Teufel, du bringst mich um. Langsam, Elfe.« Ace zieht mich hoch und hebt mich in seine Arme. Behutsam lässt er mich auf meinem Bett nieder und legt sich neben mich. Er küsst meine Schläfen, meine Lippen, meinen Hals, die empfindsame Stelle hinter meinem Ohrläppchen. »Dieses kleine Herz«, murmelt er. »Es ist so niedlich wie alles an dir.« Sein Mund ist überall, neckt, leckt und streichelt mich, treibt mich in den süßen Wahnsinn. Seine Finger erkunden jeden Zentimeter meines Körpers und hinterlassen ein heißes Prickeln auf meiner Haut. Jede Stelle, die er berührt, geht in Flammen auf.

»Ace«, bettle ich und drücke mich ihm entgegen.

»Kleine ungeduldige Elfe.« Seine Stimme klingt rau vor Erregung. Er hilft mir, das Höschen loszuwerden, und Sekunden später gleitet sein harter, muskulöser Körper über meinen, und die süße Reibung befeuert mein Verlangen. Voller Sehnsucht wölbe ich mich ihm entgegen, will ihn endlich in mir spüren. Ich bin mehr als bereit.

Sein Blick hält meinen fest, seine Augen sind dunkel, unergründlich und wild vor Lust, als er seine Hände unter meine Pobacken schiebt und mich leicht anhebt. »Spreiz die Beine für mich«, flüstert er und platziert einen feuchten Kuss an der Seite meiner Kehle.

Voller Erwartung schlinge ich die Beine um ihn und hebe die Hüften an, um ihn zu empfangen. Ich bin so bereit für ihn, dass er fast mühelos in mich eindringt.

»Zum Teufel, du fühlst dich unglaublich gut an«, sagt er heiser, das dunkle Espressobraun seiner Augen zu einem unergründlichen Schwarz geschmolzen.

Ich komme seinen Stößen entgegen, während er in mich eintaucht, tiefer und tiefer, bis ich meine, es nicht mehr auszuhalten. Der Druck und dieses Gefühl des vollkommenen Ausgefülltseins sind so intensiv, dass mir Tränen in die Augen schießen. Ich fühle mich ihm verbunden, nah wie nie zuvor. Manche Menschen sind füreinander bestimmt. Ace ist für mich bestimmt. Und ich für ihn. Ich weiß das in meinem tiefsten Inneren. Im Grunde genommen habe ich es seit dem Augenblick, da ich ihm im Männerklo über die Füße gestolpert bin, gewusst. Die Intensität meiner Gefühle überwältigt mich. Hilflos halte ich mich an ihm fest, während er sich in mir verliert.

Ich muss wohl leise aufgeschluchzt haben, denn unvermittelt verharrt er in der Bewegung. »Alles okay?«

»Ja, alles okay«, bemühe ich mich, ihm rasch zu versichern. »Hör nicht auf. Bitte.« Ich liebe es, wie besorgt er stets ist, wie er immer nachfragt, ob es mir gut geht. Mein Herz öffnet sich und wird weit, als ich ihn tiefer in mir aufnehme. Nicht nur mit meinem Körper.

»Das war wunderschön«, flüstere ich, als Ace mir eine Weile später einen Kuss auf die Stirn drückt. Wir liegen aneinandergeschmiegt in meinem Bett zwischen den zerwühlten Laken, warten darauf, dass sich unser Herzschlag und unsere Atmung wieder auf ein normales Level senken und genießen die Stille, die uns umgibt. Ich vergrabe mein Gesicht an seiner Schulter, kuschle mich in seine Arme und möchte dieses Bett, dieses Zimmer am liebsten niemals mehr verlassen. Ich möchte die Welt ausschließen. Alles um uns herum vergessen. Ich habe nicht geahnt, dass es so perfekt sein würde. So ganz und gar überwältigend. Der Sex mit Ace ist eins der besten, intensivsten Dinge, die ich in meinem Leben je erfahren habe. Jetzt verstehe ich, was Alex damit gemeint hat, als sie mir vor einiger Zeit sagte, wenn ich einmal mit jemandem geschlafen hätte, dem mein Herz gehört, wäre nichts jemals mehr so wie zuvor.

Ace dreht sich auf die Seite und stützt seinen Kopf mit der Hand, um mich besser ansehen zu können. »Geht es dir gut?«

Mir ist klar, dass er nicht auf den Sex anspielt. »Es geht mir gut«, versichere ich ihm, aber ich will nicht an das denken, was mir heute passiert ist. Will nicht den Zauber des Augenblicks mit düsteren Gedanken zerstören. »Ich denke, ich sollte mir unbedingt ein *Legends*-Spiel ansehen«, lenke ich vom Thema ab. »Ich bin neugierig und möchte dich unheimlich gern in Aktion erleben.«

»Warum nicht«, entgegnet er und nickt, doch ich bemerke, wie er meinem Blick ausweicht. »India«, beginnt er und zögert.

»Stimmt etwas nicht?«

Seine braunen Augen sind voller Wärme, als er mich schließlich wieder betrachtet. Aber da ist diese steile Falte über seiner Nasenwurzel. »Nein. Ja.«

Jepp. Es ist definitiv diese kleine Falte, die mir nicht gefällt und eine leise Alarmglocke anschlagen lässt. Ich richte mich auf und ziehe das Laken vor meine Brust. Mein Herz klopft ein bisschen schneller. »Worum geht es?« Zieht er sich nun wieder zurück?

»Versprich mir bitte etwas.« Die Falte vertieft sich.

»Und das wäre?«, frage ich ihn mit einem Lächeln, das mein wachsendes Unbehagen verbergen soll.

»Keiner darf hiervon erfahren, okay?«

»Dass ich mit dir geschlafen habe?«

»Von dieser Sache zwischen dir und mir.«

»Von dieser Sache zwischen dir und mir?«, wiederhole ich belämmert. Es gibt also eine *Sache* zwischen uns. Er tut es nicht ab. Er sagt mir nicht, dass ich ein *uns* vergessen kann. Das klingt ausbaufähig. Ich schätze, damit kann ich leben. Für den Anfang. »Bin ich so furchtbar?« Ich gebe vor, gekränkt zu sein und ziehe einen Schmollmund.

Er lacht leise, fährt mit dem Daumen über meine Unterlippe. Und oh Himmel, wie ich dieses volle, dunkle Lachen liebe. Vielleicht, weil er es so selten hören lässt. »Du bist alles andere als furchtbar«, stellt er klar. »Und genau das ist ja das Problem.«

»Ich verstehe nicht.« Jetzt ist es an mir, meine Stirn zu runzeln, denn da sind sie wieder, diese seltsamen Andeutungen.

Ace hebt eine Hand, um durch sein Haar zu fahren, das vom

Sex herrlich zerzaust ist. »Ich kann es dir nicht erklären. Nicht jetzt. Es ist ...«, er stößt einen frustrierten Knurrlaut aus, »kompliziert.« Seine Augen haben sich verdunkelt. »Ich brauche einfach dein Versprechen, dass das hier unter uns bleibt. Vorerst.«

Ich verlagere mein Gewicht, rutsche ein Stück von ihm ab. Und dann sage ich etwas, das ich eigentlich nicht sagen möchte, und das ich am liebsten ganz weit in einen entfernten Winkel meines Bewusstseins schieben möchte. »Du besitzt einen gewissen Ruf, Ace Tremaine. Jeder weiß, dass du kein Kind von Traurigkeit bist. Du bist der Eishockeystar, den jede in ihrem Bett und in ihrem Höschen haben möchte.«

An seinem Kiefer zuckt ein Muskel, während er meine Worte sacken lässt. Panik überfällt mich. Habe ich ihn verletzt? Ich schlucke fest, um den Kloß in meinem Hals loszuwerden. »Hör zu, Ace, ich wollte nicht ...«

»Schon gut«, unterbricht er mich. »Du hast recht. Ich bin wahrlich kein Mönch. Und ich behaupte auch nicht, dass ich wie einer lebe. Aber bitte glaub mir, wenn ich dir sage, dass niemand hiervon erfahren darf. Es ist mir extrem wichtig und es hat nichts mit dir zu tun, oder dass ich mich für uns genieren würde. Ich werde es dir erklären, aber nicht jetzt, okay?«

Er klingt ernst, und ich spüre, dass er meint, was er sagt. Ich will, dass er weiß, dass er mir vertrauen kann. Auch wenn er gerade mein Vertrauen einfordert, für etwas, das ich nicht verstehe, weil er nicht bereit ist, mir davon zu erzählen.

»Du hast mein Versprechen.« Vermutlich würde ich ihm alles versprechen. Er war heute Nacht für mich da, als ich ihn gebraucht habe. Und ich ... Ja, hab mein Herz an diesen Mann verloren. »Du kannst dich auf mich verlassen«, bekräftige ich.

Er küsst mich zart auf die Lippen. »Danke. Ich weiß das zu schätzen.«

Mit einer Fingerspitze fahre ich über die feinen Härchen, die seinen Unterarm bedecken. »Was ist mit den anderen Frauen?«, frage ich ihn, weil ich zumindest diese Unsicherheit in mir ausräumen muss. »Werden die auch dichthalten?«

Ein winziges Lächeln zerrt an seinen Mundwinkeln. »Die gibt

es nicht.«

Erleichterung durchflutet mich, und ich merke, wie angespannt ich war. Ich will ihn nicht teilen. »Du meinst ... du und ich ... das mit uns ...« Ich kann es nicht aussprechen. Es klingt irgendwie seltsam, egal, wie ich es formulieren will.

Er nickt, lächelt nicht. »Du hast mein Wort. Ich werde keine andere Frau anrühren, solang ich dich in meinem Bett habe. Zufrieden?«

Als Antwort beuge ich mich vor und drücke ihm einen Kuss auf die Lippen. Ich hätte mir gewünscht, dass er mir sagt, dass er ebenfalls Gefühle für mich hätte, doch instinktiv ahne ich, dass er noch nicht bereit dazu ist. Vielleicht verliebt er sich auch nicht. Niemals. Doch für den Augenblick, genügt es mir zu wissen, dass ich im Moment die Einzige sein werde.

Ehe ich mich versehe, schiebt er ein angewinkeltes Bein über meine Hüfte, um mich zu fixieren. »Was hältst du davon, wenn wir unseren Pakt mit einer weiteren kleinen Nummer besiegeln?«

Ich kann meine Gefühle nicht in Worte fassen. Ich kann nicht glauben, dass das hier wirklich und wahrhaftig passiert. Ich liege in den Armen eines heißen Eishockeyspielers – oder besser gesagt, halb unter ihm begraben –, und er hat mir soeben versichert, dass es außer mir keine andere geben wird, solang wir etwas miteinander haben. Was auch immer dieses Etwas sein mag. »Lass mal überlegen«, fange ich neckend an, als mir siedend heiß ein Gedanke kommt. »Oh Himmel, Ace!«

»Was ist los, Elfe?« Seine braunen Augen glitzern spitzbübisch.

»Wir haben kein Kondom benutzt.«

Jegliches Blut weicht aus seinem Gesicht. »Verdammte Scheiße! Elfe, ich ... das ist mir noch nie passiert.« Entsetzt fährt er sich durchs Haar. »Wieso habe ich nicht daran gedacht?«

»Ich nehme die Pille«, beruhige ich ihn. Damals, als Jayke und ich zusammengekommen waren, ging Mom vorsorglich mit mir zum Frauenarzt. »Aber ...«

»Puh.« Mit einem Zischen stößt er sichtlich erleichtert Luft durch die Zähne. Sein Blick brennt sich in meinen. »Hör zu, ich bin sauber. Ich bin gesund. Du musst dir keine Sorgen machen.«

Komischerweise glaube ich ihm das sogar. »Ich vertraue dir. Ich bin ebenfalls gesund«, füge ich ein wenig beschämt an. Es ist mein erstes Gespräch dieser Art und es ist irgendwie befremdlich, aber notwendig.

Er nickt. »Ich werde dir einen Test vorlegen.«

»Musst du nicht.«

»Ich will, dass du beruhigt schlafen kannst. Okay? Lass mich das für dich machen, Elfe.« In seinen Augen liegt ein warmes Funkeln.

»Okay.«

Er küsst mich auf die Nasenspitze. Seine Mundwinkel heben sich. »Du bist mir noch eine Antwort schuldig.«

Ich runzle die Stirn und es dauert ein paar Sekunden, bis mir klar wird, worauf er anspielt. »Richtig, da war ja etwas«, antworte ich und beiße mir auf die Unterlippe. Dabei tue ich so, als müsste ich angestrengt nachdenken. »Oh ja! Ich glaube, ich halte ziemlich viel von einer Fortsetzung, Ace Tremaine. Sofern du das verkraftest.«

Er erstickt mein aufblubberndes Kichern mit einem leidenschaftlichen Kuss, schiebt seine Finger in mein Haar und zeigt mir sehr deutlich, dass er kein Problem mit einer weiteren Runde hat.

»Aufwachen, Schlafmütze.«

Weiche Lippen streifen über meine Schläfe und Bartstoppeln kratzen kitzelnd über meine vom Schlaf noch warme Haut.

Blinzelnd öffne ich meine Augen und entdecke Ace, der sich über mich beugt. Er ist bereits angezogen und lächelt auf mich herab. »Ich muss los, India.«

»Jetzt schon?« Ich ziehe das Laken über meine Brust und richte mich auf. Dabei fährt ein Stich durch meinen malträtierten Rücken, aber ich lasse mir nichts anmerken. Mir ein Gähnen verkneifend, versuche ich, mit den Fingern mein zerzaustes Haar zu richten. Bestimmt sehe ich wie eine Vogelscheuche aus.

»Du bist bezaubernd, kleine Elfe.« Ace zwinkert mich an und streicht mir eine lange Strähne aus dem Gesicht. »Ein wenig verschlafen, aber sehr, sehr süß.«

»Kannst du Gedanken lesen?«

»Möglicherweise.« Er grinst, aber dann wird er ernst. »Wie geht es dir?« Sein Blick heftet sich auf die Stelle über meinem Wangenknochen.

Vorsichtig lege ich meine Fingerspitzen darauf. Die Stelle ist ein bisschen geschwollen, doch es schmerzt lediglich bei leichtem Druck. »Nicht so schlimm.«

Er sieht nicht überzeugt aus. »Und dein Rücken?«

»Ich bin okay«, versichere ich ihm, obwohl ich meine Kehrseite jetzt bei jeder Bewegung spüre. Der entstandene blaue Fleck wird mich sicher eine ganze Zeit lang begleiten. Doch mich beschäftigt gerade etwas anderes. Ich mache eine Kinnbewegung. »Aber wo willst du so früh hin? Wollen wir nicht zusammen frühstücken?« Leise Enttäuschung schleicht sich in meine Stimme. »Haust du schon wieder ab?«

Ace lässt sich neben mich auf den Bettrand sinken, und ich rücke ein wenig zur Seite, um ihm Platz zu machen. »Ich haue nicht ab, kleine Elfe. Wir sehen uns bald, versprochen.« Seine Stirn legt sich in Falten. »Aber da gibt es etwas, das ich erledigen muss.«

Irgendetwas in seiner Stimme lässt mich aufhorchen. »Was ist das?«

»Mach dir keine Gedanken. Ich habe alles im Griff.«

Ich warte, hoffe, dass er weiterspricht und mir erzählt, worum es geht, stattdessen betrachtet er mich nachdenklich. »Und bitte geh zur Polizei. Zeig die Schweine an, India.«

»Mache ich.« Mein Herz klopft, als ich mir über die Lippen lecke und Ace ansehe. »Bis bald?«

Er beugt sich zu mir und gibt mir ein Küsschen auf die Nasenspitze. »Ich habe jetzt schon Sehnsucht nach dir, meine kleine Elfe.«

Viel zu schnell ist er durch die Tür verschwunden.
Ich hüpfe aus dem Bett und unter die Dusche, um mit dem heißen Wasser die restlichen Schatten des gestrigen Abends wegzuwaschen. Nachdem ich mich angezogen und beschlossen habe, mir bei *Dunkin' Donuts* einen Kaffee zu organisieren, schnappe ich mir mein Handy und schreibe Sami eine Nachricht.

26. Kapitel

Ace

Ich stehe vor Nashs Wohnung, den Finger auf dem Klingelknopf. Als mir India gestern von dem Übergriff sowie Mariettas Attacke in der Mensa berichtete, stellte ich ziemlich schnell eine Verbindung her und habe beschlossen, der Sache auf den Grund zu gehen.

Nash öffnet mir sofort. Er ist barfuß, trägt eine Jogginghose und ein Hoodie und sieht aus, als hätte er schlecht geschlafen.

Ich spare mir die Begrüßung und schiebe mich an ihm vorbei in die überschaubare, aber todschicke Ein-Raum-Wohnung, die er über einer Ladengalerie in der Innenstadt angemietet hat. Im Wohnzimmer, ausgestattet mit Granitsteinkamin und einer Küchenzeile aus glänzend weißen Einbaumöbeln, bleibe ich stehen.

»Du wolltest mich sprechen?« Nash verharrt im Türrahmen.

»Allerdings.« Ich deponiere meinen Helm auf dem Glastisch vor der Ledercouch. Meine Jacke behalte ich an. Ich habe nicht vor, mich länger als nötig hier aufzuhalten. Seit unserem letzten Gespräch im *Hell's Kitchen* ist die Stimmung zwischen uns angespannt. Wir funktionieren im Team und auf dem Eis, aber außerhalb der Arena haben wir kaum noch Berührungspunkte. »Ich möchte mit dir über Marietta sprechen.«

»Was ist mit ihr?« Nash geht in die Defensive und verschränkt die Arme vor der Brust.

»Ich hatte dich aufgefordert, sie dazu zu bringen, ihre Klappe zu halten, was mich und India betrifft«, erinnere ich ihn.

Er kratzt sich den Hinterkopf. »Ach das, ja ...«

Sehr gesprächig ist er nicht. »Und?«, bohre ich nach.

»Ich habe versucht, mit ihr zu reden. Ernsthaft. Aber ... sie ist 'ne harte Nuss, Ace.«

»Und das bedeutet konkret?« Verfluchte Scheiße, der Kerl macht mich wahnsinnig mit dieser Herumdruckserei. India wurde bedroht und angegriffen, und es sieht verdammt noch mal danach aus, als gäbe es eine Verbindung zwischen diesem Vorfall und Marietta. Ich habe kein gutes Gefühl dabei. Mein Instinkt sagt mir, dass hier etwas ziemlich faul ist, und ich werde keine Ruhe geben, bis ich herausgefunden habe, was da läuft. Bevor ich jedoch Marietta anspreche, will ich wissen, was Nash mit ihr geredet hat.

Nash sieht mir in die Augen. »Marietta lässt nicht mit sich reden, Ace. Sie hat mir gesagt, dass du sie mal kreuzweise kannst. Und dass sie dich vor die Wahl gestellt hat: Entweder das kleine«, er räuspert sich, »Flittchen oder deine Karriere.«

Flittchen.

»Das waren ihre Worte?« Unwillkürlich balle ich meine Hände zu Fäusten. Wut steigt in mir auf. Heiße, glühende Wut. Ich kann mir ungefähr vorstellen, wie India zumute gewesen sein muss, als sie derart von Marietta beschimpft wurde.

Nash nickt. »Ich habe versucht, sie davon zu überzeugen, dich in Ruhe zu lassen.« Er verlagert sein Gewicht, und ich erkenne, wie unbehaglich er sich fühlt. »Sorry Mann. Ich hätte niemals mi...«

Mit einer entschiedenen Handbewegung deute ich ihm an zu schweigen. »Diese Erkenntnis kommt etwas zu spät, Kincade. Hör zu, die Sache ist die: India wurde gestern Abend überfallen.«

Nash wird blass. »Ach du Scheiße. Wie geht es ihr?«

»Fremde Männer haben sie bedroht und wurden handgreiflich«, weiche ich seiner Frage aus, »haben aber dann von ihr abgelassen.« Ich weiß nicht, wie ich damit umgegangen wäre, wenn Schlimmeres geschehen wäre.

»Ist sie verletzt?«

Ich zögere kurz. »Ihre körperlichen Blessuren werden mit der Zeit heilen. Aber verflucht, ja, sie ist verletzt worden. Ihr wurde sogar in den Rücken getreten, Mann.«

»Verdammt, Ace, das tut mir leid!«

Ich fixiere ihn. »Allerdings frage ich mich, ob es möglich ist, dass Marietta etwas mit diesem Überfall zu tun hat?« Für mich zu diesem Zeitpunkt eine rein rhetorische Frage. Hoffe ich zumindest.

Nashs Gesicht wird noch weißer, falls das überhaupt umsetzbar ist. »Fuck, Ace. Sie machte Andeutungen, dass sie ein paar Typen kennen würde, die dich gern an ihre Forderung erinnern würden, für den Fall, dass du dich nicht entscheiden könntest.« Erneut räuspert er sich und senkt den Blick, um seine Fußspitzen anzustarren. »Scheiße. Ich habe echt nicht damit gerechnet, dass sie ihren Worten Taten folgen lässt.«

Ich kapiere. Jetzt verstehe ich es. Der Überfall war eine deutliche Warnung. An mich. Eine Warnung, die Finger von India zu lassen. Marietta wusste, ich würde davon erfahren. Verfluchte Scheiße. *Zur Hölle mit dir, Marietta.*

Niemals hätte ich diesem Mädchen eine solche Gemeinheit, eine derartige Widerwärtigkeit zugetraut.

Es kostet mich verflucht viel Beherrschung, mich zusammenzureißen und nicht hier und jetzt vor Nash auszurasten.

Meine Kiefermuskeln mahlen, als ich meinen Helm vom Tisch aufnehme und anschließend den Blick wieder auf meinen Teamkollegen richte. »Du hättest verdammt noch mal deinen Mund halten sollen, Kincade, als ich dir und Remy etwas im guten Glauben anvertraute. Dann wäre es zu dieser Scheiße erst gar nicht gekommen.«

»Ja, Mann. Sorry.« Sichtlich schockiert schüttelt er den Kopf. »Was hast du vor?«

»Keine Ahnung. Ich muss drüber nachdenken.« Marietta wird hochkant von der Uni fliegen, wenn publik wird, dass sie jemanden angeheuert hat, um India zu bedrohen und anzugreifen. Für das, was sie der kleinen Elfe angetan hat, geschähe es ihr mehr als recht. Andererseits ... wäre es nun ein Leichtes, sie davon zu überzeugen, ihre Klappe zu halten und mein Geheimnis zu bewahren. Denn sollte die Presse Wind von der ganzen Sache bekommen, steht mein Name erneut in den Schlagzeilen. Keine gute Idee.

»Ich muss nachdenken«, wiederhole ich mich. Ich wende mich von Nash ab und verlasse die Wohnung.

27. KAPITEL

India

Dieser Tag wird definitiv nicht als einer meiner Lieblingstage in die Geschichte eingehen, so viel ist sicher. Obwohl ich Ace versichert hatte, dass ich okay wäre, steckt mir der Überfall noch in den Knochen. Mein Körper schmerzt und immer wieder ertappe ich mich dabei, wie ich heimlich über meine Schulter spähe und die Gegend nach schwarz gekleideten Männern absuche. Mir wird erst jetzt richtig bewusst, dass ich gestern Abend noch einmal davongekommen bin. Während der Vorlesungen bin ich nicht bei der Sache. Zur Krönung ist der Kurs in Medienrecht bei Professor Underwood mal wieder ein absolutes Desaster. Ich bin erleichtert, als meine Seminare endlich vorbei sind. In der Hoffnung, Sami über den Weg zu laufen, steuere ich anschließend die Mensa an. Seit gestern Abend habe ich sie nicht mehr gesehen. Sie fehlt mir.

Leider sehe ich in der Kantine kein bekanntes Gesicht. Zu allem Übel stehen Kohlrouladen mit Kümmelsoße auf dem Speiseplan, eins meiner meist gehassten Gerichte. Abgesehen davon, dass ich kein Fleisch esse, frage ich mich, welcher halbwegs normale Mensch in gummiartige Blätter eingewickeltes und bis zur Unkenntlichkeit zerhacktes, breiiges Fleisch, das wie Erbrochenes aussieht, freiwillig und mit Genuss essen möchte? Es riecht fürchterlich. Die angebotene Alternative – Kartoffel-Pilzpfanne – ist auch keinen Deut besser. Am Ende verlasse ich die Mensa ohne Lunch, was jedoch nicht schlimm ist, denn mein Hunger hält sich ohnehin in Grenzen. Vielleicht kann ich Sami später zu einem Besuch im *Dunkin' Donuts* überreden.

Ein Mädchen in Sportklamotten hält mir die Tür auf, und ich danke ihr mit einem Lächeln.

Wenig später erreiche ich das Wohnheim und gehe die Stufen zum Eingang hinauf. Ein hochgewachsener Kerl, der dabei ist, die Klingelschilder zu studieren, versperrt mir den Zugang.

»Darf ich mal?«, murmle ich und versuche, mich an ihm vorbeizuschieben. Die Bücher unter meinem Arm werden sekündlich schwerer und wenn ich ehrlich bin, muss ich zurzeit keinen Kontakt mit fremden Männern haben.

Der Typ dreht sich zu mir um und grinst schief. »Da ist ja die hübsche Frau, die ich suche.«

»Seth! Lieber Himmel, was in aller Welt machst du denn hier?«

Sein Lächeln verschwindet. »Ich wollte nachsehen, wie es dir geht. Wegen gestern Abend«, fügt er leise an. »Ich mache mir Vorwürfe, weil ich dich nicht nach Hause begleitet habe.«

Ohne Seth eine Antwort zu geben, ziehe ich die Schlüsselkarte aus meiner Gesäßtasche und öffne die Tür. Er folgt mir in den Flur und die Treppe hinauf. Ich weiß nicht warum, aber es fällt mir schwer, über den Vorfall zu sprechen, und ich wünschte, Seth hätte nicht davon angefangen. Ich will nicht mal daran denken und mühe mich den gesamten Vormittag bereits ab, alles zu verdrängen.

Auf meinem Stockwerk angekommen, bleibe ich stehen und drehe mich zu ihm um. »Du musst dir keine Vorwürfe machen, Seth. Ich bin okay«, versichere ich ihm und nicke, als wollte ich mich selbst überzeugen. Aber was soll ich sonst auch sagen? Dass ich Angst habe, mir könnte erneut so etwas Schreckliches passieren? »Woher weißt du überhaupt davon?«, will ich von ihm wissen, als ich meine Zimmertür öffne. Die Vorstellung, dass diese Sache bereits die Runde macht, gefällt mir nicht. Ich will nicht von allen bemitleidet werden.

»Ich habe es von Nash erfahren.« Seth tritt hinter mir in den Raum. »Hör zu, es tut mir wirklich leid. Ich kann mir vorstellen, dass es dir unangenehm ist, darüber zu reden, und das müssen wir auch nicht. Ich wollte mich nur davon überzeugen, dass es dir gut geht.«

Mit leiser Enttäuschung stelle ich fest, dass Sami noch nicht zurückgekehrt ist und deponiere die Bücher auf meinem Schreibtisch. »Lieb von dir, aber ...«

»Kleiner Themenwechsel?«, fragt er und schmunzelt, was mir

sofort den Druck von den Schultern nimmt.

»Klingt gut«, sage ich und lehne mich mit dem Hintern an die Kante meines Schreibtisches.

Seth zwinkert mir zu und zieht etwas aus seinem dunkelgrauen Hoodie hervor. »Ich wollte dir noch mal für deine Hilfe danken.« Grinsend drückt er mir ein Tütchen Hershey's Kisses in die Hand. »Du darfst mir gratulieren, ich habe die Prüfung bestanden.«

»Wow! Das ist ja fantastisch, herzlichen Glückwunsch!«, sage ich und spüre zum ersten Mal an diesem Tag ein ehrliches Lächeln an meinen Lippen zupfen.

»Ich hatte ja auch die beste und geduldigste Nachhilfelehrerin.« Wieder zwinkert er mir zu. Anschließend stopft er seine Hände in die Hosentaschen seiner Jeans und blickt sich im Zimmer um. »Das ist also dein und Samis Reich?«

»Jepp. Sami schläft dort drüben, ich hier.« Ich mache eine Handbewegung. »Das ist mein Schreibtisch und da drüben ist Samis Arbeitsplatz«, erkläre ich ihm.

Seth nähert sich Samis Tisch. Beiläufig nimmt er ein eingerahmtes Foto in die Hand, das Sami zusammen mit Paige und Marietta in Feierlaune zeigt. »Ach du Scheiße. Ich erinnere mich an den Abend, an dem das geschossen wurde. Das war vor einem halben Jahr an Mariettas Geburtstag. Die Mädels waren so was von breit.« Er schneidet eine Grimasse. »Besonders Marietta.«

»Ach ja?«

Marietta hat mal ein Auge auf Buck geworfen, konnte aber nie bei ihm landen.

Samis Worte. Ich habe sie noch genau im Ohr.

»Jepp.«Seth stellt das Bild zurück und wendet sich mir zu. »Sie hat mich und ein paar von den *Legends*-Jungs eingeladen. Wenn ich allerdings gewusst hätte, was für eine durchgeknallte Nuss sie ist, wäre ich niemals hingegangen. Dieses Mädchen ist mit Vorsicht zu genießen.«

Jetzt hat er mich wirklich neugierig gemacht. »Oh, warum? Was hat sie angestellt?«

Seth fährt sich durch das Haar, dann verschränkt er die Arme vor der Brust. »Wir haben ihren Geburtstag in einer angemieteten Grillhütte gefeiert und dort auch die Nacht verbracht. Marietta hat mich irgendwann geweckt und meinte, sie hätte einen Kerl im Wald gesehen, der dort herumschleicht. Ich war noch etwas zugedröhnt und bin ihr nach draußen gefolgt. Die anderen haben tief und fest geschlafen. Auf einer kleinen Lichtung blieb sie plötzlich stehen und schälte sich aus ihren Klamotten, dann fing sie an, mich anzutanzen.«

»Nackt?«

»Aber so was von. Wir hatten Gras geraucht und der ganze Abend war extrem chillig, aber Marietta«, er verdreht die Augen, »hat es echt übertrieben. Sie war megabreit. Sie ist um mich herumgetanzt und hat versucht, mich anzugraben. Ich wollte einfach nur zurück ins Bett. Als ihr klar wurde, dass ich keine Lust auf sie habe, drohte sie mir, wenn ich sie nicht auf der Stelle vögeln würde, würde sie alles zusammenschreien und behaupten, ich hätte sie gegen ihren Willen ... du weißt schon.«

»Nicht zu fassen.« Dieses Mädchen ist wirklich unglaublich. Sofort muss ich daran denken, wie sie mich in der Mensa angegangen war. »Sie liebt anscheinend dramatische Auftritte.«

Seth schnaubt. »Verflucht ja, und sie liebt es, Menschen zu manipulieren. Zum Glück habe ich sie in jener Nacht beruhigen können. Aber nachdem sie bei mir nicht landen konnte, hat sie überall herumerzählt, ich würde keinen hochkriegen. Nach der Aktion war die Frau für mich gestorben.« Seth schüttelt sich und sieht mich an. »Seid ihr befreundet? Du und Marietta?«

Ich stoße ein verunglücktes Lachen aus. »Machst du Witze? Sie ist – *war*«, verbessere ich mich rasch, »Samis und Paiges Freundin.« In letzter Zeit hängen die drei jedoch nicht mehr zusammen ab. Sami hat mir gesagt, dass sie und Paige ihr die Freundschaft gekündigt haben, nachdem sie mich in der Mensa so übel beschimpft hat.

»Lass uns lieber das Thema wechseln, sonst kriege ich noch im Nachhinein akuten Brechreiz«, sagt Seth mit einem schiefen Grinsen.

»Das wollen wir lieber nicht riskieren«, erwidere ich und lache ebenfalls, obwohl mir momentan alles andere als zum Lachen zumute ist. Es sieht so aus, als ob Marietta über Leichen ginge, um zu bekommen, was sie will. Sie hasst mich. Zumindest gehe ich nach ihrer Attacke in der Kantine davon aus. Was, wenn sie mich so sehr hasst, dass sie ... Mich durchfährt es heiß. Dann schaudert es mich. Wäre das nicht gruselig? Aber ja, verdammt. Was, wenn sie etwas mit dem Überfall auf mich gestern Abend zu tun hat? Lieber Himmel! Könnte das möglich sein?

»Hey India, alles okay bei dir?" Seth legt mir eine Hand auf die Schulter. »Tut mir leid, du hast genug durchgemacht, ich hätte dich nicht auch noch mit dieser Geschichte belästigen sollen.«

»Schon gut.« Ich winke ab, um ihn zu beruhigen. Dennoch bekomme ich den Gedanken, Marietta könnte hinter der Sache am East Market Drive stecken, nicht aus dem Kopf. Mir fällt ein, dass Ace heute Morgen meinte, er hätte etwas zu erledigen. Er wirkte merkwürdig entschlossen. Gingen ihm vielleicht ähnliche Gedanken durch den Kopf wie mir jetzt? Die Vorstellung, dass Marietta in den Überfall involviert sein könnte, ist verstörend und schrecklich zugleich.

Und absurd. Komm schon, India.

Vielleicht sollte ich mich lieber ausruhen und abschalten.

Seth fängt meinen Blick auf. Seine rauchblauen Augen schimmern warm. »Wir quatschen ein anderes Mal. Ich wollte auch nur kurz vorbeischauen und mich bei dir bedanken.«

»Gern geschehen, Seth.« Ich begleite ihn zur Tür, froh, nun ein wenig für mich sein zu können, und verabschiede mich von ihm mit einem Wangenküsschen. Ich sehne mich nach einer heißen Dusche, mich in ein altes, ausgeleiertes Shirt und Leggins zu werfen und irgendeine Serie auf Netflix einzuschalten. Oh ja, es ist an der Zeit, für Ablenkung zu sorgen.

Als ich wenig später frisch geduscht und in ein überdimensionales Frotteehandtuch gewickelt aus dem Bad trete, entfährt mir ein Laut der Überraschung. Sami ist zurück. Sie hat es sich auf ihrem Bett im Schneidersitz bequem gemacht und hält mir zur Begrüßung eine Fünf-Liter-Dose Vanille-Karamelleiscreme in die Höhe. »Hi, Süße. Organisiere dir einen Löffel.«

»Hey Sami, schön, dass du wieder da bist.«

Ich lasse mich neben ihr auf der Matratze nieder. »Wie war deine Nacht bei Paige?«

Genüsslich leckt sie ihren Silberlöffel ab. »Wie war *deine* Nacht?«, kontert sie mit einer Gegenfrage und ihr Gesichtsausdruck wird ernst.

Ein Lächeln schleicht sich auf meine Lippen. »Ace war sehr lieb. Fürsorglich.«

»Wie geht es dir? Hat Ace«, Sami zögert, »hat er dich gestern noch zum Arzt gebracht?«

»Nein, das war nicht nötig. Ich bin in Ordnung«, versichere ich ihr. »Mein Rücken tut ein bisschen weh und das da.« Vorsichtig berühre ich die empfindliche Stelle an meinem Wangenknochen. »Aber es ist nichts Dramatisches.« *Bis auf diese Angst, die mir noch immer in den Knochen steckt*, doch das behalte ich für mich. Ich will Sami nicht unnötig Sorgen machen.

Sie schnaubt. »Nichts Dramatisches. Das sehe ich anders.« Sie schließt die Eiscremedose. »Du solltest die Kerle anzeigen, falls du das noch nicht getan hast, Süße.«

»Das sollte ich.« Der Gedanke an Marietta schwirrt mir unablässig durch den Kopf. Aber was sollte ich zur Polizei sagen? Ich habe ja nur einen Verdacht.

»Zieh dich an und geh zur Polizeiwache. Diese Schweine darfst du nicht davonkommen lassen. Wenn du willst, begleite ich dich.«

Ich blicke auf meine Hände. »Meinst du, es könnte sein, dass Marietta mit der ganzen Sache zu tun hat?«

»Du meinst mit dem Überfall?« Sami zieht die Brauen zusammen.

»Immerhin ist sie stocksauer, dass ich mit Ace angebandelt und mich auch mit Seth getroffen habe. Sie hat mich übel beschimpft, falls du dich daran erinnerst.«

»Stimmt. Das war total unfein. Unterste Schublade.« Sami grübelt eine Weile nach und verzieht das Gesicht. »Aber hey, nein, einen Überfall zu organisieren, traue ich ihr dann doch nicht zu. Das wäre ja echt schräg.« Mit dem Eis in der Hand springt sie auf und steuert den Minikühlschrank an. »Zieh dich an«, fordert sie mich mit einem Blick über die Schulter auf, während sie das Eis verstaut.

»Warum? Was hast du vor?« Ich erhebe mich ebenfalls.

»Wir gehen zur Polizei.«

»Jetzt?«

»Na klar, warum warten?« Sie dreht sich zu mir um, zupft an ihrem Wickelshirt herum und wirkt auf einmal verlegen. »Ich habe später noch etwas vor.«

»Ach ja?« Ich lege den Kopf schief. Richtig. Wenn ich sie mir so ansehe, bemerke ich jetzt das verdächtige Funkeln, das in ihren Augen tanzt. »Verrätst du mir auch, was das ist oder muss ich unwissend sterben?«, necke ich sie.

»Matt hat mich heute Vormittag angerufen.«

»Der Yeti?«, entschlüpft es meinen Lippen, bevor ich mich stoppen kann.

»Yeti?« Sami zieht ihre Nase kraus.

»Ich meine diesen Bärtigen, der auf der Strandfete beim Tanzen seine Hände nicht von dir lassen konnte.«

»Matt ist kein Yeti, komm schon. Er ist süß.«

»Ein süßer Yeti.«

Für diesen Satz kassiere ich prompt einen festen Hieb gegen den Oberarm. »Autsch.«

»Das hast du verdient.«

Lachend knuffe ich sie zurück. »Ich dachte, er wäre nur ein kleiner Flirt.«

Sie zuckt mit den Achseln. »Anfangs dachte ich das ja auch. Aber wir chatten fast jeden Tag und ... wir haben festgestellt, dass wir in vielen Dingen übereinstimmen. Matt ist echt cool.«

Es sieht ganz danach aus, als hätte sie den Bärtigen ziemlich gern. »Gehört Matt zum *Legends*-Team?«

»Nope. Er ist kein Eishockeyspieler, sondern ein Nachbar von Sawyer, dem Goalie. Deshalb war er auch auf der Party dabei. Wir sind nachher im *Hell's Kitchen* verabredet. Weshalb wir nun die Sache mit den Cops erledigen sollten, damit ich noch genügend Zeit habe, mich aufzuhübschen«, erinnert sie mich daran, dass ich mich besser mal anziehen sollte.

28. Kapitel

Ace

Es ist Montagmorgen. Da Indias Freundin Sami bei ihrem neuen Freund Matt übernachtet, habe ich die Nacht bei India im Studentenwohnheim verbracht. Es wäre gelogen, zu behaupten, es sei superbequem, zu zweit in ihrem verdammt schmalen Bett zu liegen, doch um nichts in der Welt würde ich auf Momente wie diese verzichten wollen.

Vorsichtig streiche ich India eine Haarsträhne aus der Stirn. Sie seufzt und kuschelt sich noch ein wenig enger an mich. Einen Arm um meine Mitte geschlungen, ihr Kopf liegt auf meiner Schulter. Meine kleine Elfe sieht im Schlaf so wunderschön und zerbrechlich aus. Wie immer, wenn ich sie betrachte, überkommt mich der überwältigende Drang, sie beschützen zu wollen. Sie gibt es nicht zu, aber es entgeht mir nicht, dass sie seit dem Überfall ziemlich ängstlich und vor allem verdammt schreckhaft ist. Ich kann nur hoffen, dass die Kerle endlich gefunden werden, die ihr das angetan haben und jeder, der an der Sache beteiligt war, zur Rechenschaft gezogen wird.

Während der vergangenen Woche habe ich versucht, Beweise zu finden, dass Marietta hinter dem Überfall steckt. Leider vergeblich. Zum Glück hat India inzwischen Anzeige erstattet – Sami hat sie zur Polizeiwache begleitet –, doch zu unser aller Frust konnte bisher keiner der Männer identifiziert oder gefasst werden.

»Guten Morgen, kleine Elfe«, flüstere ich und küsse India sacht auf die Nasenspitze. Sie murmelt etwas Unverständliches, hat jedoch offenbar kein Interesse daran, aufzuwachen. Ich kann es ihr nicht verdenken. Ich würde auch lieber den ganzen Tag bei ihr im Bett liegen. Aber die Pflicht ruft. Und je länger ich hier liegen bleibe, desto größer wird die Wahrscheinlichkeit, dass ich meine Hände nicht bei mir behalten kann.

Vorsichtig, um sie nicht zu wecken, schäle ich mich aus der

Decke und steige aus dem Bett. Ich habe heute ein paar Dinge auf meiner Agenda stehen, die ich unbedingt erledigen will.

In der vergangenen Woche haben India und ich uns nahezu täglich gesehen, was nicht immer einfach zu bewerkstelligen war. Immerhin müssen wir höllisch aufpassen, nicht gesehen oder erwischt zu werden, um kein Gerede aufkommen und mich nicht auffliegen zu lassen. Ich wünschte, diese nervige Heimlichtuerei hätte endlich ein Ende, doch bisher habe ich keinen Weg gefunden, wie ich die Sache regeln könnte, ohne dass der Coach Wind davon bekäme. Vielleicht gibt es auch keinen anderen Weg, als den direkten in sein Büro, um ein offenes Gespräch zu führen. Seit ein paar Tagen kommt mir der Gedanke auch nicht mehr so abwegig vor. Ich muss nur noch die Courage aufbringen, um es durchzuziehen.

Ich verschwinde kurz im Bad, um mir die Zähne zu putzen und mich zu waschen. Anschließend lasse ich mich mit meinen schwarzen Slide Sneakers auf einen der Stühle sinken, um sie mir anzuziehen.

»Ace?«

Ich hebe den Kopf und ein breites Grinsen dehnt meine Lippen. »Na, Schlafmütze? Ausgeschlafen?«

India unterdrückt ein Gähnen und richtet sich auf. Dabei sieht sie so süß und sexy aus, dass ich am liebsten meinen Vorsatz über den Haufen werfen, sie aus diesem übergroßen T-Shirt schälen und auf der Stelle flachlegen möchte. »Wo gehst du hin?«

»Hast du mal auf die Uhr gesehen? Es ist bereits zehn, und ich muss langsam los. Ich habe einen langen Tag vor mir. Heute Abend ist zudem wieder Training.« Ich sage ihr nicht, dass ich mit dem Gedanken spiele, mit dem Coach zu reden und die Karten auf den Tisch zu legen. Das ist meine Sache.

»Oh.« Sie fährt sich mit der Hand durch ihre langen Strähnen. »Dann muss ich auch langsam los. Meine Vorlesungen warten.« Sie hüpft aus dem Bett, und ich kann nicht anders, als ihren süßen, kleinen Hintern zu betrachten, bis sie im Bad verschwunden ist.

Mist. Es kostet mich einiges an Selbstbeherrschung, um ihr nicht hinterherzugehen und sie in die Dusche zu locken. Ich schüttle den Kopf, als könnte ich sie so aus meinem System bekommen. Ich bin diesem Mädchen verfallen. Aus genau diesem Grund muss auch endlich eine vernünftige Lösung her.

Ich ziehe gerade meine Lederjacke an, als India aus dem Bad zurückkommt. Sie trägt eine löchrige Jeans und ein auf der Seite zusammengeknotetes T-Shirt. Wie immer sieht sie zum Anbeißen aus.

»Ich muss los«, sage ich mehr zu mir, als zu ihr und sehe den Schelm in ihren Augen aufblitzen.

»Bist du dir sicher?« Sie grinst. Diese kleine gewiefte Elfe weiß, wie sie mich um den Finger wickelt.

»Jepp«, erwidere ich nur und drücke ihr einen Kuss auf den Scheitel. »Hab einen schönen Tag, wir hören uns später.«

»Du auch. Bis später.«

Coach Bara kennt an diesem Montagabend keine Gnade und nimmt uns hart ran.

»Verfluchte Scheiße, ich bin fix und fertig«, stößt Remy zwischen zusammengepressten Zähnen hervor, als wir das Eis verlassen. Sein Trainingsshirt ist schweißdurchtränkt und er müffelt zehn Meilen gegen den Wind. Er kann definitiv eine Dusche vertragen. Um mich ist es nicht besser bestellt. Meine Klamotten kleben ebenfalls klatschnass an meinem Körper.

»Frag mich mal«, brumme ich zermürbt und fahre mir mit der Hand durch meine nassen Haare. Im Gegensatz zu den vergangenen Tagen lief das Trainingsspiel echt beschissen, ich habe heute wahrlich keine Glanzleistung geboten. Mir spukt zu viel durch den Kopf. Ich wollte den Coach vor dem Training sprechen, um genau so eine Situation zu vermeiden, aber er hat mich abgewimmelt.

»Kommst du?«, fragt Remy und deutet zu den Umkleiden.

»Geh schon mal vor.« Ich muss mit Bara reden. Ich will dieses

Gespräch nicht noch länger aufschieben, auch wenn mir nur bei der Vorstellung bereits schlecht wird. »Ich komme gleich nach.«

»Alles klar.« Remy zuckt mit den Schultern und stapft auf den Kufen davon.

»Coach Bara?« Zum Henker. Mir geht der Arsch auf Grundeis und das zu Recht. Meine Zukunft hängt von diesem Gespräch ab. Weiß ich wirklich, was ich hier tue?

»Tremaine.« Bara kommt auf mich zu. Seine riesige Gestalt wirkt heute noch einschüchternder als sonst.

»Können wir uns kurz unterhalten, Coach?«

»Geht es um Nash Kincade?« Seine Stirn legt sich in Falten, und er geht auf sein Büro zu. Ich folge ihm »Mir sind da ein paar Gerüchte zu Ohren gekommen, dass es zwischen euch Probleme geben soll.«

»Was?« Ich bin irritiert, dass Bara von den Misstönen weiß und frage mich, wie in aller Welt er davon erfahren haben kann. Dann fällt mir das Gespräch ein, das ich mit Nash in der Bar geführt habe. Womöglich hat uns jemand beobachtet. Im Prinzip ist es auch egal, ich stehe nicht wegen Nash vor Coach Bara. »Zwischen Nash und mir ist alles geklärt«, versichere ich ihm. Auch wenn wir keine besten Freunde mehr werden, sind die Unstimmigkeiten ausgeräumt.

Der Coach öffnet die Tür zu seinem Büro und greift dort nach einer Tasche, die er sich um die Schultern wirft. Er wirkt ungehalten und das macht mich zunehmend nervöser. Ich habe das Gefühl, mir würde die Zeit davonrennen. Ich straffe die Schultern. »Es geht um etwas anderes ...«

Bara geht an mir vorbei und langt erneut nach dem Türknauf. »Hör zu, Tremaine, ich habe noch einen wichtigen Termin und muss gleich los. Wenn die Sache noch ein wenig Zeit hat, können wir uns übermorgen vor dem Training unterhalten.« Bara macht eine ungeduldige Handbewegung, und ich beiße die Zähne zusammen.

Fuck, so habe ich mir das Gespräch nicht vorgestellt. Es hat keinen Sinn, zwischen Tür und Angel mit ihm zu reden. Dafür ist die Sache viel zu wichtig. »Sicher, Coach«, sage ich und verlasse das Büro, nachdem Bara mir die Tür aufgehalten und damit deutlich gemacht hat, dass wir für heute fertig sind. Fuck.

Ich fahre mir durch das Haar und spüre, wie mein Frustpegel steigt. Na gut, dann eben noch zwei Tage Versteckspiel. Ich sehe Bara hinterher, wie er die Eishalle verlässt.

Als ich die Umkleide betrete, quillt mir Dampf und Stimmengewirr entgegen. Die Jungs sind bereits fertig mit dem Duschen und ziehen sich an.

»Hey, Tremaine, was war heute los mit dir?«, fragt Buck und nickt mir zu.

»Er braucht mal wieder eine Pussy«, meint Fraser grinsend und boxt mir im Vorbeigehen gegen die Schulter.

»Oder so ähnlich«, gebe ich zurück und lege den Helm neben meiner Sporttasche ab. Mir ist gerade nicht nach witzeln zumute. Ich greife in meine Sporttasche und nach meinem Handtuch, als ein Zettel herausfällt und auf die Bodenfliesen segelt. Stirnrunzelnd bücke ich mich, um ihn aufzuheben. Es handelt sich um ein Stück weißes Papier, vielleicht aus einem Notizblock herausgerissen, mit aufgeklebten schwarzen Druckbuchstaben, die einer Zeitung entstammen.

Willst du etwa, dass Schlimmeres geschieht?

Was zur Hölle ...?

»Alles okay, Tremaine?«, fragt Fraser, während er sich seine Sporttasche über die Schulter wirft.

»Klar. Alles paletti«, erwidere ich und betrachte erneut den Zettel in meiner Hand. Jemand muss ihn während des Trainings in meine Tasche geschoben haben. Sofort fällt mein Verdacht auf Marietta. Keine Ahnung, ob ich sie zu Unrecht beschuldige, aber die Kleine ist ein raffiniertes Biest und inzwischen traue ich ihr alles zu. Immerhin war sie diejenige, die bereits eine Drohung ausgesprochen hat. Diese Frau hat nicht mehr alle Tassen im Schrank und wenn sich mein Verdacht bestätigt, ist sie auch verdammt gefährlich.

»Hey, Ace, stimmt etwas nicht? Du siehst aus, als wäre jemand über dein Grab gestiefelt.« Buck steht neben mir und wirkt ernsthaft besorgt.

Keine Ahnung, welchen Eindruck ich vermittle, aber wie es scheint, keinen guten.

Ich fahre mir mit allen Fingern durchs Haar.

»Geht es um India?«, will Buck wissen. »Es tut mir echt leid, was da letzte Woche passiert ist.«

»Du weißt davon?« Misstrauisch werfe ich ihm einen Seitenblick zu.

»Nash hat es mir erzählt. Ich war heute kurz bei ihr.«

»Bei India in der Cunningham Hall?«

»Komm runter, Mann. Ich weiß, dass du auf sie stehst. Und ich war nur dort, um ihr für ihre Hilfe zu danken. Sie hat mir bei ... einem Projekt geholfen. Ich will nichts von ihr, ich schwöre es dir«, setzt er nach und hebt beide Hände.

»Schon gut, sie hat mir gesagt, dass ihr Freunde seid.«

»Das stimmt«, erwidert Buck und deutet auf den Zettel in meinen Händen. »Was ist das? Gibt es ein Problem?«

Ich halte das Stück Papier hoch, damit er es lesen kann. »Wie gut kennst du Marietta?«

Buck liest den Satz, dann sieht er mich wieder an. »Komisch, dass du fragst. Ich habe erst heute mit India über sie gesprochen.«

»Ich denke, dass Marietta mit dem Überfall auf India zu tun hat. Traust du ihr so etwas zu?«

»Ich traue diesem Mädchen einiges zu. Die hat echt nicht mehr alle Latten am Zaun.«

Ich nicke und versorge Buck mit einer Kurzversion der Geschehnisse der letzten drei Wochen, erzähle ihm von Mariettas Verhalten India gegenüber und ihrer Drohung auf der Strandparty.

»Scheiße, Mann.« Buck sieht mich kopfschüttelnd an. »Das ist echt 'ne üble Sache. Und wenn du mich fragst, ja, ich würde sie mit Sicherheit auch verdächtigen. Keine Ahnung, was mit Marietta nicht stimmt, aber sie ist völlig durchgeknallt.«

Ich stoße erneut einen frustrierten Laut aus. »Leider habe ich nichts, absolut nichts gegen sie in der Hand, das tatsächlich beweisen würde, dass sie etwas mit dem Überfall zu tun hat.«

Buck zieht eine Grimasse. »Das ist Scheiße. Ich würde euch wirklich gern helfen, Tremaine, aber ich wüsste nicht, wie. Hat India Anzeige erstattet?«

»Hat sie. Leider gibt es keine Neuigkeiten.«

Buck nickt. »Ich halte die Augen und Ohren offen, versprochen. Vielleicht höre ich etwas, das euch weiterhilft.«

»Das wäre super.«

Wir bekräftigen den Deal mit einem Faustcheck. »Danke Mann, das bedeutet mir viel«, versichere ich ihm und meine es auch so. Ich muss wohl meine Meinung revidieren. Buck ist in Ordnung.

29. Kapitel

Ace

Das *Hell's Kitchen* ist brechend voll. Das ganze Team sowie etliche Eishockey-Fans haben sich an diesem Abend versammelt, um nach der Bannerzeremonie das Eröffnungsspiel der *Washington Capitals* gegen die *Boston Bruins* mitzuverfolgen. Doch es sind nicht nur Spieler hier, auch viele College-Studenten haben sich eingefunden, unter ihnen India, Sami und Paige. Zu meinem Leidwesen habe ich sogar Marietta irgendwo in der Meute entdeckt, und ich gebe mein Bestes, ihre Anwesenheit zu ignorieren. Schließlich sind wir hier, um das Spiel zu genießen und den Saisonauftakt zu feiern. Dennoch taucht sie verdächtig oft in meinem Blickfeld auf und stellt jedes Mal sicher, dass ich sie bemerke.

Idiotin.

Das Match startet rasant, bereits nach vierundzwanzig Sekunden fällt das erste Tor für die *Capitals*, und nur anderthalb Minuten später schon das zweite. Das Team aus Washington D.C. dominiert auf dem Eis. Die Menge in der Arena tobt, und auch der Geräuschpegel in der Bar schwillt sekündlich an. Die emotional aufgeheizte Stimmung der Fans in Washington scheint sich über die Bildschirme auf die Gäste im *Hell's Kitchen* zu übertragen.

Tanner und seine bessere Hälfte sind emsig dabei, Getränke und Snacks über die Theke wandern zu lassen. Da ich noch immer auf Alkohol verzichte, halte ich mich an einer Coke sowie einem Teller mit Knabberzeug fest, wobei ich mich inzwischen bereits über die dritte Schale hermache, die Cathy mir vor die Nase gestellt hat. Statt mit India auf meinem Schoß, muss ich mit Erdnüssen vorliebnehmen. Ich spüre ihren Blick auf mir ruhen und zwinkere ihr heimlich zu. Sie sieht unfassbar süß und sexy aus in ihrem kurzen Jeansrock und diesem frechen *Kansas Girls do it better*-T-Shirt. Ihr Look erinnert mich an den allerersten Abend, an dem sie mir in der Bar über den Weg lief.

»Was ist los mit dir, Tremaine?« Cathy, die am Zapfhahn steht, schiebt ihre kunstvoll gemalten Brauen in die Höhe und lässt einen Kaugummi knallen, als ihr Blick mich streift. »Du siehst aus, als hätte dir jemand deinen Lieblingsteddy geklaut.«

So kann man es auch formulieren. Ich verziehe meine Lippen zu einem schiefen Grinsen. »Muss am Licht in der Bar liegen, Cat. Alles im grünen Bereich.«

Cathy nickt auf den nächstgelegenen Flat-Screen. »Für die *Capitals* läuft es ganz gut, hm?«

»Sieht so aus. Owetschkin hat es wirklich drauf«, kommentiere ich das soeben gefallene Powerplay-Tor, das der Russe mit einem Handgelenksschuss aus dem linken Bullykreis geschossen hat.

»Schade, dass Wilson nicht spielt, den habe ich immer gern gesehen«, ruft Cathy mir grinsend über den anschwellenden Lärm hinweg zu. »Natürlich nur, weil er ein toller Stürmer ist.«

Ich gehe nicht auf ihre Anspielung ein, dass Wilson ein Hingucker ist. »Tja, der ist leider wegen eines illegalen Checks gesperrt.«

»Ich weiß.« Sie seufzt und schnappt sich ein Glas, um es unter den Zapfhahn zu halten. »Und das nicht zum ersten Mal.«

»Mir scheint, du avancierst so langsam zur Eishockeyexpertin.«

Sie lacht. »Ich schätze, das bleibt nicht aus, wenn man mit einem Hockeyfreak wie Brock Tanner Tisch und Bett teilt.« Sie zwinkert mir zu, bevor sie das Bierglas unter dem Zapfhahn hervorzieht und es Tanner übergibt.

»Alter«, meldet sich Remy zu Wort, der in diesem Augenblick seinen Hintern auf den Hocker rechts von mir pflanzt, »das war echt eine geile Aktion von Owetschkin, oder? Wobei mir lieber wäre, die *Bruins* würden das Ding nach Hause holen.«

»Das war es«, erwidere ich und zwinkere erneut India zu, die nach all der Zeit noch immer auf diese süße Weise errötet, wenn ich das mache.

Bis auf die Sache mit dem Coach und das Versteckspiel mit

India läuft derzeit alles optimal. Das Pensionszimmer für Mom und Carly in Detroit ist gebucht, die beiden Tickets für die Plätze auf der Tribüne habe ich inzwischen ebenfalls erhalten. Meine Mutter und meine Schwester sind voller Vorfreude. Carly springt mir jedes Mal fröhlich entgegen, wenn ich zu Besuch komme. Sie ist fleißig dabei, unzählige Bilder zu malen, die mich beim Eishockeyspielen zeigen, und die sie mir zum Abschied voller Stolz übergibt. Die Wand über meinem Schreibtisch ist zugehängt mit ihren farbenfrohen Werken. Trotz der miesen Leistung beim Training neulich, bin ich bei Coach Bara vollends rehabilitiert. In wenigen Tagen werde ich mein erstes offizielles Match in der NHL haben. Ich müsste eigentlich scheißglücklich sein und im Prinzip bin ich das auch, doch die Sache mit Marietta beschäftigt mich nach wie vor. Als könnte sie Gedanken lesen, taucht sie neben mir an der Theke auf und streicht sich wie zufällig das Haar über die Schulter.

Ich wende mich ab.

Remy beugt sich zu mir. »Gibt es Neuigkeiten wegen dem Überfall?«

»Nope.« Ich habe noch immer keinen Beweis für Mariettas Beteiligung. Die Sache mit dem Zettel habe ich India gegenüber nicht erwähnt. Ich will ihr keine neuen Sorgen bereiten. Ich habe das Gefühl, dass sie langsam zurück zur Normalität findet und das will ich ihr nicht nehmen.

»Das wird sich alles noch aufklären, ganz bestimmt«, sagt Remy.

Ich nicke und greife automatisch zu den Nüssen, doch dann ziehe ich meine Hand zurück. Noch ein paar mehr von den Dingern und ich fange an zu kotzen. Hier und jetzt.

Die *Capitals* gewinnen souverän mit 7:0.

Jubelgeschrei und Buhrufe zugleich schallen durch die Bar. Die Jungs lassen ihre Bierflaschen gegeneinander krachen. Ich suche in der Menge nach India, die nicht mehr an ihrem Platz sitzt und entdecke sie am anderen Ende der Bar. Sie lächelt, als sich unsere Blicke treffen und wirft mir verstohlen eine Kusshand zu. Dann greift sie in die Gesäßtasche ihres Rocks und zieht ihr Handy hervor. Kurz checkt sie das Display, ehe sie einen Anruf entgegennimmt. Ich sehe, wie sie die Stirn runzelt und sich das andere Ohr zuhält, um besser verstehen zu können. Dabei bahnt sie sich bereits eilig einen Weg Richtung Ausgang.

Aus den Augenwinkeln sehe ich etwas aufblitzen. Mariettas Piercing im Thekenlicht, als sie von einem der Barhocker rutscht. Mir ist klar, dass sie uns schon den ganzen Abend über im Visier hat und zu meiner Überraschung schlägt sie plötzlich denselben Weg ein, den India gerade eben genommen hat.

Ich stoße Remy meinen Ellenbogen in die Seite. »Komm mit. Ich verlasse die Theke und strebe ebenfalls zum Ausgang. Mein Instinkt sagt mir, dass gleich etwas passieren wird. Etwas, das mir ganz und gar nicht gefallen wird.

30. Kapitel

India

»Moment, warte mal Alex«, bitte ich meine Schwester und drücke die Tür Richtung Parkplatz auf. Wenig später verstummt der Lärm der Bar, und ich bleibe auf dem knirschenden Kies stehen. Es ist inzwischen dunkel geworden, doch der Platz wird von nahe stehenden Straßenlaternen erhellt. Sofort überkommt mich ein ungutes Gefühl, das ich verdränge, und ich konzentriere mich auf meine Schwester. »Bitte wiederhol das noch mal, Alex. Ich habe eben kein Wort verstanden ...« Irritiert unterbreche ich mich, als ein lautes Schniefen am anderen Ende der Leitung ertönt. »Alex?« Wieder ein Laut, der sich verdächtig nach Weinen anhört. Alarmiert ziehe ich die Brauen zusammen. »Alex, was ist los? Alles in Ordnung bei dir?«

Lediglich ein einziges Mal habe ich meine Schwester derart weinen gehört, und das war am Tag der Beerdigung unserer Mom. Ein schwarzer Tag, an den ich nur ungern zurückdenke. Meine Schwester ist tough, es muss also etwas Schreckliches passiert sein ... Oh lieber Himmel, vielleicht geht es um Dad? Noch eine Hiobsbotschaft verkrafte ich nicht. »Ist was mit Dad, Alex? Geht es ihm gut? Sprich mit mir, bitte, was in aller Welt ist passiert?«, beschwöre ich meine Schwester, endlich den Mund aufzumachen.

»Colin ist fremdgegangen, India«, sagt Alex schluchzend. »Ich habe ihn in die Wüste geschickt. Er ist fort, und ich möchte sterben.«

Ich komme nicht dazu, meiner Schwester zu antworten, denn unvermittelt packt mich jemand von hinten an der Schulter und reißt mich herum.

Erschrocken starre ich in Mariettas bernsteinfarbene Augen. Sie sprühen vor Zorn und Hass.

»Verdammt, Marietta, was soll das?«, fahre ich sie an und befreie mich aus ihrem Griff. Dabei hätte ich beinah das Handy fallen lassen.

»Du kannst die Finger nicht von ihm lassen, oder?«

»Wovon in aller Welt sprichst du?«

»Glaubst du etwa, ich habe eure verliebten Blicke da drin nicht bemerkt? Ich weiß, dass ihr euch heimlich trefft. Ich bin euch gefolgt.«

»Du bist ja wahnsinnig«, entfährt es mir und ich mache einen Schritt zurück, meine ganze Aufmerksamkeit auf das zornige Mädchen vor mir gerichtet.

»Und du ein verdammtest Flittchen! Genau, wie ich es gesagt habe!« Ihre Stimme überschlägt sich und ihr Gesicht verzieht sich zu einer hässlichen Fratze. Mit einem abfälligen Schnauben spuckt sie neben mir auf den Boden. »Nach der Aktion am East Market Drive neulich bin ich eigentlich davon ausgegangen, dass du und er die Finger voneinander lassen würdet. Dass ihr die Warnung verstehen würdet. Offensichtlich habe ich mich getäuscht. Was für eine verfluchte Verschwendung, immerhin habe ich den Typen einen schönen Batzen Geld in den Rachen geworfen, damit sie euch ein bisschen einheizen!«

Mich durchfährt ein eisiger Schock. Der Verdacht wurde soeben zur Gewissheit. »Du hast also wirklich ...«, beginne ich, als Mariettas Faust überraschend gegen meinen Kieferknochen prallt.

Gleißende Sterne blitzen in meinem Sichtfeld auf und ein scharfer Schmerz schießt durch meine Wange.

»India!«, ruft eine männliche Stimme alarmiert, und ich sehe Ace und Remy, die auf uns zugerannt kommen.

Nicht gerade zimperlich zieht Remy Marietta beide Arme auf den Rücken, um sie zu fixieren, während Ace mein Gesicht in seine Hände nimmt. »Alles in Ordnung?«

»Du Schlampe«, brüllt Marietta und ich sehe über Aces Schulter zu ihr. Sie wehrt sich mit ganzem Körpereinsatz gegen Remy, der damit kämpft, sie festzuhalten. »Du verdienst diesen Kerl nicht, du Miststück!« Ihre Worte sind wie Ohrfeigen. Wie kann jemand so einen Hass entwickeln? Und warum?

»Halt die Klappe, Marietta«, ruft Ace. »Oder ich klebe dir deinen dreckigen Mund zu.« Seine Augen haben sich verdunkelt und wenn Blicke töten könnten, würde Marietta auf der Stelle umfallen. »Spar dir deinen Atem für die Polizei, denn nun haben wir genug Zeugen, um zu beweisen, dass du hinter der ganzen Sache steckst. Zuerst der Überfall, dann der Drohzettel in meiner Sporttasche.«

Nash ist ebenfalls aufgetaucht und hilft Remy, Marietta zu fixieren, die eine erstaunliche Energie aufwendet, um sich zur Wehr zu setzen.

Ace richtet seinen Blick wieder auf mich und sein Gesichtsausdruck wechselt von stocksauer zu sanft. »Was ist mit dir? Hat sie dich verletzt?«

Unwillkürlich fahre ich mit den Fingerspitzen über meinen Kiefer. Marietta hat ordentlich Kraft, denn die Stelle, an der sie mich getroffen hat, pocht wie verrückt. Dennoch will ich ihr nicht die Genugtuung geben, mich erneut verwundet zu haben. Ich recke das Kinn. »Geht schon.«

»Komm, wir besorgen dir Eis zum Kühlen.« Er macht Anstalten, mit mir in die Bar zu gehen, doch ich halte ihn zurück.

»Ich brauche kein Eis, schon gut«, werfe ich ein. Ich werde nach Hause gehen und mir dort etwas auf die Wange legen. Immerhin besitzen Sami und ich einen unerschöpflichen Vorrat an Eiscreme. »Aber danke, lieb von dir.«

»Gott, was seid ihr niedlich, ihr zwei ... Ich fange gleich an zu kotzen.« Marietta macht ein Würgegeräusch.

»Halt deine Klappe, halt einfach deine verfluchte Klappe«, fährt Ace sie mit schneidender Stimme an. »Du hast verdammtes Glück, dass du ein Mädchen bist. Ich schlage keine Frauen, bin aber sehr kurz davor, eine Ausnahme zu machen.«

Einige vorbeischlendernde Passanten bleiben interessiert stehen. Offenbar sind sie von dem kostenlosen Schauspiel, das wir ihnen bieten, fasziniert.

Alex. Sie ist noch am Telefon, fällt mir ein. Ich hebe mein Smartphone, das ich die ganze Zeit über in der Hand gehalten habe, zurück ans Ohr und drehe mich weg.

»Alex, bist du noch da?«

»India, was ist passiert? Bist du okay? India?« Alex klingt panisch. Und sie schluchzt noch immer in den Hörer.

»Alles gut, Alex. Ich habe gleich Zeit für dich.« Ich drehe mich zu Ace und den Jungs um. »Was passiert jetzt mit Marietta?«, will ich von Ace wissen.

»Wir werden die Polizei rufen und du wirst sie anzeigen«, sagt er und deutet hinüber zu Nash, der bereits sein Handy aus der Tasche zieht. »Es gibt genügend Zeugen, die gehört haben, dass sie den Überfall auf dich organisiert hat. Sie hat sich selbst ein Bein gestellt.«

»Ich kann das alles kaum glauben. Warum in aller Welt heuert sie Kerle an, die mir auflauern?« Marietta ist eifersüchtig auf mich, das habe ich begriffen, doch hasst sie mich so sehr, dass sie bereit ist, eine Straftat zu begehen und ihren Leumund zu riskieren?

»Marietta hat mich erpresst«, sagt Ace. »An dem Abend auf der Strandparty. Entweder meine Karriere oder du.«

»Was?« Die ganze Angelegenheit wird immer abstruser. Mir schwirrt der Kopf. *Entweder meine Karriere oder du.*

»Sis.« Alex' Stimme dringt knisternd aus meinem Handy.

»Alex? Einen kleinen Augenblick noch. Ich ... muss weg«, informiere ich Ace und dränge ihn mit einer Hand auf seiner Brust zurück, als er näher kommen will. Die Sorge in seinem Blick trifft mich ins Innerste, jedoch ignoriere ich sie. »Bitte, lass mir ein wenig Zeit, das alles zu verarbeiten.«

»India«, versucht er es erneut und greift nach meiner Hand.

Ich schüttle ihn ab.

In meinem Gedanken herrscht Chaos, und ich spüre eine Panikattacke unter meiner Haut kribbeln. Ich will hier weg. Auf der Stelle.

»Ist schon gut«, höre ich plötzlich Samis Stimme. Zarte Arme legen sich um mich. »Zombiebier?«, fragt sie leise.

Ich nicke, dann lasse ich mich von Sami nach Hause bringen.

31. Kapitel

Ace

Ich blicke den beiden Mädchen hinterher und lasse India schweren Herzens gehen. Ich kann verstehen, dass sie aufgebracht und verwirrt ist. Die Szene war sehr unschön und Marietta hat sich aufgeführt wie eine Furie. Obwohl ich gern für India da wäre, weiß ich, dass sie bei Sami in guten Händen ist.

Inzwischen hat sich eine Menschentraube vor der Bar versammelt und es dauert nicht lange, da fährt der Streifenwagen vor, den Nash gerufen hat. Marietta ist noch immer außer Rand und Band und wird von den Cops auf den Rücksitz verfrachtet. Dann nehmen die Männer unsere Aussagen auf. Marietta wird die Nacht in einer Zelle verbringen und darf morgen ihren Eltern und allen anderen Beteiligten erläutern, warum sie sich wie eine Verrückte aufgeführt hat. Die Cops fragen nach India, und ich erkläre die Situation. Dass India unter Panikattacken leidet und sie bestimmt morgen, wenn sie sich beruhigt hat, auf das Revier kommen wird.

Danach ist es auch für mich an der Zeit, das Feld zu räumen.

Remy heftet sich an meine Fersen. »Alles in Ordnung, Mann? Das war ja eine ganz schöne Scheißaktion. Was für eine Bitch.«

»Das kannst du laut sagen.« Zumindest hat mir Marietta nun die Entscheidung abgenommen, meine Beziehung mit India öffentlich zu machen. Nach diesem Abend lässt es sich wohl kaum mehr leugnen, dass wir ein Paar sind oder zumindest, dass wir etwas für einander übrighaben. Ich weiß nicht, ob ich ihr dafür danken, oder sie zum Teufel schicken soll?

»Was wirst du nun tun?«, fragt Remi, als könnte er meine Gedanken lesen.

»Mit dem Coach reden. Reinen Tisch machen.«

»Jetzt gleich?«, fragt Remy und in seine Stimme schleicht sich Respekt sowie leises Entsetzen, was ich durchaus nachvollziehen kann. Bara um zehn Uhr abends an seinem freien Tag aufzusuchen, noch dazu nach dem Auftaktspiel, kommt einem Todesurteil gleich. Er schätzt seine Privatsphäre und diese werde ich heute empfindlich stören.

»Ich habe keine andere Wahl«, erwidere ich. Wenn ich noch etwas retten kann, dann heute. Morgen weiß das ganze Team von dieser Sache. Ich muss das durchziehen. Ob es mir gefällt, oder nicht.

Zehn Minuten später stehe ich vor Baras Haus und blicke an der schicken, holzverkleideten Fassade hoch. Mein Herz donnert schmerzhaft gegen meine Rippen. Mit der Aktion setze ich alles auf eine Karte. Ich hebe die Hand und klopfe an. Dann ein zweites Mal, weil sich nichts rührt. Es muss jemand da sein, denn durch die Vorhänge an den mit Schmiedeeisen verzierten Fenstern dringt gedämpftes Licht. Sekunden später wird die Tür aufgerissen, und ich starre einem etwa dreizehnjährigen Teenager ins Gesicht, der unverkennbar Ähnlichkeit mit seinem Vater aufweist. Ein Mini-Bara.

»Hi.« Ich ringe mich zu einem unverfänglichen Grinsen durch. »Ist Coach Bara zu sprechen?«

»Daaaaaaad!«, ruft der Junge über seine Schulter, ohne mich aus den Augen zu lassen.

Coach Baras mächtige Silhouette taucht im Hintergrund auf, und ich räuspere mich, sortiere in Gedanken die Worte neu, die ich mir auf dem Weg hierher sorgfältig zurechtgelegt hatte.

»Geh zurück ins Wohnzimmer, Tyler.« Bara fixiert mich und der Junge folgt sofort, ohne zu mucken. Sein Dad hat ihn gut im Griff. Wie alle seine Schützlinge. »Tremaine, was führt dich zu mir? Du siehst dir nicht das Spiel an?«

»Doch Coach, das habe ich.« Ich verziehe entschuldigend das Gesicht. »Ich muss mit Ihnen sprechen.«

Seine Augen werden schmal. »Ich schlage vor, du kommst morgen nach dem Training in mein Büro.« Er macht Anstalten, mir die Tür vor der Nase zuzuschlagen.

Blitzschnell schiebe ich meinen Fuß dazwischen. »Es ... Die Sache kann nicht warten, Coach. Es ist wichtig.«

»Ich sitze mit meiner Familie vor dem Fernseher, Tremaine, und genieße den Abend. Was aufgrund meines vollgestopften Terminkalenders, den mein Job mit sich bringt, nicht sehr oft vorkommt. Deshalb werde ich jetzt wieder hineingehen und dann wer...«

»Es betrifft meine Auflagen, Coach«, unterbreche ich ihn. Ich kann nicht länger warten, ich muss es endlich loswerden und werde mich nicht erneut abwimmeln lassen. Da er mich nicht hineinbittet, werden wir die Sache vor seiner Tür klären. Hier und jetzt. Ich straffe die Schultern. Dann lasse ich die Bombe platzen.

Ich erzähle dem Coach alles. Ohne Schnörkel, ohne Beschönigung. Ohne irgendetwas auszulassen. Bara erfährt die nackte Wahrheit. Ich beichte und bin mir klar und deutlich der Tatsache bewusst, dass dies das Ende meiner Karriere bedeuten könnte, dennoch tut es unheimlich gut, alles loszuwerden. Mir war bis zu diesem Zeitpunkt nicht klar, wie groß der Druck war, der sich in den letzten Wochen in mir aufgebaut hat.

Während er breitbeinig dasteht, die Fäuste links und rechts in die Hüften gestemmt, und mir zuhört, verrät seine dunkle Miene keine Regung. Aus dem Inneren des Hauses erklingt Musik von irgendeiner Werbesendung. »Lass mich das Ganze noch einmal zusammenfassen«, sagt Bara, den Blick unverwandt auf mich gerichtet, als ich schließlich fertig bin. »Wenn ich es also richtig verstehe, hast du trotz deiner Auflagen in aller Heimlichkeit etwas mit einem Mädchen gehabt? Deine Freundin wurde überfallen, dir wurde gedroht, und nun hast du dich entschlossen, auszupacken, weil ...?«

»Weil ich zu diesem Mädchen stehe, Coach. Ich weiß, in erster Linie hätte ich erst gar keine Beziehung eingehen dürfen. Ich habe Sie hintergangen, und es tut mir sehr leid. Aber es ist so, Coach ... Ich habe mich in dieses Mädchen verliebt.«

Heilige Scheiße.

Jetzt, wo ich die Worte ausspreche, wird es mir erst richtig bewusst. Es wird real.

»Sie haben jedes Recht, mich rauszuschmeißen, Coach«, fahre ich fort. »Ich habe Mist gebaut, dennoch kann ich das alles nicht länger geheim halten. Nicht nur meinetwegen. Auch wegen meiner Freundin. Ich will nicht, dass ihr etwas passiert, nur, weil ich nicht hinter ihr stehen konnte. Ich will niemandem mehr eine Angriffsfläche bieten. Das bin ich ihr und mir schuldig«, sage ich. »Ich habe großen Respekt vor Ihnen, Coach und ich bin dankbar für die zweite Chance, die ich durch Sie erhalten habe. Ich hoffe, sie wissen trotz allem, wie wichtig mir die NHL ist und entscheiden sich, mich nicht aus dem Team zu werfen. Meine Beziehung wird an meiner Leistung für das Team nichts ändern.«

Der Coach verschränkt die Arme vor der Brust. Seine Miene ist nach wie vor undurchdringlich, aber an seinem Hals zuckt eine Ader und seine Kieferknochen mahlen. Es dauert eine gefühlte Ewigkeit, bis er sich endlich rührt. »Ich habe nicht damit gerechnet, so etwas von dir zu hören. Offen gesagt, bin ich mir nicht im Klaren, wie ich hiermit umgehen soll – auch wenn ich deine Ehrlichkeit zu schätzen weiß. Ich muss nachdenken. Zudem sollte ich mich mit Manager Casey beraten.«

»Sicher, Coach, ich...«

Mit einer entschiedenen Handbewegung bringt er mich zum Schweigen. »Weiß dein Agent über diese Sache Bescheid?«

Ich schüttle den Kopf. Ich habe Drew nicht mit hineinziehen wollen. Er hat die Kastanien schon einmal für mich aus dem Feuer geholt. Diesmal wollte ich für mich selbst sprechen.

»Ich werde dir morgen unsere Entscheidung mitteilen, Tremaine.«

Mein Herz klopft, als wollte es Zerspringen. »Bedeutet das, ich werde morgen mittrainieren?«

Er reckt das Kinn. »Das bedeutet, du darfst mich, nachdem die anderen mit dem Training fertig sind, im Büro aufsuchen.« Er nickt. »Und nun geh nach Hause.«

»Danke, Coach.« Meine Stimme klingt rau, als ich mich abwende.

»Tremaine«, hält mich Bara auf.

»Ja?«

»Ich stehe nach wie vor zu meiner Meinung: Du bist einer der besten Flügelstürmer, die diese Mannschaft je gesehen hat.«

»Danke, Coach.«

Er nickt, schließt die Tür hinter sich, und ich frage mich, ob das gerade die Antwort auf meine Frage war, im Team bleiben zu dürfen.

Am darauffolgenden Abend stehe ich vor Indias Wohnheim und will klingeln, als sich die Eingangstür öffnet und ein braunhaariges Mädchen mit Rucksack herauskommt. Ich schenke ihr ein charmantes Lächeln und schiebe mich blitzschnell an ihr vorbei in den Flur hinein. Perfektes Timing.

Die Brünette bleibt stehen und mustert mich misstrauisch. »Du hast keine Schlüsselkarte?«

»Ich möchte meine Freundin überraschen«, erkläre ich mit einem Zwinkern.

Ihre Augen blitzen auf und ihr Gesichtsausdruck wird freundlicher. »Na dann, viel Glück.«

Ich danke ihr und sprinte die Stufen hoch zu Indias Stockwerk. Natürlich hätte ich ihr auch schreiben können, doch das, was ich ihr zu sagen habe, muss ich persönlich tun.

Ich hoffe, sie hat das gestrige Drama auf dem Parkplatz vor der Bar inzwischen verdaut und ist bereit für die besten Nachrichten seit Wochen.

Ein breites Grinsen schleicht sich in meine Mundwinkel, als ich vor ihrer Zimmertür ankomme und klopfe.

Es ist Sami, die mir öffnet.

»Was machst du denn hier?«, kommentiert sie mein Erscheinen. Sie trägt ein altes Sweatshirt und Leggins und unterdrückt ein Gähnen. Im Hintergrund plärrt der Fernseher.

»Hi, Sami«, begrüße ich sie freundlich. »Ich möchte zu India.«

»Sie ist nicht da.«

»Sie ist nicht da?«, wiederhole ich wie ein Idiot.

»Nope«, sagt Sami und zieht eine Grimasse.

Wow. Darauf war ich nicht gefasst. Es ist kurz vor acht. Bestimmt hat India um diese Zeit keine Vorlesung mehr. Sie müsste längst zu Hause sein.

»Bitte entschuldige mich.« Sami nickt mir zu. »Da läuft gerade New Ams...«

»Wann kommt sie wieder?«, unterbreche ich sie uncharmant.

»Keine Ahnung.« Sie macht eine Handbewegung, als verstünde sie nicht, was mein Problem ist.

Ich ziehe eine Braue in die Höhe. Verdammte Scheiße, was ist hier los? Ein Goldfisch ist gesprächiger als dieses Mädchen. Warum macht Sami so ein Geheimnis daraus? »Wo ist sie?«

»In Kansas.« Sami seufzt.

»In ... wo bitte?«

Erneut stößt sie ein tiefes Seufzen aus. »Ace, India ist nach Wichita gefahren.«

Ihr entschlüpft ein kleiner, überraschter Schrei, als ich die Tür weiter öffne, sie aus dem Weg schiebe und in den Raum trete.

Mein Blick irrt durch das Zimmer.

India ist nicht hier.

Ihr Bett ist gemacht, der Schreibtisch peinlich aufgeräumt. Es liegen keine Klamotten herum, keine Schuhe, auch nichts Persönliches. Stirnrunzelnd wende ich mich Sami zu.

»Glaubst du es mir jetzt?« Sami tritt neben mich und sieht mich an, als sei ich schwer von Begriff. Was ich offenbar auch bin.

»Was zur Hölle macht India in Wichita?«

»Sie wollte nach Hause. Ihre Schwester braucht sie gerade. Und ich glaube, India braucht ebenfalls ein wenig Zeit für sich«, fügt sie leise an.

Shit.

Fassungslos lasse ich meinen Blick über Indias Bett mit der hellblauen Tagesdecke zu ihrem Schreibtisch und zurück zu Sami wandern, während ich mir durchs Haar fahre und allmählich begreife, dass dieser Abend nicht so verlaufen wird wie geplant.

Verdammt, sie ist weg. Abgehauen. Meinetwegen? Wegen dem, was gestern passiert ist? Habe ich irgendetwas verpasst?

»Ich ... muss mich setzen«, erkläre ich. Ich warte nicht auf Samis Erlaubnis, sondern lasse mich auf den nächstbesten Stuhl sinken.

Meine Karriere oder du.

Plötzlich fällt mir dieser eine Satz wieder ein, den ich zu India gesagt hatte, als ich von Mariettas Erpressung sprach.

Oh Fuck.

Denkt sie, ich habe gewählt?

Ich muss mit ihr reden. Dringend.

Aber India ist in Kansas.

Und ich spiele in drei Tagen in Detroit.

32. Kapitel

India

Alex und ich haben es uns im Wohnzimmer auf der Couch bequem gemacht und verfolgen das Eishockeyspiel der *Detroit Red Wings* gegen die *Rockford Legends* in der Little Caesars Arena in Michigan auf Dads neuem Flat-Screen. Zwar hatte ich mit dem Gedanken gespielt, mir über einen Bekannten von Sami Tickets besorgen zu lassen und mit Sami nach Michigan zu fliegen, um live dabei zu sein, wenn Ace sein Debüt spielt, doch ich werde im Moment hier gebraucht. Zum ersten Mal in meinem Leben ist es Alex, die meine Hilfe und Unterstützung benötigt. Deshalb habe ich meine Pläne verworfen und bin nach Hause gefahren, nachdem ich bei der Polizei Strafanzeige gegen Marietta gestellt habe.

Alex war am Boden zerstört, als ich angekommen bin. Sie hat erst vor Kurzem erfahren, dass Colin sie mit einer anderen betrogen hat. Die letzten beiden Tage haben wir nichts anderes getan, als über Männer im Allgemeinen und Colin im Besonderen herzuziehen und dabei Eiscreme zu essen.

Und so sitze ich nun hier in meinem Elternhaus vor der Flimmerkiste, anstatt mit Sami im Stadion in Detroit. Was letzten Endes vielleicht sein Gutes hat, denn auf diese Weise bleibt mir die Angst vor einer möglichen Panikattacke in einer riesigen Arena erspart. Auch über den Schirm überträgt sich die brodelnde, elektrisierende Stimmung des Spiels.

Mein Herz schlägt schneller, als sich die Kamera auf einen ganz bestimmten *Legends*-Spieler richtet. Er trägt die Nummer vierzig auf seinem blau-weißen Trikot. Gebannt sehe ich zu, wie Ace mit seinen Schlittschuhen über die glitzernde Eisfläche flitzt, und kann gar nicht anders, als seine Kraft und Reaktionsschnelligkeit zu bewundern.

»*Rockford Legends'* NHL-Rookie Ace Tremaine übernimmt den Puck nach einem beispiellosen Rückhandpass von Captain und

Centerstürmer Remy Cullen«, höre ich die aufgeregte Stimme des Sportreporters, wobei sie mit zunehmender Spannung immer lauter und hektischer wird, »uuuuuund ...«

Ace sprintet los, holt aus und schmettert das schwarze Ding am ausgestreckten Handschuh des Goalies vorbei ins Netz.

»... Tor für die *Legends*!«

Unter aufbrandendem Jubel reißt Ace die Arme hoch, bevor er Sekunden später von heranstürmenden Teamkollegen, die mit ihm sein erstes NHL Tor feiern, gegen die Bande gedrückt wird.

»Beeindruckend«, kommentiert Alex und neigt sich in meine Richtung, um die Chipstüte zu plündern. »Er ist ziemlich gut, oder?« Seit der Trennung von Colin hat sie bestimmt zwei Pfund zugelegt – anders als ich braucht sie Seelenfutter, um den Schmerz über die geplatzte Verlobung zu verkraften. Was mich nicht im Geringsten wundert. Seit er sie an ihrem sechzehnten Geburtstag mit einem Bonbonglas, prall gefüllt mit Schokoladenherzen, überrascht hatte, war Colin der Prinz in Alex' Märchen. Nun heißt es, es war einmal ... Und vielleicht ist das auch gut so. Bevor ich nach Rockford ging, hatte ich oft das Gefühl, Colin würde Alex in ihrer Entwicklung im Weg stehen. Sie ist ein Lebemensch, während er zum totalen Langweiler mutiert ist. Es wundert mich, dass er derjenige war, der fremdgegangen ist und nicht Alex.

»Das ist er«, beantworte ich ihre Frage und mir wird warm ums Herz. Ich weiß, wie wichtig dieses Spiel heute für ihn ist und ich freue mich, dass es so gut für die *Legends* läuft.

Wir haben uns die letzten Tage nur sporadisch Nachrichten geschickt. Unmittelbar nach meiner Abreise aus Rockford habe ich eine SMS von ihm bekommen. Er würde mich vermissen und müsste mir etwas Wichtiges sagen, jedoch persönlich. Seine Aufmerksamkeit gilt seither dem Team und seinem Debüt bei der NHL, was ich gut verstehen kann. Ich hoffe, dass es zwischen uns auch gut läuft, sobald ich zurück bin und wir uns wiedersehen. Nach meiner überstürzten Abreise und der Distanz von nun tausend Meilen hatte ich ausreichend Gelegenheit, um über uns nachzudenken, und mir ist klar geworden, dass ich mehr als nur verliebt in diesen Kerl bin.

Die zweite Spielzeit beginnt, als mein Smartphone auf dem Tisch eine eingehende Textnachricht vermeldet. Hastig lecke ich das Salz von meinen Fingern, streife sie an meinen Leggins ab und schnappe mir mein Handy.

Die Nachricht ist von Sami. Ich muss schmunzeln, denn sie meldet sich täglich, um nachzuhören, wie es mir geht. Man könnte fast meinen, dass sie mich vermisst.

Sami: *Hey, Süße, siehst du dir das Spiel an?*

Ich: *Natürlich.*

Sami: *Es ist hier ziemlich öde ohne meine Mitbewohnerin. Wann kommst du zurück?*

Ich: *Bald <3*

So langsam sollte ich mich mit dem Gedanken anfreunden, meinen Koffer zu packen und zurück nach Rockford zu fahren, damit ich nicht noch mehr Vorlesungen verpasse. Außerdem vermisse ich Ace von Stunde zu Stunde mehr, und es fühlt sich nicht gut an, nicht zu wissen, wie es zwischen uns weitergeht oder wo wir nach dem ganzen Chaos stehen.

Ich: *Wie läuft es mit dir und Matt?*

Sami: *Es könnte nicht perfekter sein. :D*

Ich: *Oh, wie wunderbar!!! Ich freue mich für dich!!*

Sami: *Bei euch wird sich auch alles finden, Süße. Lass den Kopf nicht hängen und lass es dir bei deiner Familie gut gehen.*

Ich: *Das mache ich.*
Hast du was von Marietta gehört?

Nicht dass ich scharf darauf wäre, etwas von ihr zu erfahren, aber neugierig bin ich doch, wie sich die Geschichte entwickelt.

Sami: *Es wird gemunkelt, dass sie zum Dekan zitiert worden sein soll. Das Ermittlungsverfahren läuft ja noch. Je nachdem, wie das Ding ausgeht, fliegt sie. Zurzeit ist sie freigestellt und steht angeblich unter Hausarrest.*

Ich kann nicht behaupten, dass sie mir deswegen leidtäte. Marietta hat sich das alles selbst zuzuschreiben und muss nun die Konsequenzen für ihr Handeln tragen. Ich bin froh, ihr auf der Uni nicht über den Weg laufen zu müssen, sobald ich wieder da bin.

Sami und ich beenden den Chat. Mit einem leisen Seufzen richte ich meine Aufmerksamkeit zurück auf den Fernseher.

»Hey, Sis, alles in Ordnung?« Alex betrachtet mich nachdenklich, während sie auf einer karottenroten kinnlangen Haarsträhne herumkaut. Als sie Colin verlassen hat, hat sie sich von ihren langen Haaren verabschiedet und sich bei der Gelegenheit auch noch gleich für eine neue Farbe entschieden.

Liebevoll knuffe ich sie gegen den Oberarm. »Alles gut, Schwesterherz«, versichere ich ihr mit einem Grinsen und verdränge jeden Gedanken um Marietta. Ich habe Alex und Dad nichts von der ganzen Sache erzählt. Es gibt keinen Grund, sie zu beunruhigen und wie es aussieht, regelt sich nun alles von selbst. »Sami hat nur Sehnsucht nach mir.«

»Du hast ihr hoffentlich gesagt, dass sie noch eine kleine Weile auf dich verzichten muss.« Alex hebt eine Braue, und ich kann die Andeutung eines winzigen Lächelns erkennen.

»Eine kleine Weile schafft sie noch.«

»Gute Antwort.«Sie kuschelt sich an mich, und wir wenden uns wieder dem Spiel zu.

Am Daumennagel knabbernd verfolge ich das immer spannender werdende Match – inklusive kleiner Keilerei mit Ansage. Für die *Legends* läuft es weiterhin gut. Die Fangesänge beider Lager werden zunehmend lauter. Mein Herz pocht vor Aufregung und Freude, als die *Legends* in der Verlängerung den Gegner mit 6:3 schlagen und die *Red Wings* als Verlierer vom Eis gehen müssen. Wow! Mit einem breiten Grinsen sehen Alex und ich einander an. Dann springen wir zeitgleich auf und brechen in ohrenbetäubenden Jubel aus.

33. Kapitel

Ace

Nachdem ich noch auf dem Eis in der Little Caesars Arena zwei Interviews gegeben, mich anschließend geduscht, umgezogen und mich beim Coach entschuldigt habe, nehme ich mir ein Taxi und fahre nach Woodbridge in die kleine Frühstückspension zu meiner Familie.

Ich bin berauscht von meinem ersten Einsatz bei der NHL und kann es kaum erwarten, von Mom und Carly zu erfahren, wie ihnen das Spiel gefallen hat. Die beiden sind bereits einen Tag vor dem Match mit dem Greyhound in Detroit angekommen, doch bisher hatten wir keine Gelegenheit, persönlich miteinander zu sprechen.

Die Unterkunft, die ich online für sie ausgesucht hatte, macht einen ordentlichen, sauberen Eindruck. Moms Zimmer liegt – wie versprochen rollstuhlgerecht – im Erdgeschoss, gleich neben der Rezeption. Der Raum ist hell und nicht besonders groß, aber gemütlich.

Mom sitzt am Fenster, als ich den Raum betrete, und breitet ihre Arme aus, um mich zu begrüßen. »Ace, Darling!«

Carly kommt aus dem Bad angesaust und stupst mich an, sie will mich ebenfalls umarmen. Über ihren Kopf hinweg tausche ich einen fragenden Blick mit meiner Mutter.

»Geht es euch gut, Mom? Ist hier alles in Ordnung? Und wie war das Spiel? Hattet ihr gute Plätze?«

Mom legt die Hände an die Räder ihres Rollstuhls und fährt hinüber zu einem kleinen runden Tisch, wo sie mir ein Glas Wasser einschenkt. »Alles bestens«, versichert sie mir lächelnd. »Ich gratuliere dir zu deinem Tor. Es war ein wirklich spannendes Spiel. Dein Dad wäre mit Sicherheit stolz auf dich. Genauso sehr, wie ich es bin.«

»Bist du auch stolz auf deinen großen Bruder, Cricket?«, will ich von Carly wissen. Ich lege meine Finger unter ihr Kinn und sehe in ihre großen blauen Augen.

Sie nickt.

Lachend hebe ich sie hoch und wirble sie herum, bis sie strahlt. Heute ist einer der besten Tage meines Lebens. Wenn nicht der beste überhaupt. Nur, dass jemand Wichtiges fehlt. Genau genommen sind es zwei Menschen, die mir viel bedeuten, und die heute nicht dabei waren.

Ich schiebe die dunklen Gedanken beiseite. Jetzt ist nicht der Zeitpunkt, Trübsal zu blasen. Behutsam lasse ich meine Schwester zurück auf den Boden gleiten und geselle mich zu meiner Mutter an den Tisch. »Schön, dass ihr Spaß hattet, Mom.«Ich greife nach dem Wasser und senke meine Stimme. »Denkst du, Carly hat es auch gefallen?«

»Ja!«

Um ein Haar wäre mir das Glas aus der Hand gerutscht. Mom und ich wechseln einen sekundenschnellen Blick. Dann sehen wir meine Schwester an.

»Carly?« Mein Herz hämmert wie verrückt gegen meine Rippen. »Carly«, wiederhole ich und bete, dass ich mich nicht verhört habe. Dass ich mir das eben nicht nur eingebildet habe.

Es ist plötzlich so still im Zimmer, dass ich unseren Atem höre. Wobei ich mir sicher bin, dass ich die Luft anhalte.

»Ace«, sagt Carly. Ihre Stimme klingt heiser, aber es ist unverkennbar Carlys.

Heilige Scheiße.

Mom fasst sich an die Kehle, schüttelt den Kopf wie in Zeitlupe. Sie kann es genauso wenig fassen wie ich. Irgendwo in der Pension schlägt eine Tür. Das Geräusch reißt uns aus unserer Starre. Und auf einmal fangen wir alle gleichzeitig an zu reden.

»Cricket, mein Gott, sprichst du etwa wieder?«

»Carly? Sweetheart?«

Carly legt mir eine Hand auf die Schulter und grinst verschmitzt. »Das Spiel war toll, Ace«, flüstert sie mir ins Ohr.

Ich schließe meine Schwester erneut in eine Umarmung, halte sie fest, eine gefühlte Ewigkeit lang. Als wir uns voneinander lösen, laufen Tränen über Moms Wangen.

Carly kuschelt sich auf ihren Schoß. »Nicht weinen, Mommy. Es ist doch alles gut.«

Mom weint und lacht gleichzeitig. Über den Tisch hinweg streckt sie eine Hand nach meiner aus und hält sie fest. »Ja, das ist es, Sweetheart. Das ist es.«

Wir sitzen beieinander und können es nur langsam begreifen. Es dauert ein paar Minuten, bis wir uns mit der Tatsache vertraut machen, dass Carly endlich wieder redet.

»Darling, nun geh schon und feiere mit deinen Teamkollegen«, fordert Mutter mich schließlich auf, während sie sich mit dem Zipfel eines Taschentuchs über die Augenwinkel tupft. »Sicher warten alle schon auf dich. Carly und ich kommen bestens zurecht.« Sie macht Anstalten, mich aus dem Pensionszimmer scheuchen zu wollen.

»Erst wenn du mir versprichst, dass ihr euch heute Abend eine verboten scharfe Peperonipizza auf meine Kosten bestellt und es euch so richtig gut gehen lasst.« Ich zwinkere Carly zu und lehne mich in ihre Richtung. »Gute Idee?«

»Sehr gute Idee.« Sie lacht und zeigt mir ihre Zähne.

Ich lasse mir Zeit mit dem Abschied, denn ich werde an diesem Abend noch ausreichend Gelegenheit haben, mit den Jungs unseren Sieg zu feiern. In unserem Hotel wurde ein großer Saal angemietet und es werden alle Verantwortlichen da sein, um mit uns anzustoßen. Vermutlich werde ich diese Nacht kein Auge zumachen – zumal mir der Coach zugestanden hat, mein NHL-Debüt zu begießen.

Ich freue mich darauf, mit dem Team abzuhängen, doch eigentlich wäre ich in diesem Moment lieber woanders. Ich frage mich, was *sie* gerade macht. Ob sie genauso oft an mich denkt? Ob sie mich ebenfalls vermisst? Oder ob ihr das mit uns inzwischen zu kompliziert geworden ist, und sie einen Haken unter die ganze Angelegenheit gemacht hat?

34. Kapitel

India

Ace hat angerufen.

Drei Mal.

Ich bin gestern nach dem Spiel eingeschlafen und habe erst heute Morgen gesehen, dass mein Handy auf lautlos geschaltet war. Als ich versucht habe, ihn zurückzurufen, ging nur die Mailbox ran.

Frustriert stoße ich den Atem aus und übertrage meine Energie auf den Strudelteig, den ich zwischen meinen Händen malträtiere. Am Abend findet das alljährliche Nachbarschaftsfest statt, und ich versuche, mich abzulenken, indem ich backe. Oder zumindest so tue, als würde ich backen. Es gleicht einer Schlacht.

Ich werde morgen zurück nach Rockford fahren. Die Uni wartet. Sami freut sich auf mich und Alex hat die Trennung inzwischen gut verkraftet. Sie trifft sich heute Abend auf dem Fest mit einem netten Kerl aus ihrem Tanzkurs. Ablenkung ist immer eine gute Idee.

Ich puste mir eine Haarsträhne aus der Stirn und schrecke zusammen, als es unverhofft an der Tür klingelt. Dabei stoße ich die Tüte mit dem Mehl an, die mit einem Platsch auf dem Küchenboden landet. Natürlich reißt die Packung auf. Mehlstaub steigt auf wie Nebel über einem Fluss und verteilt sich über meine Füße sowie meine graue Leggins. Augenrollend hebe ich die gerissene Packung auf und platziere sie auf der Kochinsel. Schöne Sauerei.

Ich streiche mir die Haare hinter die Ohren, wische meine mehligen Hände an meinen Oberschenkeln ab und verlasse die Küche. Durch das Buntglasfenster in der Tür kann ich lediglich einen Schatten ausmachen. Ich erwarte den Postboten, doch als ich öffne, steht Ace vor mir.

Mir klappt das Kinn hinunter.

Ich starre ihn an.
Und knalle ihm vor lauter Schreck die Tür vor der Nase zu.
»India. Bitte mach auf.«
Er ist nicht real. Es kann nicht sein.
»Komm schon, Elfe, lass mich rein.«
Zwei, drei Herzschläge lang bemühe ich mich vergebens, meinen rasenden Puls unter Kontrolle zu bekommen, dann drehe ich erneut den Knauf und öffne.
Er trägt seine dunkle Lederjacke über der Schulter, eine Reisetasche in den Händen und ein schiefes Lächeln auf den Lippen. Er ist nicht rasiert, seine Wangen und sein Kinn ziert ein sexy Dreitagebart.
»Was in aller Welt tust du hier?«
»Ich war gerade um die Ecke.« Er grinst mich wie ein kleiner Junge an, der einen besonders tollen Scherz gemacht hat.
»Detroit ist fast tausend Meilen entfernt.«
»Ich habe den Flieger genommen.«
»Ernsthaft?«
»Ernsthaft.«
Unsere Blicke verhaken sich. Ich versinke in dem dunklen Espressobraun seiner Augen, unfähig, mich zu rühren.
»Willst du mich nicht hereinbitten?«, fragt er und kommt auf mich zu. Automatisch weiche ich zurück, immer weiter, bis ich mit dem Rücken gegen die Garderobe stoße.
Ace bleibt vor mir stehen.
Gott, er riecht so gut.
»Hast du mich vermisst?«, fragt er und beugt sich zu mir.
Ich nicke.
»Ich dich auch«, sagt er und kommt noch näher. »Ich dachte schon, du hättest genug von mir.«
»Es war mir einfach alles zu viel«, hauche ich. Sein Körper berührt meinen und meine Brustspitzen richten sich auf.
»Das verstehe ich.«
Er ist mir inzwischen so nah, dass sich unsere Nasenspitzen berühren, und ich schließe ergeben die Augen, als ich seine Lippen auf meinen spüre. Sanft zuerst, dann drängender, bis ich

mich ihm öffne und mich mit einem Seufzen in dem Kuss verliere, der mir Antwort genug sein müsste, wie viel ich ihm bedeute.

»Ich habe mit meinem Coach geredet«, murmelt Ace gegen meinen Mund, und ich muss mir Mühe geben, die Worte zu verstehen.

»Okay«, murmle ich zurück, und Ace lehnt seine Stirn gegen meine.

»Ich hatte Auflagen. Nach der Sache mit dem illegalen Glücksspiel und all dem, was in der Zeitung stand, durfte ich mir keinen Fehler mehr erlauben. Keinen Alkohol, keine ausschweifenden Partys, keine Frauengeschichten, sonst fliege ich aus dem Team. So lauteten die Auflagen.«

Ich verstehe nicht ganz, worauf er hinauswill, nicke aber.

»Das war der Grund, warum ich dich gebeten habe, die Sache zwischen uns geheim zu halten.«

Nun macht es klick und sein Verhalten ergibt endlich Sinn. Ich neige den Kopf, um ihn anzusehen. »Ich dachte, ich wäre bloß eine Affäre für dich.«

»Das warst du nie, India«, sagt er und lacht. »Du hast bereits einen bleibenden Eindruck hinterlassen, als wir im *Rockford Barista* zusammengestoßen sind. Dann dein Auftritt auf der Männertoilette im *Hell's.*« Er schüttelt den Kopf. »Du bist süß und sexy, und ich stehe total auf dich«, flüstert er und küsst mich erneut auf die Lippen. Ein warmes Gefühl durchdringt mich von den Zehen bis in meine Haarspitzen.

»Ich stehe auch total auf dich, Ace Tremaine.« Ich schlinge die Arme um seinen Hals und küsse ihn.

»Dann sind wir also ab sofort offiziell ein Paar?«, will er wissen und lehnt sich gerade weit genug zurück, um mich ansehen zu können.

»Willst du das denn?«, frage ich und sehe, wie etwas in seinen Augen aufblitzt.

»Und wie ich das will«, erwidert er und zieht mich wieder an sich heran. »Jetzt wäre der richtige Zeitpunkt, um mir dein Zimmer zu zeigen, damit wir den Deal besiegeln können.«

»Idiot.« Ich lache, löse die Arme von seinem Hals und nehme ihn an der Hand. »Komm, ich zeig es dir.«

Und mit diesem Satz beginnt nun endlich offiziell unsere Geschichte.

EPILOG

Fünf Monate später …

Sami und ich sitzen auf der Zuschauertribüne im Eisstadion und lachen über einen Scherz, den Matt gemacht hat. Der Yeti, wie ich ihn immer noch liebevoll nenne, hat einen Arm um Sami gelegt und küsst sie auf den Scheitel, sobald wir uns alle beruhigt haben. Er ist echt ein witziger, anständiger Kerl und inzwischen fester Bestandteil unserer Clique.

Ich richte meinen Blick wieder auf das Eis. Ace trainiert gerade die Jugendmannschaft der *Birchwood East High*. Das war ein Teil seiner Auflagen nach dem Skandal mit dem Glücksspiel, und obwohl bereits ausreichend Gras über die Sache gewachsen ist, hat er diese Aufgabe beibehalten. Es macht ihm Spaß, den Nachwuchs zu unterstützen, und die Jungs schätzen ihn als Trainer sehr. Besonders Samis Bruder Nick sieht zu ihm auf. Für ihn ist Ace ein echtes Vorbild für seine eigene Eishockeykarriere geworden, und nicht selten verkündet er, auch einmal für die *Legends* spielen zu wollen. Die *Eagles* konnten diese Saison einige Siege einfahren und das haben sie nicht zuletzt Aces Einsatz zu verdanken.

Manchmal unterstützen auch Remy und Seth die Mannschaft. Die beiden sind toll, und zwischen Ace und ihnen ist in den letzten Monaten eine innige Männerfreundschaft entstanden.

Zu meinem Glück – oder zum Glück aller auf dieser Uni – ist Marietta nie wieder an den Campus zurückgekehrt. Man munkelt, ihr Vater hätte sie nach Kanada auf eine private Universität geschickt. Angeblich hat ihre Mom vor acht Jahren die Koffer gepackt und die Familie im Stich gelassen. Marietta soll diesen Verlust nie verkraftet und einen Knacks davongetragen haben. Ich kann dazu nichts sagen, denn ich kenne die ganze Geschichte nicht. Wenn ich ehrlich sein soll, will ich sie auch nicht kennen, ich bin einfach heilfroh, Marietta für allezeit los zu sein.

Mit einem *Pling* kündigt mein Handy eine Nachricht an. Ich

öffne den Messenger und ein Bild poppt auf, auf dem Alex und ihr neuer Freund zu sehen sind, der Typ aus ihrem Tanzkurs. Seit der Nachbarschaftsfete sind die beiden ein Paar und im Moment verbringen sie ihren ersten gemeinsamen Urlaub in Europa. Ich freue mich sehr für meine Schwester. Ihre Augen strahlen vor Freude. Sie ist glücklich. Glücklicher als damals mit Colin, der nach einer Weile reumütig um eine zweite Chance gebeten hat. Alex hat ihn ohne zu zögern ein weiteres Mal in die Wüste geschickt, und dasselbe hätte ich auch gemacht. Ein Kerl, der dich betrügt, hat keine zweite Chance verdient.

Ich will gerade zurückschreiben, als Sami mich anstupst und eine Kinnbewegung macht. »Hey, schau mal. Seth ist wieder im Einsatz.«

Ich werfe einen Blick zur Ersatzbank, wo Seth sitzt und mit einem fetten Grinsen im Gesicht auf seinem Handy herumtippt. Ich schätze, da bahnt sich etwas an. Er verhält sich seit einigen Tagen ziemlich geheimnisvoll und checkt alle paar Minuten sein Handy. Wenn man ihn darauf anspricht, tut er, als wäre nichts, was die Sache nicht weniger verdächtig macht. Nun gut, ich schätze, wir werden früher oder später herausfinden, was da im Busch ist.

»Da steckt garantiert ein Mädchen dahinter«, mutmaße ich.

»Bestimmt diese langbeinige Schwedin, die seit einiger Zeit im *Hell's* auftaucht.«

»Sie ist Schwedin?« Woher weiß Sami das schon wieder?

Sami lacht. »Keine Ahnung. Aber sieht sie Anna Nyström nicht verdammt ähnlich?«

»Der Instagrammerin? Ja, kann sein. Von den hundert Millionen Sommersprossen mal abgesehen.«

»Vielleicht steht Seth auf Pünktchen.«

Wir witzeln weiter, werden allerdings von Matt unterbrochen, der sich zu uns rüberbeugt und in gespielter Genervtheit mit den Augen rollt. »Mädels, könnt ihr euch vielleicht mal auf die wichtigen Dinge des Lebens konzentrieren?«

»Tun wir doch.« Sami kichert erneut, worauf Matt ihr Kinn umfängt und ihre Lippen mit einem Kuss verschließt.

»Wie gut, dass ich weiß, wie ich dich zum Schweigen bringen kann«, verkündet er mit einem Grinsen.

Lachend schüttle ich den Kopf über die beiden, als das schrille Pfeifen vom Coach meine Aufmerksamkeit zurück auf die Eisfläche lenkt. Das Training ist zu Ende, und wir verlassen die Tribüne.

Unten angekommen, stößt Seth zu uns. »Hey Leute«, begrüßt er uns und lässt sein Handy in seiner Hosentasche verschwinden.

Ich sehe Sami an, dass sie ihn gern darauf ansprechen würde, aber diesmal verkneift sie es sich.

Stattdessen klatscht sie grinsend ihren Bruder ab, als dieser in seiner Ausrüstung Richtung Umkleide stapft.

Kurz danach erscheint Ace und mit ihm tausend Schmetterlinge in meinem Bauch. Ich bin nicht sicher, ob das jemals aufhören wird und wenn ich ehrlich bin, will ich das auch nicht.

»Hi, kleine Elfe.« Er senkt den Kopf und seine Lippen streifen über meine.

»Du warst mal wieder toll«, sage ich in bester Cheerleaderinnen-Manier und erhalte dafür einen Klaps auf meinem Hintern.

»Danke.«

»Gern geschehen.«

»Hey, kommt ihr noch mit ins *Barista* auf einen Latte?«, fragt Sami und lehnt sich mit dem Rücken gegen Matt, der beide Arme um sie geschlungen hat.

Seth zuckt mit den Achseln. »Gute Idee. Ich bin dabei.«

»Wollen wir?«, frage ich Ace und er küsst mich auf meine Nasenspitze, ehe er einen Arm um meine Schultern legt.

»Ja, warum nicht. Lasst uns gehen.«

»Achtung, Leute, heiß und fettig«, kündigt Sami an, und sie und Matt überreichen uns den bestellten Kaffee sowie eine Pappschachtel gefüllt mit bunten Donuts.

»Lieber Himmel, wollt ihr uns mästen«, scherze ich, was mich jedoch nicht davon abhält, mir einen der süßen Kringel zu sichern.

Auch die anderen stürzen sich auf die Donuts, als seien sie am Verhungern. Zwischen Matt, Sami und Seth entbrennt ein Gespräch über den Sinn und Unsinn des Kalorienzählens, doch ich klinke mich aus. Ich habe keine Lust, mich mit Kalorien zu beschäftigen, diese Donuts sind jede Sünde wert.

»Meine kleine Naschkatze«, raunt Ace in mein Ohr. »Mach mal deine Finger sauber.«

Erstaunt blicke ich ihn an, während ich mir den Rest meines Donuts zwischen die Lippen schiebe. »Warum?«

»Wirst du gleich sehen.« Sein Blick hält meinen, als er in seine Lederjacke greift, um in der Innentasche zu wühlen. Er wartet, bis ich mir die Finger an einer Serviette abgewischt habe. »Und jetzt halte deine Hand auf«, bittet er mich, und lässt, als ich ihm den Gefallen tue, etwas Glitzerndes in meine Handfläche gleiten.

Oh lieber Himmel.

Es ist ein Ring an einer Kette. Ein Siegelring der *University of Rhode Island.*

Sein Ring.

Ich erinnere mich, wie mir dieses Schmuckstück zum ersten Mal aufgefallen ist. Es war an dem Abend der Benefizveranstaltung. An jenem Abend, als mich Ace während dieser jämmerlichen Panikattacke gerettet hat.

»Er ist wunderschön.« Andächtig streiche ich über den wasserblauen, in Silber gefassten Stein.

»Ich möchte, dass du ihn bei dir trägst.«

»Ernsthaft?« Ich hebe meinen Blick, um ihm in die Augen zu schauen.

Er nickt. Lächelt nicht.

»Warum?«, flüstere ich. Dabei ist es nicht nötig, leise zu sprechen, denn die anderen sind lebhaft in ihre Diskussion verstrickt.

»Kannst du dir das nicht denken?«

Ich schüttle meinen Kopf. Mein Herz pocht wild. Es kennt

bereits die Antwort.

Ace greift nach meiner Hand und schließt meine Finger um den funkelnden Ring. »Ich liebe dich, India Reynes.«

Ich sehe in seine wunderschönen braunen Augen und will etwas entgegnen, doch als ich meinen Mund öffne, kommt nichts heraus. Ich bin sprachlos, mit so einer Geste hätte ich nicht gerechnet.

»Komm her.« Lächelnd zieht er mich auf seinen Schoß und umfängt mein Gesicht mit beiden Händen.

Wärme durchströmt mich, als sich unsere Lippen berühren und er mich liebevoll küsst. Er schmeckt nach Kaffee, Zucker und ... Ace. So, wie niemand sonst auf der Welt.

»Ace?«, murmle ich zwischen kleinen, sanften Küssen.

»Hm?«

»Könntest du es noch einmal sagen? Dass du ... du weißt schon.« Es war bisher unser Ding, uns zu sagen, dass wir *aufeinander stehen.* Das war unsere Art, *Ich liebe dich* zu sagen. Ich schätze, das ist nun das Upgrade. Ein neues Level unserer Beziehung.

»Ich habe keine Ahnung, wovon du sprichst.«

»Doch das tust du«, entgegne ich schmunzelnd und zwicke ihn in seine durchtrainierte Seite.

Er wirft den Kopf zurück und lacht sein volles, tiefes Lachen, das ich so sehr liebe. Seine Bartstoppeln kratzen über meine Wange. »Ich liebe dich, kleine Elfe«, wispert er.

»Was für ein Glück«, wispere ich zurück. »Denn ich liebe dich auch, Ace Tremaine.«

Über den Tisch hinweg fängt Sami meinen Blick auf, und wir tauschen ein wissendes Lächeln. Wir haben beide unser Glück gefunden. Wer hätte das vor ein paar Monaten gedacht, als ich in Wichita alles hinter mir gelassen habe, um mein Leben 2.0 in Rockford an der Ostküste zu beginnen? Und ich muss sagen, dieses neue Leben gefällt mir verdammt gut.

JUST ONE KISS
von Jana Aston

ISBN-Paperback: 978-3-903278-01-1
ISBN-EPUB: 978-3-903278-02-8

Ich war immer ein gutes Mädchen. Habe hart gearbeitet, die Regeln befolgt und alle meine Ziele erreicht. Aber manchmal wollen gute Mädchen auch mal Dinge, die nicht gut für sie sind.

Beispielsweise ihren ultrascharfen neuen Boss.

Und manchmal tun diese Mädchen dann dumme Sachen, um dessen Aufmerksamkeit zu erlangen. Beispielsweise ihre Jungfräulichkeit während einer Auktion zu versteigern.

Wer würde auch schon annehmen, dass der Mann der Begierde darauf so wütend reagiert? Vielleicht war das diesmal nicht der beste meiner bisherigen Pläne und ich sollte mein Vorhaben noch mal neu überdenken ...

BEYOND PINK CLOUDS
von Caroline St. Charles

ISBN-Paperback: 978-3-903278-03-5
ISBN-EPUB: 978-3-903278-04-2

Kanada. Verschneite Idylle. Totale Abgeschiedenheit.

Nach ihrer Flucht aus der schillernden Wüstenmetropole Dubai, landet Shannen in einem winzigen Örtchen in der Wildnis Kanadas. Von der Hitze in die Eiseskälte. Während sie versucht, sich mit ihrer neuen Identität anzufreunden und mit den widrigen Umständen klarzukommen, ist Raphael wie vom Erdboden verschluckt und auch Johnny hat mit seinen Dämonen zu kämpfen. Und immer, wenn man denkt, es könnte nicht schlimmer kommen, setzt das Leben noch eins drauf und nun muss Shannen eine Entscheidung treffen, die ihre Welt völlig aus den Angeln heben wird ...